MÛR POUR LE MEURTRE

(Roman à Suspense en Vignoble Toscan, tome 1)

FIONA GRACE

Fiona Grace

L'auteure débutante Fiona Grace écrit la série LES HISTOIRES À SUSPENSE DE LACEY DOYLE, qui comporte MEURTRE AU MANOIR (Tome 1), LA MORT ET UN CHIEN (Tome 2), CRIME AU CAFÉ (Tome 3), UNE VISITE VEXANTE (Tome 4) et LE BAISER MEURTRIER (Tome 5). Fiona est aussi l'auteure de la série des ROMANS À SUSPENSE EN VIGNOBLE TOSCAN.

Comme Fiona aimerait communiquer avec vous, allez sur www.fionagraceauthor.com et vous aurez droit à des livres électroniques gratuits, vous apprendrez les dernières nouvelles et vous resterez en contact avec elle.

DU MÊME AUTEUR

LES ROMANS POLICIERS DE LACEY DOYLE
MEURTRE AU MANOIR (Tome 1)
LA MORT ET LE CHIEN (Tome 2)
CRIME AU CAFÉ (Tome 3)

ROMAN À SUSPENSE EN VIGNOBLE TOSCAN
MÛR POUR LE MEURTRE (Tome 1)
MÛR POUR LA MORT (Tome 2)
MÛR POUR LA PAGAILLE (Tome 3)

CHAPITRE PREMIER

Olivia Glass avait exactement cinq minutes et trente secondes pour gérer un désastre inattendu.

Il était dix-neuf heures trente un jeudi soir et elle était sur le siège arrière d'un Uber, en route pour un rendez-vous avec son petit ami, Matthew, pour dîner à l'un des nouveaux restaurants les plus à la mode de Chicago. Matthew n'avait pas été en ville de toute la semaine et, ce matin, il avait envoyé un SMS à Olivia pour l'inviter.

Maintenant, elle venait de découvrir une grande déchirure dans son collant, juste au-dessus du genou.

Olivia regardait la déchirure, horrifiée.

Le trou dans le nylon noir était énorme. Il mesurait au moins cinq centimètres de large et il s'agrandissait.

Olivia ne savait pas quand cela avait pu arriver. Le bas avait été intact ce matin quand elle l'avait mis. Depuis sept heures du matin, elle avait été dans son bureau à JCreative, l'agence de publicité où elle était chargée de clientèle et elle avait passé la plus grande partie de la journée à assister à des réunions et à des téléconférences.

Quand elle avait reçu l'invitation surprise de Matt au restaurant branché Villa 49, elle s'était rendu compte qu'elle n'aurait pas le temps de rentrer chez elle pour se changer et elle s'était ruée dans un magasin pendant sa seule demi-heure de liberté. Prise par la panique parce qu'elle manquait de temps, elle avait acheté à la hâte un article plus court et plus collant que ce qu'elle portait d'habitude.

De retour au bureau, elle avait eu des regrets et avait commencé à se demander si sa robe n'était pas trop osée pour une femme de trente-quatre ans.

— L'âge, c'est seulement un chiffre, avait-elle pensé courageusement.

Donc, si la robe avait été conçue pour une femme de dix-huit ans, ce n'était pas grave. Même si elle était un peu plus grosse maintenant, elle avait quand même fréquenté les salles de gym souvent depuis cette époque.

1

Dès que son patron, James Clark, le propriétaire de JCreative, avait quitté les lieux, Olivia s'était changée dans les toilettes. Elle avait passé les doigts dans ses cheveux blonds mi-longs, s'était remis du rouge à lèvres, s'était parfumée et était descendue à toute vitesse pour prendre son Uber.

Ce n'était qu'au moment où elle avait vu le bas déchiré qu'elle s'était rendu compte qu'elle avait les jambes très pâles. Alors qu'on était au milieu du mois de juin, elle avait travaillé tellement dur que ses jambes n'avaient pas eu l'occasion d'être exposées au soleil estival. Vue par la déchirure qui, selon l'estimation d'Olivia, avait maintenant la taille d'une assiette, sa peau était d'un blanc aveuglant.

Matt le remarquerait, Olivia en était sûre. Il verrait immédiatement la déchirure. Il était obsédé par les détails et cela faisait de lui un gestionnaire de fonds de placement très accompli et très riche. Même s'ils étaient ensemble depuis quatre ans, Olivia essayait toujours d'être la plus belle possible pour lui et de le rendre fier. Son problème de bas serait un moment d'embarras public pour eux deux, un véritable cauchemar.

De plus, elle avait des choses délicates à avouer à Matt pendant ce repas. Un problème de garde-robe ne ferait que compliquer la situation.

L'espace d'un instant, elle envisagea de retirer ses bas et d'arriver les jambes nues. Elle pourrait retirer ses bas en se tortillant sur le siège arrière de l'Uber en espérant que le chauffeur ne se rendrait pas compte de ce qui se passait et éviterait de lui donner une évaluation d'une étoile parce qu'elle aurait utilisé son véhicule comme vestiaire.

Elle secoua la tête. Elle ne pouvait pas retirer ses bas. Elle avait incontestablement les jambes d'un blanc bleuâtre et elle se sentait déjà gênée que cette robe soit plus courte que ses vêtements habituels. Elle avait besoin de toute l'aide que ses bas en nylon noir pourraient lui fournir.

Olivia envisagea brièvement de se pratiquer un trou identique dans l'autre jambe, mais elle finit par décider que ce ne serait pas commode. Elle n'avait aucune garantie que la deuxième déchirure ressemblerait à la première et, de toute façon, elle n'oserait pas le faire. Elle ne se sentait même pas à l'aise en jean déchiré.

Que faire ? Le trou avait à peu près la taille d'une petite voiture, elle était maintenant à trois minutes de sa destination et elle n'avait absolument aucune solution à son problème.

Alors, Olivia vit apparaître son salut devant elle.

Au-delà de l'intersection suivante, elle repéra l'enseigne d'une boutique de lingerie et de bonneterie. La boutique paraissait ouverte.

Elle allait demander au conducteur de l'y déposer, se ruer à l'intérieur, se mettre une nouvelle paire de bas aussi vite que possible et appeler un autre Uber pour le reste du trajet. Elle serait en retard de quelques minutes mais, au moins, elle arriverait avec des vêtements complets et intacts.

— Pourriez-vous … commença Olivia.

Alors, son téléphone portable sonna.

Elle prit machinalement l'appel. C'était James.

— Olivia. Êtes-vous encore au bureau ?

— Je viens de partir. Est-ce urgent ? Je peux consulter mes courriels dès maintenant.

Olivia se rendit compte qu'elle se tenait plus droite et entendit le ton clair, vif et professionnel qu'elle avait instinctivement adopté en parlant avec son patron.

— Urgent, non, mais important. Il faudra qu'on se retrouve dès votre arrivée, demain. Entre temps, j'ai reçu d'autres très bons retours sur la campagne Valley Wines.

L'Uber accéléra et dépassa la boutique. Olivia sentit le découragement l'envahir. Sa seule chance venait de s'évanouir. Maintenant, ils entraient dans West Loop, une zone caractérisée par sa juxtaposition de bâtiments neufs et vieux, de bâtiments bas en brique et de gratte-ciel parés de verre, avec des rues pleines de restaurants chics et une absence remarquable de boutiques de lingerie.

Elle allait arriver à Villa 49 dans précisément deux minutes avec un trou dans ses bas de la taille de la Station Spatiale Internationale et elle n'y pouvait rien.

— Je suis contente que la campagne se passe bien, dit-elle.

— Je vous enverrai un courriel plus tard, avec des informations sur votre bonus. Vous allez gagner beaucoup d'argent sur celle-là.

Le taxi fit un écart pour dépasser un bus et le sac à main d'Olivia tomba sur le côté. Le contenu en tomba et se répandit sur le siège.

— Vous savez qui est Des Whiteley ? poursuivit James.

— Je crois que j'ai vu ce nom dans certaines copies de courriels, dit Olivia en essayant désespérément d'attraper son vaporisateur de parfum pendant que le taxi refaisait un zigzag.

— C'est le PDG. Le président-directeur général.

— De Valley Wines ? demanda-t-elle.

— Non, non. De leur société de portefeuille, Kansas Foods. Il m'a demandé de vous transmettre ses félicitations personnelles. Les ventes crèvent le plafond.

— C'est formidable.

Olivia tendit le bras pour atteindre son portefeuille, son rouge à lèvres et un Kleenex qui s'enfuyait.

Son fard à paupières, le petit modèle compact qu'elle portait toujours avec elle, était sous le Kleenex.

La couleur était Charbon de Bois Chatoyant.

Cela donna une idée à Olivia.

Elle ouvrit le boîtier et frotta un doigt sur le fard à paupières. Alors, elle se le frotta sur sa jambe exposée.

Ce fut un succès. Le Charbon de Bois Chatoyant donna à sa peau la couleur de ses bas. Camouflés, les dégâts étaient presque invisibles.

— Je lui ai dit que l'approche que vous aviez choisie pour cette campagne illustrait parfaitement les valeurs de notre entreprise, poursuivit James. Méthodique et organisée.

— Organisée, répéta Olivia en récupérant un autre doigt de fard à paupières.

— Disciplinée dans un sens créatif et orientée vers les résultats.

— Orientée vers les résultats, répéta Olivia pour signifier son accord tout en frottant la poudre de charbon de bois dans le trou.

— Prête à toute éventualité, dit James.

— Absolument. Toujours prête.

Olivia décida de teindre une zone plus grande, car le bas pourrait bouger quand elle marcherait, ou alors, le trou pourrait monter plus haut. Elle passa soigneusement le doigt sous le nylon.

— Nous en reparlerons demain. Je serai au bureau à sept heures du matin ; on commencera à cette heure-là. Il nous faudra au moins deux heures. Après un briefing en tête à tête rapide, nous tiendrons une réunion dans la salle de conférence.

De quoi pouvait-il s'agir ? se demanda Olivia.

— On se retrouve au bureau, dit-elle, et James raccrocha.

Olivia ferma le boîtier et le remit dans son sac.

Le succès de la campagne avait surpris tout le monde, y compris elle-même. Comme elle était la seule femme de l'équipe de haute direction, malgré ses années de travail acharné, elle avait eu l'habitude d'applaudir les réussites des autres. Elle n'aurait jamais cru qu'un jour, elle aurait elle-même un tel succès. D'une certaine façon, cette campagne avait été l'équivalent de son camouflage des dégâts subis par ses bas.

Elle avait la sensation d'avoir réussi par pure chance et de ne vraiment mériter aucune félicitation, ni même d'en désirer.

— Vous avez dit quelque chose ?

Le conducteur de l'Uber interrompit ses pensées en lui jetant un coup d'œil du devant.

— Vous alliez me poser une question quand votre téléphone a sonné.

— Oh ! Non, tout va bien, maintenant. J'avais cru que j'allais avoir besoin de m'arrêter plus tôt mais, finalement, non.

Il hocha la tête.

— Vous avez parlé de Valley Wines. Vous travaillez pour eux ?

— Pas directement, dit Olivia. Je travaille pour une agence qui gère leur compte.

— Est-ce qu'ils sont bons ? Ma femme aime une des marques californiennes. Je n'arrive jamais à me souvenir du nom, mais l'étiquette est belle. Comme nous n'avons plus réussi à en trouver récemment, je lui ai dit d'essayer une autre marque.

Olivia se sentit coupable. L'espace linéaire était limité et, comme Valley Wines en avait gagné, d'autres marques en avaient perdu.

L'espace d'un instant, Olivia envisagea de lui donner une réponse standard en lui disant que ces vins étaient excellents et que sa femme devait absolument les essayer, puis elle décida de ne pas le faire. Après tout, le conducteur de l'Uber ne la connaissait pas et il était toujours plus facile d'être honnête avec les inconnus.

— À votre place, dit-elle, je ne toucherais pas à Valley Wines. Leurs vins sont horribles, produits à moindre coût et trop chers pour ce qu'ils sont.

Ils étaient arrivés. Le taxi s'arrêta devant le restaurant Villa 49.

— Merci pour le conseil, dit le conducteur. Nous chercherons une autre marque de vin.

— De rien. Merci pour la course.

Olivia descendit. Comme elle avait évité son désastre vestimentaire, il était temps qu'elle réfléchisse à ce qu'elle voulait dire à Matt.

— Je suis sûre que ça va te choquer, mais je me sens vraiment malheureuse.

C'était par cela qu'elle comptait commencer.

Réfléchissant à ce qu'il faudrait qu'elle dise après, Olivia entra dans le restaurant.

CHAPITRE DEUX

Olivia se tint un moment dans le restaurant Villa 49, apprécia la lumière tamisée, écouta le murmure des voix et inspira les arômes qui s'élevaient vers elle d'une table voisine.

Les notes parfumées d'ail rôti, de thym et de romarin. L'arôme intense de la sauce, enrichie d'un soupçon de vin velouté. L'odeur alléchante du pain croustillant qui sort tout chaud du four.

Pour la première fois de cette journée longue et stressante, Olivia se sentit véritablement satisfaite. Si elle fermait les yeux, elle s'imaginait debout sous un olivier dans une trattoria rustique de Toscane, loin de la pression de son travail, des réunions incessantes et des appels téléphoniques constants.

Elle arrivait même à oublier la conversation délicate qu'elle allait avoir avec Matt.

— Bonsoir, signora. Bienvenue à Villa 49. Avez-vous une réservation ?

L'accueil poli du maître d'hôtel la remmena à la réalité.

— Oui, elle devrait être au nom de Matthew Glenn.

— Veuillez me suivre.

Elle se faufila dans le restaurant derrière lui.

La table que Matt avait réservée dans le coin était vide. Olivia fut momentanément surprise. Matt était toujours ponctuel et elle était en retard de cinq minutes. Elle s'était attendue à ce qu'il soit là, en train de l'attendre.

Bon, la circulation en ville pouvait réserver des surprises.

Olivia vérifia rapidement son téléphone. Il y avait deux autres messages de félicitations de ses collègues et elle se sentit coupable en les lisant tous les deux. Finalement, il y avait un message de son assistante, Bianca.

— James dit qu'il faut que j'assiste à une réunion urgente demain. Sais-tu de quoi il s'agit ? Ai-je fait quelque chose de mal ?

Olivia imaginait la mince jeune femme attendre en se rongeant les ongles. Olivia avait essayé autant que possible d'aider son assistante à mettre fin à cette habitude anxieuse. Elle lui avait même offert une séance de manucure, mais Bianca avait rongé ses ongles récemment vernis aussi férocement qu'avant. Finalement, Olivia avait décidé d'abandonner. Après tout, comme habitude, il y avait pire. Une des autres assistantes s'était mise à manger des beignets pour calmer son stress et avait pris neuf kilos en trois mois.

Olivia répondit par SMS qu'elle n'avait rien fait de mal, que c'était une réunion collective et qu'il ne s'agirait probablement que d'une évaluation avec mise au courant des dernières nouvelles.

Elle ajouta un smiley et envoya le message. Alors, elle s'intéressa à la liste des vins.

Quand elle tourna les pages du menu, Olivia se sentit à nouveau heureuse. Elle adorait les vins italiens et ce menu était spécialisé dans les crus de la région toscane. Il y avait des noms dont elle n'avait jamais entendu parler, mais elle était fascinée par leur musique. Elle s'imaginait des collines vertes ondoyantes sous le soleil, avec des rangées ordonnées de vignes parsemées de bosquets d'oliviers.

Sachant que Matt préférait boire du vin rouge, elle accorda une attention spéciale à cette partie du menu.

Elle fut attirée par le Tignanello, décrit comme étant un rouge intense et avec du corps, fabriqué à partir des raisins Sangiovese locaux et parfumé à la cerise noire. Cette qualité hors du commun avait son prix, mais c'était une occasion spéciale et elle était sûre que Matt serait heureux de se laisser aller.

Elle était ravie qu'ils finissent par dîner ensemble. Pendant les quelques dernières semaines, ils avaient été terriblement occupés, tous les deux, et Matt avait été presque constamment en déplacement. Ils plaisantaient tout le temps en disant que Leigh, son assistante personnelle qui voyageait avec lui, le voyait plus souvent qu'Olivia.

— Bonsoir, Liv. Désolé d'être en retard.

Elle leva les yeux et vit Matt qui se dépêchait de traverser le restaurant maintenant plein et frénétique pour venir la rejoindre. Il portait son costume charbon de bois Armani le plus soigné et ses cheveux foncés grisonnants étaient coupés à la perfection. Il était grand, en forme, beau et accompli à l'extrême. Même au bout de quatre ans, Olivia avait du mal à croire qu'ils étaient ensemble.

Même si elle ne l'aurait jamais avoué à qui que ce soit, parfois, elle sentait qu'elle manquait un peu d'assurance quand elle se disait que Matt était vraiment un parti exceptionnel. Elle se réconfortait en se disant que c'était un point positif. Après tout, ça lui permettait de rester vigilante, d'être consciente de sa propre image et de se battre pour mieux réussir sa carrière.

— Salut, Matt, dit-elle avec un sourire. Contente de te retrouver. Quelle surprise de te voir de retour en ville ! J'adore ta coiffure.

Elle se releva et tira sur sa robe moulante pour la descendre sur ses hanches, espérant qu'il ne remarquerait pas le camouflage qu'elle avait effectué sur ses bas. Il l'embrassa sur la joue sans faire de commentaire et elle en fut soulagée. Ils s'assirent.

Olivia commanda le Tignanello et, pendant qu'ils attendaient qu'il arrive, elle commença la conversation difficile à laquelle elle s'était préparée.

— Je suis sûre que ça va te choquer, mais je suis vraiment malheureuse.

Matt leva les sourcils.

— Vraiment ?

Olivia inspira profondément. C'était le moment de tout déballer.

— Le problème, c'est le travail.

Matt cligna rapidement des yeux, comme s'il ne s'était pas attendu à ce qu'elle dise ça.

— Que veux-tu dire ? demanda-t-il prudemment.

— J'ai l'impression d'avoir vendu mon âme. Ma vie prend une direction à laquelle je ne m'étais pas attendue et je — je déteste ça.

En vérité, si elle avait l'impression de s'être vendue, c'était parce que Valley Wines était le contraire de tout ce en quoi elle croyait.

La première fois qu'Olivia avait assisté à une dégustation de Valley Wines, elle n'y avait bu que deux petits verres mais, le lendemain, elle s'était réveillée avec un mal de tête brutal qui lui avait donné des élancements toute la journée.

D'habitude, deux petits verres de vin n'avaient pas un effet aussi néfaste. Curieuse de découvrir ce qu'il y avait exactement dans ces vins, elle avait fait ses recherches. Cela n'avait pas été facile, mais Olivia était patiente et persistante et elle adorait être confrontée à une énigme difficile à résoudre. Suite à des recherches en ligne, des appels téléphoniques prudents et des réunions confidentielles en face à face, elle avait découvert la vérité.

— J'ai enquêté sur l'entreprise Valley Wines et elle est répugnante. Elle donne une image fallacieuse d'elle-même. Elle frise l'escroquerie et, à cause de ma campagne de marketing, tout le monde croit ce qu'elle déclare.

Matt fronça les sourcils.

— Mais, Liv, c'est à ça que servent les campagnes de marketing.

— Non ! protesta-t-elle. Dans ce cas-là, c'est différent. Ce n'est pas seulement du vin médiocre, c'est du vin bon à jeter.

— Que veux-tu dire ?

— Ils n'ont pas de 'vignobles familiaux'. Tous les raisins sont cultivés de manière industrielle et récoltés avec des machines. De plus, ils utilisent des raisins de n'importe où, du moment qu'ils coûtent moins cher. On ne peut même pas visiter l'exploitation viticole.

— Pourquoi ? demanda Matt.

— Parce qu'il n'y en a pas, avoua Olivia. Il y a une usine immense et, en gros, ils prennent du jus de raisin alcoolisé et le gonflent avec des quantités de poudres, de compositions aromatisantes et d'additifs. Ils ont cherché quel goût plaisait à la majorité des gens et les scientifiques en alimentation ont créé des profils gustatifs qu'ils imitent à l'aide d'additifs. C'est ce que sont Valley White et Valley Red.

Pendant que Matt prenait un air dubitatif, Olivia poursuivit.

— Ils utilisent des tas de sulfites pour prolonger la durée de conservation et aussi pour que tous les lots aient le même goût. Je ne sais pas si c'est à cause des sulfites ou d'autre chose qu'ils mettent dans le vin mais, quand j'en bois, je me sens terriblement mal.

— Je ne vois toujours pas où est le problème. C'est du mauvais vin, et alors ? Les gens ne peuvent-ils pas se décider en le goûtant ? demanda Matt.

Olivia laissa échapper un soupir de contrariété.

— Le problème, c'est que toutes les boutiques en vendent, maintenant, et que cela signifie qu'il reste moins de place pour les autres marques. Donc, ma campagne cause du tort aux entreprises qui aiment vraiment le vin et qui le fabriquent correctement. J'ai la sensation d'avoir causé du tort aux bons vignerons alors qu'ils ne le méritaient pas.

Olivia grimaça quand elle pensa au succès du slogan maintenant célèbre qu'elle avait trouvé : 'Profitez de votre journée grâce à la Vallée'.

— J'ai créé mon propre slogan, dit-elle à Matt. 'Valley White vous donnera des insomnies' et 'Valley Red vous donnera des maux de tête'.

Elle s'était attendue à ce que cela le fasse rire, mais Matt ne rit pas.

Peut-être commençait-il finalement à comprendre la gravité de la situation d'Olivia.

— Matt, je me dis qu'il faut que je parte, dit-elle. Je ne peux pas continuer à travailler pour une entreprise qui représente des marques en lesquelles je ne crois pas et qui s'acharne à détruire les autres marques en lesquelles je crois. Je suis vraiment sur le point de démissionner.

Elle leva une main en plaçant le pouce et l'index près l'un de l'autre.

C'était une autre de leurs blagues préférées, mais Matt ne rit pas cette fois non plus.

— Je crains d'avoir une mauvaise nouvelle à t'annoncer, moi aussi, lui dit-il.

Olivia le contempla les yeux écarquillés.

Qu'était-il arrivé ? Est-ce que Matt avait perdu son travail ? Est-ce qu'un de ses parents était malade ?

Olivia se rendit compte que, s'il l'avait invitée ici, il devait y avoir une raison. Elle avait supposé que c'était pour la féliciter, mais il avait eu ses propres raisons et elle avait monopolisé la conversation comme une égoïste sans même chercher à se renseigner.

— Oh, Matt, je suis vraiment désolée. Qu'est-ce que c'est ? demanda-t-elle.

— Je suis sûr que ça va te choquer.

Olivia cligna des yeux. Elle ne comprenait pas pourquoi Matt utilisait les mêmes mots qu'elle. Que se passait-il donc ?

Pendant un instant de folie, elle se demanda si Matt était aussi insatisfait de son travail qu'elle l'était du sien. Il en avait peut-être assez d'être gestionnaire de fonds de placement et il voulait peut-être du changement. Elle se mit à réfléchir frénétiquement et essaya d'imaginer comment ils pourraient repartir à zéro ensemble, changer de ville ou même passer un an sur une île exotique. Ce serait une belle aventure qui leur permettrait de se détendre ensemble et d'apprécier leur vie commune.

Olivia n'avait jamais réellement désiré se marier et avoir des enfants et elle savait que Matt était comme elle, mais elle aurait voulu pouvoir se permettre de passer du temps sans interruption avec lui, sans être harcelée par les rendez-vous, les réunions et les horaires de travail interminables qu'ils devaient supporter tous les deux. Sur une île, ils pourraient faire ça.

Alors, la réalité la rattrapa. Matt adorait son travail et n'avait jamais ne serait-ce que suggéré qu'il était malheureux. De plus, il était un citadin dans l'âme et il aimait la rythme de la vie urbaine. Il était impossible que ce soit ça. C'était forcément autre chose.

— Qu'est-ce qui va me choquer ? demanda-t-elle, sentant un frisson d'appréhension.

— Il ne s'agit pas du travail.

— Que veux-tu dire ? demanda-t-elle d'une voix qui lui parut faible et étrange.

— Il s'agit de nous.

Il adressa à Olivia un de ses sourires navrés caractéristiques, les lèvres serrées, les yeux plissés et la tête penchée.

— Ça ne marche pas, nous deux. Je suis vraiment désolé. J'aurais voulu que ça se passe différemment, mais c'est comme ça. Même s'il est forcément difficile de le dire, je romps avec toi.

CHAPITRE TROIS

Olivia contempla Matt, incrédule.

De quoi parlait-il ? Était-ce une farce cruelle ?

Elle rejeta immédiatement cette hypothèse. Matt n'était pas cette sorte de personne. Cependant, elle n'avait pas cru qu'il serait la sorte de personne à l'inviter dîner dans un restaurant chic pour casser avec elle avant même qu'on leur ait apporté le vin.

— Mais … pourquoi ? demanda-t-elle. Matt, pourquoi fais-tu ça ? Nous avons été heureux ensemble. Enfin, j'ai été heureuse. Je sais qu'on ne s'est pas vus aussi souvent qu'on aurait pu, mais c'est parce que nous avons eu beaucoup de travail, toi comme moi.

Il hocha la tête d'un air approbateur comme si elle avait trouvé exactement la bonne raison.

— C'est ça, Liv. C'est exactement ça le problème. Tu l'as bien résumé. Nous avons tous les deux beaucoup de travail. Nous ne nous voyons qu'une ou deux nuits par semaine.

Il se pencha en avant et parla en prenant un ton calme et confidentiel.

— Mais surtout, nous sommes différents. Je suis une personne très organisée. C'est difficile de vivre avec une personne aussi désorganisée que toi. Tu ne rebouches jamais le tube de dentifrice et, la semaine dernière, quand j'ai ouvert ma serviette à une réunion, une de tes culottes en est tombée. J'ai été extrêmement embarrassé. Il y avait vingt investisseurs internationaux à cette réunion et, quand un sous-vêtement rose en dentelles avec le slogan 'Tu Me Manques' a atterri sur la table de la salle de conférence, cela a eu un effet négatif sur l'impression de conscience professionnelle que j'espérais créer et que notre entreprise attend de moi.

Olivia crut entendre un rire étouffé. Quand elle regarda aux alentours, elle vit que leur conversation avait attiré l'attention des trois femmes assises à la table voisine qui, à présent, écoutaient avidement.

— Et pourquoi est-ce arrivé, Olivia ? poursuivit Matt. C'est parce que tu tiens à enlever ta culotte et à la jeter par terre dans la chambre au lieu de la mettre dans le panier à linge. Cette fois, une culotte a atterri dans ma serviette. Cela aurait pu être un désastre pour ma carrière. Ce n'est qu'un exemple parmi d'autres. Tu ne m'as pas aidé.

Olivia se retrouva bouche bée. Comment pouvait-il dire ça ? Elle l'avait soutenu constamment.

— Quand nous avons emménagé ensemble, j'ai vidé la chambre d'amis pour que tu puisses avoir un bureau, mais tu ne l'as jamais utilisé, dit-elle, maintenant indignée. J'ai repeint la chambre principale en blanc parce que tu me l'as demandé. J'ai vidé mes placards pour faire de l'espace à toutes tes vestes, tes chemises et tes chaussures. J'ai même fait don de ma belle bibliothèque pour que ta grande télévision à écran plat tienne dans le séjour.

Elle avait gardé ses meubles et son lit. Matt avait dit qu'il vendrait les siens. Non, un moment. Comme Olivia s'en souvenait maintenant, il avait dit qu'il les donnerait à Leigh, son assistante personnelle, car elle avait cassé avec son petit ami et emménageait dans son propre appartement.

Olivia fronça les sourcils, prise par un soupçon soudain. Avant qu'elle ait pu dire un mot, Matt poursuivit comme s'il ne l'avait pas du tout entendue.

— Comme je l'ai dit, j'ai changé de projet de vie et, Liv, je pense que nous voulons des choses très différentes. Oui, tu as été heureuse, mais je veux une femme qui soit là pour moi, qui s'occupe de moi, fasse la cuisine pour moi, m'aide dans ma vie.

— Je fais la cuisine pour toi !

Olivia prononça ces mots plus fort qu'elle ne l'avait voulu.

Le serveur, qui apportait le vin, approcha et posa la bouteille, mais il était très surpris.

— Puis-je ouvrir — commença-t-il avec hésitation, mais Matt le congédia d'un geste.

Animée par son indignation vertueuse, Olivia poursuivit.

— La semaine dernière, je nous ai fait des spaghettis bolognaise. Je me suis levée à cinq heures du matin pour préparer la sauce et je l'ai mise dans la mijoteuse. Cela sentait si bon que même le voisin m'a fait des compliments quand je suis rentrée du travail. Et toi, qu'as-tu dit, Matt ? Te souviens-tu de ce que tu as dit quand je t'ai servi les spaghettis ? Tu as dit : 'Eh bien, j'espère vraiment que ça ne me tuera pas'. Tu as trouvé cette réflexion très drôle et j'ai ri moi aussi, mais ça m'a fait mal.

— Moins fort, tu veux bien ? dit Matt avec un sourire crispé, mais elle entendait le stress dans sa voix.

Olivia cligna des yeux. Parler moins fort ? Il lui disait de ne pas crier, alors qu'il venait de lui annoncer un désastre qui avait bouleversé sa vie tout entière ?

— Tu es parfois embarrassante, dit Matt en baissant la voix. Je t'ai déjà dit qu'on ne parlait pas trop fort dans les restaurants. Tout le monde n'a pas envie d'entendre tes histoires drôles.

— Si, entendit Olivia une des femmes assises à la table voisine marmonner.

— Et puis, tu as bien utilisé du fard à paupières pour cacher ces trous dans tes bas, non ? Tu n'as pas craint que les gens le remarquent ? Tu aurais pu facilement en garder une paire de rechange dans ton sac à main pour éviter complètement ce problème. C'est ce que ferait une personne organisée.

Olivia sentit qu'elle rougissait comme une tomate.

— Moi, je n'ai rien remarqué, entendit-elle dire une autre des femmes d'à côté et, cette fois-ci, Matt se retourna d'un air étonné.

Olivia inspira profondément.

— Qu'est-ce qui t'a fait penser que c'était le bon moment pour parler de ça ? demanda-t-elle.

— Suite à un arrangement de dernière minute, je quitte le pays en avion demain. C'est abrupt, je sais.

Cette conversation devenait si surréaliste que, pendant un moment, Olivia fut certaine qu'elle l'avait entièrement rêvée. Elle devait être en plein cauchemar, parce que tout cela était absurde.

— Où vas-tu ?

— Je vais passer deux semaines aux Bermudes, dit-il sans croiser le regard incrédule d'Olivia.

— Pour le travail ?

Une fois de plus, elle vit Matt grimacer, choqué par le volume de sa voix.

— C'est une conférence professionnelle, oui.

— Est-ce que Leigh t'accompagne ?

Elle avait posé la question de façon machinale, sans avoir eu le temps d'y réfléchir, mais elle vit sa réaction. L'espace d'un instant, il eut l'air horrifié, comme si elle l'avait pris la main dans le sac.

— Toi et Leigh ? Les conférences, ça ne dure pas deux semaines. Ça n'a aucun rapport avec le travail, n'est-ce pas ?

— Je t'en prie, parle moins fort, marmonna Matt. Leigh est mon assistante personnelle. Rien de plus. Elle est beaucoup plus jeune que moi, de toute façon. Elle aura trente ans dimanche.

Il s'arrêta et serra les lèvres, mais trop tard. Olivia se jeta sur l'information qu'il venait de révéler par inadvertance.

— Trente ans ? C'est un anniversaire important. Son cadeau ne comporterait pas des vacances aux Bermudes, par hasard ?

Olivia entendit un petit cri horrifié venir de la table d'à côté.

Matt avait pris un air extrêmement coupable. Olivia se sentit révoltée. Matt avait trente-cinq ans et cela ne faisait qu'un an de plus qu'elle. Quand ils avaient commencé à sortir ensemble, elle avait craint qu'il ne cherche une femme plus jeune. Même si elle avait su qu'elle n'y pourrait rien, avec sa coiffeuse, elles avaient essayé de faire en sorte que Matt ne puisse jamais chercher de femme plus blonde. Visiblement, ça n'avait pas fonctionné.

— Tu m'invites dans ce magnifique restaurant et, la première chose que tu fais, c'est rompre avec moi ?

Elle se sentit à nouveau choquée par l'insensibilité de ses actions.

— Tu m'as invitée ici pour que je ne fasse pas de scène, n'est-ce pas ? Tu as espéré que, si tu le faisais dans un restaurant chic, tu pourrais t'en aller sans que je m'énerve ou que je sème le trouble.

Olivia se releva brusquement et le contempla d'un air furieux.

— Je suis en colère, je suis furieuse et je *vais* faire une scène. Tu m'as traitée de façon abominable. Comment oses-tu me tromper puis essayer de me pousser à me sentir inadéquate en disant que tu as besoin d'une femme qui prenne soin de toi tout en laissant entendre que je ne l'ai pas fait ? C'est l'argument le plus manipulateur que j'aie jamais entendu.

— C'est inacceptable, entendit-elle une des femmes de la table d'à côté dire fermement. Vous faites bien de vous débarrasser d'un homme qui vous trompe, insulte votre cuisine et critique vos choix vestimentaires. Oubliez le problème des bas ; on ne l'avait même pas remarqué. Je ne crois pas qu'il ait dit que vous aviez une robe magnifique. Pour chercher les défauts, il est plus doué.

— Vous êtes visiblement trop bonne pour lui et il se sent menacé par vous, dit une autre des femmes d'un ton obligeant.

— Il vous a montré son vrai visage et ce n'est pas reluisant, ma chérie, annonça la troisième.

— Merci, dit Olivia aux femmes.

Quand elle regarda dans le restaurant, elle remarqua que plusieurs des autres clients qui avaient assisté au drame hochaient la tête en sa faveur. Un jeune homme assis à une table près de la porte avait sorti son téléphone et se préparait à filmer la scène.

Matt, le visage rouge comme une tomate, contemplait fixement la nappe amidonnée.

— Je — Je ne voulais pas dire ça, marmonna-t-il. Écoute, pourquoi ne pas aller ailleurs pour en discuter ?

Il semblait avoir très envie que la terre, ou peut-être le carrelage en granit du restaurant, s'ouvre par magie pour l'engloutir.

En fait, il allait devoir quitter Villa 49 et passer devant tous ces gens qui, soudain, désapprouvaient tous Matt Glenn. Il serait jugé à chaque pas et Olivia décida qu'il devrait supporter cette honte tout seul.

— Je m'en vais, dit-elle moins fort. Si tu n'as pas dégagé tes affaires de mon appartement à vingt-deux heures ce soir, je donne tout le reste à des organisations caritatives.

Son regard tomba sur le magnifique vin rouge toscan, qu'elle avait choisi avec tant de soin et de passion. Même si elle n'avait pas pu tester la nourriture, elle refusait de partir en laissant ce vin.

— Cette bouteille est à moi.

Elle enleva la bouteille de la table, serrant la main autour du verre sombre et frais.

— Tu la verras sur la note.

Les femmes de la table d'à côté commencèrent à applaudir.

Olivia prit son sac à main, se retourna et partit solennellement vers la porte.

CHAPITRE QUATRE

Devant le restaurant, Olivia appela un taxi. Elle tremblait encore d'indignation et eut envie de revenir dans le restaurant pour dire ses quatre vérités à Matt.

Elle inspira profondément pour se calmer. Il serait plus sensé de passer à autre chose et de l'exclure définitivement de sa vie. Cela signifiait qu'il fallait qu'elle trouve un autre endroit ou aller maintenant, parce qu'elle avait donné à Matt un ultimatum à vingt-deux heures. Elle ne pouvait pas repartir à l'appartement avant cette heure-là de peur de l'y retrouver en train d'emballer ses chemises et ses costumes et de démonter sa gigantesque télévision à écran plat.

Elle fronça les sourcils, indécise. Elle avait des amies, bien sûr, mais pas tant que ça, surtout ici, à Chicago. Au cours des dernières années, ses heures de travail ne lui avaient pas laissé le temps de fréquenter beaucoup de gens et ses deux meilleures amies étaient en vacances.

Elle monta dans le taxi et, sur l'impulsion du moment, elle donna au conducteur l'adresse de Bianca, car c'était le seul nom de rue qui lui était venu en tête.

Vingt minutes plus tard, elle tapotait avec hésitation sur la porte d'entrée de son assistante en espérant qu'elle ne considérerait pas son arrivée comme une demande importune.

— Est-ce que tout va bien ? demanda Bianca dès qu'elle vit Olivia sur son seuil.

Elle portait un survêtement rose avec un lapin bleu sur la poche et un délicieux arôme de pizza arrivait du petit appartement.

Elle contemplait Olivia d'un air indécis et Olivia se rendit compte que la dernière chose qu'elle aurait désirée ou à laquelle elle se serait attendue était de voir son patron arriver chez elle sans préavis.

Bianca porta machinalement une main à la bouche et Olivia se retint de lui saisir le poignet quand elle commença à se ronger l'ongle du pouce.

— Je ne savais pas où aller, avouer Olivia.

— Est-ce qu'il est arrivé quelque chose ? demanda Bianca.

18

— Matt m'a invitée à dîner puis a cassé avec moi. Je me suis souvenue de votre adresse. J'ai apporté du vin, ajouta Olivia avec obligeance, comme si cela pouvait mener à un accord.

Bianca laissa échapper un petit cri horrifié.

— Oh, Olivia, c'est affreux. Entrez. Vous tenez bon ? Vous devez être sous le choc. Asseyez-vous, je vous en prie. Puis-je vous préparer du thé sucré ? N'est-ce pas ce qu'on est supposé boire quand on est sous le choc ? Est-ce que vous avez froid ou est-ce que vous respirez superficiellement ?

— Je vais bien, dit Olivia.

— Avez-vous mangé ? J'ai commandé une grande pizza parce que j'allais en garder un peu pour le petit-déjeuner. Elle vient d'arriver. Il y en a plus qu'assez pour deux.

— C'est très gentil à vous.

Même si elle bouillait encore de colère, Olivia s'était rendu compte qu'elle avait très faim. Elle avait sauté le déjeuner parce qu'elle avait prévu de manger beaucoup au restaurant Villa 49.

Malgré cela, elle avait la sensation d'être de trop chez Bianca. Elles travaillaient ensemble au moins douze heures par jour, mais elles n'avaient jamais vraiment eu l'occasion de devenir amies ou de parler d'autre chose que de comptes publicitaires.

Dans la cuisine immaculée de Bianca, elle posa la bouteille de vin à côté de la boîte à pizza, la déboucha et leur versa un grand verre à chacune en espérant que ça les mettrait à l'aise.

— J'avais commandé ça pour boire avec le repas. C'est un cru de Toscane, dit-elle.

Soulevant le verre, elle inspira le bouquet du vin. Il était intense, avait du corps et du parfum et évoquait les cerises noires. Ce vin avait été fait avec passion et soin. Il était magnifique.

Elle en prit une petite gorgée et sentit la saveur danser sur sa langue. C'était comme si sa bouche venait de s'illuminer.

Olivia regretta un moment de ne pas avoir pu apprécier ce vin avec la nourriture raffinée du restaurant, mais une pizza au pepperoni, avec beaucoup de fromage, était la meilleure des solutions de rechange qui lui venaient en tête. Elle mit la pizza dans des assiettes et elles se rendirent dans le salon, où l'air conditionné les protégeait contre la chaleur de la soirée estivale.

Les deux femmes s'assirent l'une à côté de l'autre. Elles burent le vin en même temps. Ensuite, elles mangèrent chacune une tranche de pizza. La croûte était croustillante et leur mastication remplissait le silence autrement embarrassant.

Sans réfléchir, Olivia remplit à nouveau leurs verres et, soudain, le silence ne lui parut plus aussi impénétrable.

— C'est affreux de faire ça, dit Bianca avec compassion, prenant à nouveau un air anxieux. Vous inviter à dîner puis casser avec vous.

Olivia hocha la tête.

— J'ai découvert qu'il sortait avec son assistante personnelle en cachette.

— Quoi ? dit Bianca d'un air outragé.

— Il part en vacances aux Bermudes avec elle demain, donc, je suis finalement assez soulagée. Il a montré qui il était réellement. C'est un faux jeton sans considération. Je m'en suis bien tirée.

Une idée lui vint en tête.

— Au fait, remarquez-vous quoi que ce soit d'étrange dans mes bas ?

Bianca y jeta un coup d'œil.

— Que suis-je censée chercher ? demanda-t-elle. C'est une belle robe.

— Laissez tomber. C'était juste pour savoir.

Olivia se sentit soudainement soulagée de ne plus être avec un homme hypercritique qui semblait avoir des rayons X à la place des yeux.

Elle prit une autre gorgée de ce vin incroyable.

— Pour être honnête avec vous, ce travail me rend malheureuse.

— Pourquoi ? demanda Bianca en serrant les mains et en se penchant en avant.

— Je travaille trop. Je me sens piégée, d'une certaine façon. Ce n'est peut-être que cette campagne mais, ces temps-ci, je suis totalement démoralisée.

— Parce que vous travaillez tant ?

— En partie, mais aussi parce que j'ai peur d'avoir vendu mon âme.

Juste à temps, Olivia se souvint qu'elle ne devait pas communiquer à Bianca les informations sur la fabrication du vin chez Valley, parce que son assistante devait encore travailler sur ce compte. Elle poursuivit en choisissant prudemment ses mots.

— Nos comptes sont tous très communs, des grandes entreprises sans âme. Ce n'est pas ce qui me passionne. Je veux soutenir les petites entreprises et les marques artisanales. Je veux adhérer à ce style de vie au lieu d'être prise dans cette jungle où des marques sans caractère se battent pour écraser les autres en utilisant nos agences comme armes.

Bianca eut l'air impressionnée par le déchaînement d'Olivia. Elle hocha la tête avec solennité puis hoqueta fortement.

Olivia fut elle-même impressionnée. Jusqu'à présent, elle n'avait pas trouvé les bons mots pour formuler son point de vue avec tant d'éloquence.

— Voulez-vous qu'on vous attribue un autre compte ? demanda Bianca.

Olivia soupira.

— Je ne sais pas si James l'accepterait, parce que celui-ci a été un grand succès. Chez Valley Wines, ils voudront peut-être qu'on continue à travailler pour eux. De plus, comme nous sommes une des agences les plus grandes, nous avons tendance à gérer les grandes marques. Je ne crois pas que nous ayons un seul produit de niche dans notre portefeuille.

— C'est là le problème, dit Bianca avec compassion.

Pendant un moment de confusion, Olivia se demanda comment elle avait pu en arriver là. Elle était piégée dans cette jungle. Il fallait qu'elle travaille pour pouvoir payer son coûteux appartement et elle avait besoin de son coûteux appartement parce qu'il était près de son lieu de travail. Comment quitter ce cercle vicieux sans provoquer d'accident majeur ? se demanda-t-elle.

— Vous savez, c'est bizarre, mais je rêve d'un style de vie alternatif, confia Olivia à son assistante.

— Comme une hippie ? Avec un camping-car ? tenta Bianca.

— Non, autre chose.

Olivia se sentait embarrassée de dévoiler son rêve, car elle n'en avait jamais parlé à personne, même pas à Matt, ce qui était tout aussi bien parce que, si elle l'avait fait, il l'aurait probablement critiqué à un tel point qu'Olivia l'aurait abandonné depuis longtemps.

— Dites-moi, dans ce cas. À quoi pensez-vous ? demanda Bianca en se penchant en avant d'un air curieux.

— Je ne peux pas.

Olivia avait trop honte pour dévoiler son idée impossible.

— Eh bien, maintenant, il faut me le dire ou je ne dormirai pas de la nuit à cause de ma curiosité, répondit Bianca pour l'encourager.

Olivia inspira profondément.

— J'adore le vin.

Elle s'interrompit pour ordonner ses pensées.

— J'aimerais participer à cette industrie, acheter un petit vignoble et produire mes propres vins. J'ai toujours imaginé que je le ferais quelque part en Italie. Je n'ai pas réfléchi aux détails, mais je ne peux m'empêcher de m'imaginer à quoi ressemblerait la vie si je travaillais dans une petite ville ou dans un village. Ça serait tellement différent.

Elle prit une autre gorgée du vin rouge italien.

— Imaginez habiter dans la campagne toscane, dans le territoire viticole, sentir que vous appartenez à une communauté locale et avoir des amis qui habitent juste à côté.

— Ça paraît fascinant.

Bianca hocha la tête, les yeux écarquillés.

— Ça ne peut pas être si dur que ça de produire du vin, n'est-ce pas ? Je veux dire, je sais quand même assez bien quel goût il devrait avoir.

Olivia vida son verre.

— Je ne crois pas que ce soit très difficile, convint Bianca. On fait pousser les grappes de raisin, on les cueille, on les écrase puis on les fait fermenter. Ça n'a pas l'air compliqué.

Bianca hocha la tête d'un air pensif en contemplant son verre vide.

— Je suis contente que vous le pensiez. Vous savez, j'ai trente-quatre ans, je suis à nouveau célibataire et je peux compter mes vrais amis sur les doigts d'une main, avoua Olivia. Même si j'avais eu un accident grave avec un équipement lourd, je pourrais encore les compter sur les doigts de cette main. Les rares fois où nous nous voyons, nous nous serrons les uns dans les bras des autres et nous disons que nous sommes si proches que c'est comme si nous nous étions vus la veille. Pourtant, en vérité, nous habitons loin les uns des autres et, à mesure que passe le temps, nous nous éloignons les uns des autres.

Bianca avait l'air découragée.

— Je vois ce que vous voulez dire. C'est tellement triste.

— Je désire de plus en plus que ma vie m'apporte autre chose.

Olivia soupira et vida son verre.

— Pourtant, c'est une idée stupide, impossible à réaliser.

— Pourquoi ? demanda Bianca. Je la trouve merveilleuse. Elle semble correspondre exactement au changement qu'il vous faut. Vous devriez peut-être faire ça. Allez-y en vacances et voyez s'il y a des opportunités. Quoi qu'il en soit, prenez des vacances. Vous les méritez. Vous n'avez pas pris plus de deux ou trois jours l'année dernière.

Olivia sourit.

— C'est juste un rêve. La réalité est différente. Cependant, oui, je vais peut-être demander un congé et partir en vacances. Cela me semble être une bonne idée.

Elle mangea la dernière tranche de pizza et regarda quelle heure il était.

— Je ne peux pas encore rentrer chez moi, dit-elle. J'ai laissé jusqu'à vingt-deux heures à Matt pour prendre ses affaires. Je suis sûre qu'il est là-bas maintenant et je ne veux pas le revoir.

— Permettez que je vous ouvre une autre bouteille, suggéra Bianca. Je crois que nous avons besoin d'un autre verre.

— C'est une bonne idée, dit Olivia.

Cependant, quand Bianca apporta les verres fraîchement remplis de la cuisine, Olivia contempla le vin d'un air soupçonneux.

Cette couleur rouge vif diluée lui semblait familière. Elle sentit le vin et repéra un arôme artificiel douceâtre qu'elle ne reconnut que trop bien.

— Qu'est-ce que c'est ? demanda-t-elle d'un ton qu'elle voulut décontracté.

— C'est un bouteille de Valley Red, dit Bianca d'une voix nerveuse. Ça ne vous dérange pas, n'est-ce pas ? Je sais qu'il est moins bon que celui que nous avons bu, mais nous avons eu droit à une caisse gratuite au lancement.

Quand Olivia vit son air inquiet, elle décida qu'il y avait des moments où il fallait être fidèle à ses principes et d'autres où il était plus important d'être gentil.

— Le vin offert est toujours bon, dit-elle courageusement.

La tête palpitant par anticipation, elle leva son verre.

Faisant de son mieux pour ne pas grimacer, elle avala le jus de raisin trafiqué et se promit quelque chose.

C'était la dernière fois qu'elle buvait cette saleté industrielle. Elle se promit que, quels que soient les efforts requis, même si elle devait supplier James ou même si cela portait tort à sa carrière, elle n'accepterait plus de travailler sur le compte de Valley Wines.

CHAPITRE CINQ

Le soleil matinal perça cruellement les rideaux blancs de la chambre d'Olivia et frappa son crâne endolori.

— Valley Red vous donnera des maux de tête, gémit-elle.

Elle se redressa prudemment, grimaçant sous la douleur.

Après une demi-bouteille du meilleur vin de Toscane, elle avait bu un grand verre de jus de raisin alcoolisé lourd en sulfites et au goût chimique. Au moins, elle savait d'où venait son mal de tête. De plus, le vin avait fourni une torpeur bienvenue quand elle était revenue dans son appartement à moitié vide, où les étagères désordonnées et les marques d'éraflures sur la moquette prouvaient que Matt avait retiré ses possessions tard le soir et en toute hâte.

Bon, il était définitivement hors de sa vie. Au revoir et bon débarras.

Elle se rendit dans la salle de bains en traînant les pieds et avala deux ibuprofènes avec un grand verre d'eau. Ensuite, elle se remit au lit en espérant que ces cachets feraient bientôt effet parce que même réfléchir lui faisait mal.

Pour passer le temps, Olivia ouvrit son téléphone et parcourut son compte de médias sociaux. Cela faisait des semaines qu'elle n'avait pas eu le temps de mettre à jour son compte personnel ou de se tenir au courant de ce que ses amies faisaient.

Elle fit défiler Instagram, contente de voir qu'une de ses collègues de son entreprise précédente avait adopté deux chatons. Elle avait posté des photos des deux chatons roux. On les voyait jouer l'un avec l'autre, courir après des jouets et faire la sieste.

Une autre amie d'Olivia était allée à un mariage à Hawaï et Olivia fut fascinée par les photos pleines de couleurs.

Soudain, elle écarquilla les yeux quand la photo suivante s'afficha.

C'était une villa toscane d'une beauté spectaculaire. La photo montrait des oliviers, une pierre chaude couleur sable et une vue sur des collines et des vignes qui s'étendaient au-delà. L'espace d'un instant, Olivia crut que c'était sa propre imagination qui avait créé cette photo.

Alors, elle vit qu'elle était sur le compte de son amie Charlotte.

Charlotte était la plus vieille amie d'Olivia. Elles avaient été très proches à l'école. Comme elles étaient toutes les deux filles uniques, elles avaient déclaré aux gens qui ne les connaissaient pas qu'elles étaient sœurs, sinon même jumelles. Au cours des années, elles s'étaient vues de moins en moins, parce qu'elles avaient travaillé très longtemps dans des villes différentes. Olivia se souvenait maintenant que Charlotte allait bientôt se marier. Elle était peut-être partie en Toscane avec son fiancé pour chercher un lieu pour sa fête de mariage.

— #AmbianceVilla, avait écrit Charlotte. #ÉtéEnToscane #vin #liberté.

Olivia saisit un commentaire.

— Ça a l'air superbe !

À sa grande surprise, une réponse apparut presque immédiatement avec un bip.

— Viens visiter l'endroit ! J'y suis seule et je cherche quelqu'un pour partager le loyer. Il y a deux chambres et c'est loué pour l'été !

— Seule ? écrivit Olivia avec une émoticône de surprise. Et le mariage ?

— Je l'ai annulé. #seuleetlibre #bienvivreestlameilleurevengeance, répondit Charlotte avec une série de smileys.

Olivia contempla le message, sous le choc. Qu'est-ce qui avait pu pousser son amie à prendre une décision aussi draconienne ? Elle ne put s'empêcher de ressentir une pointe de jalousie, parce que Charlotte avait visiblement décidé de changer de décor et vivait enfin sa vie dans un environnement exotique.

Confrontée à la même situation, tout ce qu'Olivia avait fait, c'était boire assez de vin pour se fendre le crâne.

— Si seulement c'était possible ! Peut-être la prochaine fois ! répondit-elle.

Elle ferma les yeux. Si elle avait pris de meilleures décisions, elle serait peut-être assise sur une balançoire en fer forgé, en train de bavarder avec Charlotte sous un olivier ; elles seraient au-dessus d'une cour en pierre avec vue sur des collines et des vignes. Olivia arrivait presque à s'imaginer en train de boire un verre de Chianti frais pendant qu'une brise douce lui caressait les cheveux.

Charlotte semblait savoir se remettre d'un choc de manière plus constructive. Cela dit, Charlotte n'avait pas été absorbée par une quantité de travail aussi conséquente qu'Olivia.

Olivia se souvint de sa réunion importante de ce matin. Aurait-elle le courage de faire ce qu'elle avait promis hier soir, c'est-à-dire prendre un congé puis dire à James qu'elle voulait qu'on lui attribue un autre compte ?

Maintenant, à la lumière aveuglante du jour, avec un mal de tête, cette idée semblait grotesque. Elle ne pouvait pas faire une chose aussi irresponsable et aussi impulsive. Des gens comptaient sur elle. Cela leur donnerait une mauvaise opinion d'elle. De toute façon, James refuserait. Il lui rirait probablement au nez.

Détournant son attention d'Instagram, Olivia vit avec horreur qu'il était déjà six heures du matin.

Elle avait perdu du temps à bavarder en ligne et à rêver de la Toscane et, pendant ce temps-là, un message était arrivé sur son téléphone. Il venait de James.

— Olivia, j'ai besoin que tu sois ici à 6 heures 50 au plus tard. À présent, toute l'équipe de direction de Kansas Foods et de Valley Wines assiste à cette réunion. Il faudra que je te fasse un briefing de 10 minutes avant.

Même si elle partait en toute hâte de son appartement, elle serait en retard pour son briefing important.

Jurant à voix basse, Olivia bondit de son lit, saisit le premier tailleur qu'elle trouva, s'y engouffra et se rua dans la salle de bains pour s'y maquiller.

Quand elle alluma la lumière, l'ampoule électrique éclata en produisant un claquement.

Olivia jura à nouveau. Elle n'était presque jamais en retard, ou, du moins, pas régulièrement. Donc, quand elle l'était, pourquoi fallait-il que la vie s'acharne sur elle comme ça ?

Elle se mit son maquillage dans la pénombre et se dit qu'il faudrait qu'elle vérifie si le mascara avait bavé.

Alors, saisissant son sac à main et ses dossiers professionnels, elle quitta l'appartement en toute hâte.

Quand elle passa devant l'appartement voisin, la porte s'ouvrit.

— Salut, l'amie. Je voulais te parler.

C'était Len, son voisin. Len le Bavard, comme elle le surnommait, parce qu'il n'arrivait jamais à terminer une conversation rapidement. Honnêtement, il n'arrivait même pas à en commencer une rapidement. Len gagnait une fortune en faisant quelque chose de mystérieux dans le secteur informatique et il était connu pour son excentricité.

Olivia sourit, mais elle sentit que c'était plus une grimace stressée. Aujourd'hui, il avait donc fallu que Len le Bavard choisisse de partir de chez lui en même temps qu'elle.

— Je suis désolée. Je suis très en retard pour le travail et — commença Olivia.

Len aplatit ses cheveux ébouriffés et poursuivit comme s'il n'avait rien entendu. Il avait l'air d'être encore en pyjama. Cela dit, Len avait toujours cet air-là. Donc, c'était peut-être parce qu'il n'avait que des pyjamas.

— L'année dernière, je t'ai demandé si tu envisageais de vendre ton appartement. J'aimerais te rappeler mon offre parce que j'ai urgemment besoin d'espace supplémentaire et parce qu'aucun autre endroit de cette ville n'a la même capacité de débit par la fibre. Tu sais, en plus d'avoir besoin d'un bureau pour travailler, maintenant, j'ai une gamme complète de trains miniatures à l'échelle HO, qui prend plein d'espace, et aussi deux gammes à l'échelle Z qui, bien qu'elles soient plus petites, nécessitent quand même beaucoup de place.

— Ah bon ?

Olivia inspira pour refuser poliment, mais il poursuivit.

— J'ai aussi acquis trois chats de plus et ils ont besoin de leur propre salle de jeux. Je ne peux pas les mettre avec les trains.

Il secoua tristement la tête.

— J'ai essayé et ça n'a pas bien marché. Tu seras peut-être contente d'apprendre que les trains s'en sont mal sortis.

— C'est une bonne chose, dit Olivia.

— Je suis prêt à augmenter mon offre.

Olivia sentit qu'elle allait hurler.

— Len, non, je suis vraiment désolée. Désolée pour tes chats, tes trains, tes nouveaux chats et tes nouveaux trains plus petits. Je ne veux pas vendre, mais je promets que, si je change d'avis, tu en seras le premier informé.

Len semblait avoir arrêté d'écouter. À présent, il la regardait d'un air bizarre.

— Est-ce que tu t'es blessée ? Est-ce que vous avez eu une grosse dispute, toi et ton petit ami ?

Olivia cligna des yeux.

— Non. Pourquoi ?

— Tu sembles avoir un œil au beurre noir. Le gauche.

— Oh. C'est mon maquillage. Merci de me l'avoir dit.

En frottant frénétiquement sous son œil gauche, Olivia fonça vers la porte de sortie.

*

Une demi-heure plus tard, elle atteignit la grande tour de bureaux couverte de verre dont JCreative occupait les deux étages supérieurs.

Elle prit l'ascenseur et le trouva trop lent puis elle se mit à courir dès que ses pieds se posèrent sur le couloir recouvert de moquette. Elle entra précipitamment dans le bureau de James à exactement sept heures une.

— Désolée pour mon retard, dit-elle le souffle coupé.

James était assis dans son fauteuil de PDG, qu'Olivia trouvait trop grand pour lui. Il la regardait d'un air sévère, comme si son arrivée en retard était une déception énorme pour lui.

Quand Olivia le regarda, elle frissonna de peur, parce qu'elle se voyait suivre la même direction. C'était tout ce qu'il connaissait ; cette entreprise était sa vie. Il avait divorcé quelques années auparavant et il voyait rarement ses enfants. Alors qu'on était en été, elle se rendit compte qu'il avait la peau très pâle, comme s'il n'avait jamais l'occasion de se reposer au soleil parce qu'il passait tout son temps à jouer à jouer aux chaises musicales dans les salles de conférences.

— Asseyez-vous. J'ai de très bonnes nouvelles pour vous, lui dit-elle.

— De quoi s'agit-il ? demanda-t-elle en se forçant à sourire.

— Kansas Foods, la société de portefeuille de Valley Wines, est impressionnée par le succès de cette campagne. Ses directeurs plaisantent en disant que nous avons faire boire la tasse à leurs concurrents.

Olivia agrandit son sourire en souhaitant que ce soit vraiment une bonne nouvelle.

— En fait, ce n'est pas vraiment une blague. Trois marques concurrentes ont perdu tant d'espace d'étalage qu'elles vont probablement mettre la clé sous la porte.

Maintenant, James souriait.

— C'est — euh …

Olivia n'arrivait pas à se résoudre à prononcer le mot.

— … bien.

C'était catastrophique et c'était de sa faute.

— Donc, à partir d'aujourd'hui, nous allons gérer tout le compte d'entreprise de Kansas Foods, annonça fièrement James. C'est pour cela que les équipes de direction sont déjà dans la salle de conférence. Nous effectuons la cession ce matin et nous allons signer un contrat de cinq ans pour toutes les marques. Ce contrat vaut des centaines de millions de dollars.

Olivia sentit son sourire se figer.

— C'est formidable. Quelle réussite.

Elle n'était pas sûre d'avoir l'air sincère mais espérait que James ne se rendait pas compte qu'elle se sentait complètement vidée.

— Maintenant, vous vous demandez peut-être ce que cela signifie pour vous, dit James avec un petit sourire. Espérons que vous n'aviez pas trop prévu de partir en vacances. Vous allez avoir énormément de travail, parce que vous serez à la tête de toutes les grandes campagnes. Vous devrez embaucher quelques employés supplémentaires et répartir votre temps entre ici et leur siège social, qui se trouve à Wichita. J'imagine que vous passerez une semaine ici puis une semaine là-bas. Ça ne devrait pas être un problème pour vous. Vous n'êtes pas mariée, n'est-ce pas ?

Olivia réprima la réponse qui lui vint en tête. Pourquoi sa situation familiale ferait-elle une différence ? Oui, depuis la veille, elle se trouvait être sans petit ami, mais pourquoi James, homme divorcé, supposait-il qu'être non mariée et être célibataire représentait la même chose pour elle ?

— Je ne suis pas mariée, dit-elle froidement.

James eut l'air étonné, comme s'il s'était attendu à ce que ses mots soient reçus avec un consentement servile.

— Vous serez promue au rang de Directrice de Comptes avec une augmentation de salaire substantielle et la même structure de primes qu'avant. Donc, vous allez vous faire énormément d'argent, ma fille, énormément d'argent, dit-il en se frottant les mains.

Olivia cligna des yeux. Elle croyait qu'elle avait déjà gagné énormément d'argent. Si elle devait en gagner encore plus, combien ? Ne disait-on pas que tout le monde avait son prix ? Elle commençait à se demander si c'était aussi son cas.

— Je — commença Olivia, mais James ne s'arrêta pas.

— Un de leurs plus grands comptes chez nous sera Daily Loaf — c'est leur pain.

Il appuya sur des touches de son ordinateur portable.

— Leur PDG m'a fourni quelques informations hier. Leur pain a une durée de conservation de deux semaines maximum. Jusqu'à deux semaines. Incroyable, non ?

— Incroyable, dit Olivia.

En son for intérieur, elle paniquait. Elle ne voulait pas faire la publicité d'un pain d'une durée de conservation de deux semaines. Elle voulait travailler avec des miches artisanales fabriquées avec de la farine moulue sur pierre et cuites dans des fours rustiques en argile.

— Leur saveur caractéristique est augmentée par un mélange de saccharose et de sirop de maïs, qui rend le pain particulièrement délicieux, poursuivit James. Je crois que nous pourrons intégrer cet élément à la campagne. Peut-être quelque chose comme 'Encore un peu, c'est si goûteux' ? Vous saurez peaufiner ça, j'en suis sûr. Ils ont aussi une version diététique. Elle comporte un ajout de dix pour cent de farine de blé complète et bien sûr moins de sucre.

James jeta un coup d'œil à son ordinateur portable.

— Non, je vois que le pain diététique a la même quantité de sucre, mais aussi un supplément de farine de blé complète, bien sûr, c'est très à la mode, de nos jours. Daily Loaf a un potentiel énorme et je suis impatient de voir ce que vous trouverez.

Souriant faiblement, Olivia commençait à se sentir malade.

— Ce sera idéal si vous pouvez fournir un premier jet, quelques idées, slogans ou instructions ; ça nous permettrait de les impressionner pendant la réunion. Je sais que vous êtes experte en idées de dernière minute.

Il leva un sourcil d'un air complice. Olivia tressaillit. Est-ce que cela signifiait ce qu'elle pensait ?

— Comme je vous ai beaucoup préparée, l'équipe de direction attend beaucoup de vous, attend énormément de vous, mais je sais que vous leur donnerez ce qu'ils veulent. Bon, reparlons des produits. Permettez que je vous briefe sur les sodas —

Olivia se leva. Elle ne pouvait pas supporter un mot de plus. Même la perspective de l'augmentation de salaire, du bonus et de la promotion ne pouvait la convaincre. Le montant importait peu.

— Tout cela a l'air très alléchant, dit-elle, mais je crains que ce ne soit pas pour moi.

Elle n'arrivait pas à croire que ces mots sortaient de sa bouche. L'expression horrifiée de James lui indiqua qu'elle n'était pas la seule.

Incapable de s'arrêter, sentant que c'était maintenant ou jamais et qu'elle avait déjà franchi le Rubicon, Olivia poursuivit.

— Malheureusement, je ne peux plus travailler avec cette marque ou avec les marques qui lui sont associées. Donc, dès maintenant, je vous soumets ma démission. Veuillez l'accepter verbalement.

— C'est quoi, cette absurdité ? balbutia James. Vous dites n'importe quoi. C'est dément. Vous ne pouvez pas partir comme ça !

— Je démissionne, dit fermement Olivia.

Inspirant profondément, elle se leva et quitta le bureau. Derrière elle, elle entendit le cri désespéré de James.

— Olivia. Ne partez pas ! Il faut qu'on discute !

S'obligeant à rester forte, elle continua à marcher et ne se retourna pas.

À l'extérieur, dans la rue, elle eut une sensation terrifiante de liberté. Elle se retourna vers la façade de verre sombre du bâtiment, stupéfaite. Ses mains tremblaient sous le choc. Qu'avait-elle fait ? Cela avait été un moment de folie, mais elle ne pouvait pas revenir en arrière.

Ce n'était pas son lieu de travail et cela ne le serait plus jamais. Elle ne pourrait jamais y remettre les pieds de toute sa vie.

L'estomac noué par la peur et l'attente, elle ouvrit la page Instagram de Charlotte et lui écrivit à nouveau.

— J'ai changé d'avis, tapa-t-elle. Est-ce que la villa est encore disponible ?

Retenant son souffle, elle attendit une réponse.

CHAPITRE SIX

Sur le lit d'Olivia, le tas de vêtements s'épaississait.

Jusqu'à présent, il comportait des jeans, des shorts, des tee-shirts, des hauts décontractés et des hauts chics ainsi que quelques hauts à manches longues et une veste.

Le souffle coupé par l'anticipation, elle contempla les vêtements. Dans quelques petites heures, elle monterait dans un avion. Le lendemain matin, elle arriverait en Toscane.

— Je pars. Je pars vraiment. Je n'arrive pas à y croire, dit-elle.

Ce matin, elle s'était réveillée avec une gueule de bois, stressée et elle avait détesté son travail. Seulement deux heures plus tard, elle avait démissionné, réservé son vol et préparait ses bagages pour le voyage.

OK, donc, au moins, elle avait eu un travail ce matin. C'était la première fois en douze ans qu'elle était au chômage. Cependant, après ses deux semaines de vacances en Toscane, elle pourrait chercher un autre travail. Deux semaines, c'était beaucoup de temps. Ces semaines s'étendaient devant elle, pleines d'enthousiasme et de possibilités.

Elle fouilla dans le fond du placard pour y prendre son pantalon de course. Cela faisait longtemps qu'elle n'avait pas couru. Des années, en fait. Elle détestait courir, mais elle était sûre qu'elle adorerait ça en Italie. Et puis, il faudrait qu'elle reste en forme, surtout quand elle prendrait l'habitude de boire du vin tous les soirs et de manger des pâtes avec de la sauce à la crème et des pizzas délicieuses pleines de fromage et du pain croustillant qu'elle tremperait dans de l'huile d'olive et du vinaigre balsamique.

Pensant à toute cette nourriture, Olivia ajouta son pantalon de yoga au tas de vêtements. Elle n'avait jamais aimé le yoga et n'avait acheté le pantalon que parce qu'elle avait envisagé un jour d'assister à un cours de yoga, mais elle pourrait faire du yoga à la villa. Elle pourrait chercher comment faire sur Google. Elle s'imagina en équilibre sur les mains, élégante, face au soleil levant.

Dix minutes plus tard, elle avait fini ses bagages.

Quand elle sortit son sac lourd et verrouilla la porte derrière elle, elle se rendit compte qu'elle ne laissait rien derrière elle, même pas une plante à arroser. Cela indiquait-il que sa vie était devenue aussi vide que cela ?

— Il y aura des plantes à la villa, se dit Olivia avec optimisme.

*

— *Amore mio*, murmura le bel homme en chatouillant les cheveux d'Olivia de ses lèvres. C'est merveilleux que tu sois arrivée. Permets que je prenne ton sac.

Olivia leva les yeux vers lui, sentant l'amour monter en elle.

L'amour et une confusion sous-jacente. Pourquoi était-elle accueillie par cet homme superbe, qui parlait avec un fort accent italien ? Était-il son petit ami ? Comment cela était-il arrivé et qu'est-ce que Matt en penserait ?

Avec aisance, le grand homme descendit sa valise lourde du chariot et passa son autre bras autour de la taille d'Olivia. Quand il la serra contre lui, elle cessa de douter. Tout s'arrangerait d'une façon ou d'une autre, elle en était sûre.

— Maintenant, ma belle, je t'emmène à la maison, murmura-t-il.

Le grésillement de l'annonce par haut-parleur arracha Olivia à ses rêves.

— Nous entamons notre descente. Veuillez vous assurer que vos sièges soient redressés et replier vos tablettes.

Olivia se redressa, désorientée, et sourit d'un air confus à la femme assise à côté d'elle parce qu'elle avait dormi appuyée contre son épaule. Pendant un moment de confusion, elle crut qu'elle était dans un vol local pour aller assister à un lancement. Alors, quand elle se souvint de là où elle était, elle regarda par le hublot, enthousiaste.

Elle allait atterrir en Italie. Elle avait démissionné de son travail, cassé avec Matt et, sur un coup de tête, elle partait en vacances dans une villa toscane.

Olivia eut le souffle coupé quand le décor de champs, de collines et de forêts apparut devant ses yeux. Elle vit des petites villes, des bâtiments couleur sable, beiges et ocres, nichés dans le paysage. Était-ce là un vignoble ? Elle regarda vers le bas en essayant de distinguer ce qu'étaient les rangées vertes ordonnées, mais elle dut reculer quand son haleine embua le verre.

Son rêve avait été si vivace qu'elle l'avait pris pour la réalité. Un bel homme l'avait attendu. En fait, qui savait ce qui pourrait se passer pendant ces vacances de dernière minute ? Quand l'avion atterrit, Olivia se demanda si elle rencontrerait l'amour de sa vie dans ce décor romantique.

Alors qu'elle marchait dans le hall des arrivées bondé en tirant son sac lourd derrière elle, elle vit une pancarte avec son nom dessus.

Olivia Glass.

Olivia fixa la pancarte d'un regard incrédule.

Ce devait être magique. Derrière la pancarte se tenait un grand homme à la beauté stupéfiante. Il avait les épaules larges et il était bronzé. Ses traits marqués étaient mis en valeur par une barbe foncée de trois jours.

Quand il vit Olivia, son visage s'illumina et il lui fit signe avec enthousiasme.

Olivia écarquilla les yeux. Elle répondit à son signe et se fraya impatiemment un chemin vers lui en le gratifiant d'un sourire ravi.

Son rêve était devenu réalité ; ses vacances avaient commencé comme un conte de fées. Qui aurait pu imaginer que le simple fait de louer une voiture lui permettrait de rencontrer cet Adonis italien ?

L'avait-il reconnue grâce à la photo qui se trouvait sur son permis de conduire international ? Olivia s'interrogea sur les explications possibles tout en précipitant vers lui. Ce devait être le permis de conduire, décida-t-elle, mais elle pourrait lui poser la question. Cela lui permettrait d'entamer la conversation quand il l'emmènerait à sa voiture.

Quand elle s'écarta pour éviter un passager plus lent, la valise lourde d'Olivia tomba sur le côté.

— Oups, dit-elle en s'arrêtant pour la redresser.

Quand elle le fit, une petite femme vêtue d'un manteau rouge vif stylé la dépassa.

Le bel homme faisait encore signe mais Olivia constata alors, horrifiée, qu'il s'adressait à une autre femme.

La petite femme le rejoignit. Il la prit dans ses bras et la serra fort.

Olivia eut le souffle coupé. Elle rougit, humiliée, quand elle comprit que ce n'était pas du tout lui qui avait tenu la pancarte mais un homme petit et âgé qui se tenait à sa gauche et qui avait levé la pancarte assez haut pour qu'elle ne la manque pas.

Olivia savait que son visage devenait aussi rouge que le manteau de la petite femme.

Le pire, c'était que l'Adonis italien avait visiblement repéré son faux pas parce que, maintenant, il la regardait en secouant la tête d'un air désolé et compatissant. De plus, quelques autres badauds la contemplaient avec curiosité, eux aussi.

Il n'y avait qu'une chose qu'Olivia puisse faire pour récupérer un minimum de dignité.

Ignorant l'Adonis comme si elle ne l'avait jamais remarqué, elle se plaça face à l'homme âgé. Elle se força à sourire encore plus qu'avant et lui fit à nouveau signe avec exubérance.

— Bonjour ! Quel plaisir de vous voir !

Il ne fallait pas qu'elle regarde autour d'elle, se rappela-t-elle. Si elle voulait réussir à éviter de se ridiculiser pour la vie, elle devait concentrer toute son attention sur l'homme âgé sans le moins du monde détourner le regard.

Quand elle se précipita vers l'homme âgé et le salua comme s'il avait été un ami longtemps perdu de vue, elle espéra que personne ne remarquerait son étonnement extrême.

*

Quelques minutes plus tard, elle sortit de l'aéroport au volant d'une Fiat compacte bleu pastel. Quand elle laissa le bâtiment du terminal dans son écrin de verdure, Olivia sentit qu'elle avait véritablement commencé son aventure. L'Italie faisait partie de ses destinations préférées depuis des années, mais elle n'aurait jamais cru qu'elle pourrait y aller. Depuis qu'elle avait commencé à travailler chez JCreative, le congé le plus long qu'elle ait pris avait duré trois jours et demi. De toute façon, pour Matt, l'Italie n'avait pas figuré sur la liste des endroits à visiter avant de mourir.

Olivia s'était résignée au fait que, malgré son obsession pour la Toscane, elle ne s'y rendrait jamais. Pourtant, maintenant, Olivia était en Toscane.

Elle constata avec ravissement que la campagne était exactement comme elle l'avait imaginée. Des champs de formes et de tailles diverses, parsemés de rangées ordonnées de vignes, étaient disposés comme les pièces d'un puzzle entre des bosquets d'oliviers et des forêts. Olivia aperçut des fermes en pierre couleur miel entourées de bouquets d'arbres. Quand elle regarda plus loin, elle contempla l'horizon en espérant qu'elle verrait la côte de la Mer Tyrrhénienne pendant son trajet.

Son GPS fonctionnait parfaitement bien et elle traversait ce paysage pittoresque sans difficulté.

Presque sans difficulté, corrigea Olivia quand elle tourna à droite, sur la route étroite qui était censée lui faire directement traverser la ville de Collina, perchée sur sa colline. En fait, la route la faisait monter dans les collines en décrivant des zigzags.

Où était-elle, maintenant ? Elle baissa les yeux vers la carte puis les releva et constata en sursautant qu'une voiture de sport racée, orange et noire lui collait au train.

C'était une Bugatti Veyron, vit-elle avec étonnement quand le conducteur la dépassa en faisant rugir son moteur, passa le tournant suivant à toute vitesse et disparut. Elle n'en avait jamais vu, mais elle savait que ce modèle coûtait des millions de dollars et que, pour un passionné de voitures, ses performances justifiaient entièrement la dépense. Elle se dit qu'elle ne devrait pas s'étonner d'en voir sur les routes d'un pays où la passion pour les voitures rapides et stylées faisait tellement partie de la culture.

Elle se pencha à nouveau vers sa carte mais releva hâtivement la tête quand elle se rendit compte qu'une autre voiture fonçait derrière elle.

C'était une voiture de police qui, tous gyrophares dehors, poursuivait visiblement la Bugatti. Elle dépassa Olivia elle aussi et partit bruyamment dans les collines.

— Bonne chance, lui cria Olivia de manière encourageante, même si elle ne pensait pas que la voiture de police puisse rattraper la Bugatti, qui avait semblé accélérer très fort.

Le GPS l'avait induite en erreur, mais l'avait emmenée dans un village absolument extraordinaire perché sur une colline. Il avait dû être un avant-poste au Moyen Âge. Il comportait des tours hautes et carrées et des bâtiments étroits aux fenêtres minuscules qui se blottissaient les uns contre les autres sur le flanc de la colline. La ville en elle-même était un labyrinthe de rues en vrac. Olivia n'avait pas la place de faire demi-tour et elle se demanda si elle retrouverait sa route.

Elle plissa les yeux pour se concentrer et fit passer sa voiture par un coin qui paraissait bien trop étroit même pour sa Fiat compacte. Entre deux murs de pierre élevés, il n'y avait aucune marge de manœuvre. Olivia retint son souffle en priant pour que son pare-chocs survive à l'expérience. Elle laissa échapper un long soupir de soulagement quand elle réussit à traverser l'endroit sans dégât et vit la route principale devant elle.

Son GPS proposa un nouvel itinéraire et lui demanda de descendre la colline.

Olivia ralentit. Fascinée, elle repéra la Bugatti garée au bord de la route avec la voiture de police garée derrière. Le passage étroit et les rues pavées avaient permis à la police de rattraper la Bugatti. Quelle serait la peine encourue par le conducteur ? se demanda-t-elle. Quand elle passa, elle laissa échapper un rire ravi.

Le conducteur et l'agent de police se tenaient devant la Bugatti et ils conversaient avec animation et enthousiasme. L'agent de police avait sorti son téléphone et il prenait des photos de la super-voiture. Cela semblait avoir été la seule raison de sa poursuite.

Ravie d'avoir assisté à cette interaction, Olivia se dit que ça n'aurait jamais pu arriver dans son pays.

Regagnant la route, elle vit le panneau qui indiquait la direction de Collina. Maintenant, elle allait chercher la villa.

Elle eut le souffle coupé quand elle vit l'entrée imposante et les grands montants de porte en pierre qui l'encadraient. Le portail en fer forgé était ouvert et elle remonta l'allée pavée vers l'élégante maison en pierre. Son porche de devant à colonnades et ses fenêtres hautes et arquées ressemblaient exactement à la photo postée sur Instagram, mais l'angle étroit de la photo n'avait pas fait honneur au superbe panorama de collines douces et ondulantes et de vallées couvertes de forêts, à la limpidité du ciel azuré et au parfum de l'air chaud.

Olivia se gara sous un auvent pour voiture en bois dont les poteaux étaient entourés de vigne vierge.

Olivia sortit de la place étroite du conducteur, s'étira les bras au-dessus de la tête et inspira profondément. Elle se tourna lentement et admira la splendeur du décor qui l'entourait.

Elle s'était attendue à ce que l'endroit soit beau, mais elle n'avait pas prévu qu'elle aurait une telle sensation de paix à son arrivée. D'une façon ou d'une autre, le décor lui était familier et réconfortant, même si elle n'avait jamais mis les pieds en Italie avant ce jour.

Quand elle sortit son sac du coffre, Olivia décida que c'était parce qu'elle avait été passionnée par cette région toute sa vie. Il n'était donc pas étonnant qu'elle se sente déjà chez elle à cet endroit.

Soudain, ses deux semaines de vacances lui parurent trop courtes.

Elle alla à la porte d'entrée en bois, des deux côtés de laquelle trônaient des grands pots en céramique remplis de géraniums rose vif.

— Il y a quelqu'un ? appela-t-elle en frappant à la porte. Charlotte, tu es là ?

Elle essaya d'ouvrir la porte, mais elle était verrouillée.

Olivia fronça les sourcils en se demandant si elle s'était trompée de villa. Peut-être n'était-elle pas montée assez haut sur la colline.

Alors, un morceau de papier qui frémissait dans un pot de fleurs attira son regard.

Olivia le ramassa et le déplia.

— Je me suis réveillée en retard ! disait le message. Je suis partie nous chercher de quoi déjeuner ! La clé est dans ce pot !

Quand Olivia regarda le pot de plus près, elle trouva la clé à moitié cachée sous une feuille.

Ouvrant la porte, elle entra dans le hall agréablement frais. Le carrelage lisse lui donnait envie de se déchausser immédiatement et de marcher dessus pieds nus.

Dans le hall d'entrée, les plantes intérieures placées près des fenêtres en saillie ajoutaient une touche de verdure. Les tableaux accrochés aux murs devaient être l'œuvre d'un artiste local, se dit-elle, parce que les peintures vives et rustiques reflétaient la beauté du patchwork de champs et d'arbres qu'elle avait vu à l'extérieur. Ses yeux furent attirés vers le haut plafond en bois, où luisait un chandelier très orné.

Partant dans le couloir, Olivia ouvrit la première porte à droite et se retrouva dans la chambre vide occupée par Charlotte, selon cette dernière. Olivia posa sa valise au pied du grand lit à baldaquin et regarda par la fenêtre en plein cintre.

Elle promena le regard du potager clôturé à la pelouse herbeuse parsemée d'arbres fruitiers. Étaient-ce des poiriers ? Des grenadiers ? Elle était impatiente d'aller sous le soleil pour vérifier.

Se détournant non sans difficulté de la fenêtre, Olivia entra dans la salle de bains attenante. La baignoire à pattes de lion lui donna envie de se tremper longuement dans l'eau mais, comme elle savait que Charlotte reviendrait bientôt, elle décida plutôt de prendre une douche rapide et se mit des vêtements propres. Elle resta assise un moment en contemplant l'horizon distant. Cette vue illimitée l'aida à comprendre qu'elles étaient vraiment au cœur de la campagne.

Elle sortit son téléphone et prit une photo pour son compte Instagram.

— #destinationromantique #vacancesimprévues #territoiresvinicoles #loindechezsoi, précisa-t-elle.

Elle espéra que Matt verrait ça. Elle était sûre que, après l'humiliation qu'elle lui avait infligée au restaurant lors de leur rupture, il la suivait constamment sur son compte de médias sociaux. Il verrait tout seul où Olivia logeait, regretterait de l'avoir perdue, elle et ses habitudes désordonnées. Quand il verrait cette photo de la Toscane, elle imaginait qu'il pincerait les lèvres comme toujours et que ses yeux prendraient cet air étrangement pensif qui le caractérisait.

Quand Olivia pensa à Matt, elle se souvint de son dernier jour au travail et de l'audace dont elle avait fait preuve.

Brusquement, la réalité de sa situation lui revint.

Se détournant de la vue, Olivia inspira brusquement.

Qu'est-ce qui lui avait pris ?

Elle avait quitté son emploi sans préavis. Sur un coup de tête, elle avait réservé des vacances sans réfléchir à son avenir. Dans le monde de la publicité, les postes supérieurs étaient rares. C'était une industrie compétitive et elle avait toujours eu cette peur en tête à chaque fois qu'elle avait travaillé longtemps, fait des heures supplémentaires et sacrifié ses vacances et sa vie sociale.

Olivia se blottit le visage dans les mains et se rendit compte qu'elle avait jeté tout cela par la fenêtre. Maintenant, elle était dans un autre pays, de l'autre côté du monde, et elle ne pouvait ni limiter les dégâts ni même demander qu'on lui rende son travail.

Ce qu'elle avait fait en un moment d'ébriété et de folie avait peut-être compromis tout son avenir.

Quand Olivia entendit le cliquetis de la porte d'entrée, elle arrêta de se ronger les sangs. Charlotte était arrivée.

CHAPITRE SEPT

Sentant sa panique se calmer, Olivia se précipita vers la porte d'entrée, très heureuse de revoir Charlotte. C'était la première fois depuis quasiment trois ans qu'elle voyait sa meilleure amie de toujours.

— Tu es là ! cria Charlotte quand Olivia se précipita pour la prendre dans ses bras. Je n'arrive pas à croire que tu sois venue si loin pour me rejoindre.

— Je suis tellement heureuse de te voir !

Charlotte mesurait une tête de moins qu'Olivia. À dix ans, elles avaient eu exactement la même taille et elles n'avaient eu aucun mal à prétendre qu'elles étaient jumelles plutôt que meilleures amies. À onze ans, Olivia avait commencé à grandir très vite, alors que Charlotte avait presque gardé sa taille d'avant. Après, elles n'avaient plus pu prétendre qu'elles étaient jumelles, mais elles avaient continué à dire qu'elles étaient sœurs.

Avec son visage rond et ses longs cheveux illuminés par des mèches brun roux, Charlotte dégageait la bonne humeur. Sa présence semblait remplir la villa et son sourire joyeux illuminait les lieux. Dans l'éclat de sa personnalité solaire, Olivia se prit à croire que tout pourrait aller pour le mieux, après tout.

— As-tu visité la villa ? demanda Charlotte en soulevant les sacs en papier marron qu'elle avait amenés à l'intérieur. Je vais te présenter rapidement les lieux, et après, on pourra déjeuner.

Avant d'avoir son moment de panique, Olivia n'avait exploré que la chambre de Charlotte. Impatiente de visiter le reste de la maison, elle prit un des sacs et suivit Charlotte dans le couloir carrelé et aéré.

Avec son carrelage en terre cuite et ses murs chauds couleur crème, la villa lui semblait accueillante et douillette. En matière de décor, les préférences de Matt avaient été des formes géométriques noires et blanches. Au cours des quelques dernières années, dans l'appartement d'Olivia, tout avait peu à peu fini par devenir noir ou blanc. Des rideaux blancs, un tapis noir. Des couvre-lits noirs, des taies d'oreiller blanches. Des sofas en cuir noir, une table basse blanche. Noir, blanc, blanc, noir … Olivia avait eu l'impression de vivre sur un échiquier.

Maintenant, elle était fascinée par les détails et par la chaleur de ce qui l'entourait. Des pots en argile et des vases en terre cuite étaient disposés dans des alcôves voûtées le long du couloir. Sur les tapisseries pendues aux murs, on voyait des paysages, de la nourriture et du vin encadrés par des parchemins en fer forgé.

Les deux chambres étaient à droite. Sur la gauche, le couloir s'élargissait pour mener à un salon-salle manger ouvert. Il était somptueusement meublé avec de luxueux sofas en cuir beige. La table basse et la table de la salle à manger étaient en bois richement ouvragé.

La pièce maîtresse des lieux était la magnifique cheminée située à l'autre bout, intégrée à un haut mur à parement de pierre. Au-dessus, un chandelier très orné étincelait. Des lampes à base lourde et peinte à la main et à l'abat-jour aux teintes vives d'or et d'orange étaient disposées partout dans la pièce, sur les petites tables et sur des étagères. Olivia attendait impatiemment la soirée, moment où elle s'amuserait à les allumer et à apprécier le mélange de leurs lumières respectives.

À gauche, un porche voûté menait à la cuisine et Olivia plaça le sac sur le plan de travail, admirant les pots de romarin, de thym et de basilic qui, rangés sur le large rebord de fenêtre, remplissaient les lieux de leurs senteurs.

— J'ai acheté des en-cas pour le déjeuner et, bien sûr, du vin, dit Charlotte.

Pendant qu'elle aidait à disposer la nourriture sur le plateau, Olivia regarda avec ravissement les morceaux de viande enveloppés dans du papier marron, les flacons d'olives avec leurs étiquettes italiennes exotiques, le fromage pâle et crémeux et la miche de ciabatta croustillante. Quand tout fut en ordre, Olivia ne put pas résister à la tentation de sortir son téléphone et de tout photographier pour le poster sur Instagram.

— Où veux-tu qu'on s'installe ? Il y a une table à l'extérieur.

Charlotte ouvrit la porte de la cuisine. Au-delà, Olivia vit une cour pavée encadrée par des parterres d'herbes médicinales et de légumes. À l'autre bout de la cour, il y avait une petite table et des chaises dans l'ombre fournie par une branche d'olivier qui les surplombait.

— Dehors, décida Olivia.

Elle porta le plateau à la petite table et s'assit sur une des deux chaises en fer forgé. De ce côté de la maison, la vue était tout aussi fascinante. La cour donnait sur la route tranquille et, au-delà, il y avait un champ de blé doré. Remarquant un bosquet d'arbres au milieu du blé, Olivia se souvint avoir appris à l'école que, deux mille ans auparavant, les fermiers toscans avaient pratiqué la polyculture. Ils avaient fait pousser leurs cultures de base, en général le blé, les olives et les raisins, ensemble dans les mêmes champs.

Olivia avait adoré ce terme. Cela avait été un des rares faits historiques qu'elle avait retenus à l'école. De nos jours, on parlait d'agriculture mixte. Le terme était beaucoup plus froid et la chose se pratiquait beaucoup moins qu'avant.

Au-delà du champ de blé parsemé d'arbres, une ferme lointaine était nichée contre un fond de forêt vert foncé. Quand Olivia la regarda, elle se sentit jalouse du propriétaire. Savaient-ils la chance qu'ils avaient, eux qui vivaient dans un endroit aussi enchanteur ?

Elle soupçonna que ce ne serait que le premier des accès de jalousie qu'elle subirait pendant ces deux semaines. Elle se sentait jalouse de tout le monde, par ici, de tout le monde !

Charlotte versa le vin et elles échangèrent un toast.

— À l'amitié, dit Olivia.

Elle inspira le bouquet aux herbes du Sauvignon Blanc glacé et sourit quand elle en but une gorgée.

— Aux vacances imprévues, dit Charlotte, et elles burent à nouveau.

— Aux nouveaux départs, ajouta Olivia en guise de troisième toast.

— Et à la perte de poids, conclut Charlotte.

Olivia leva les sourcils en contemplant la nourriture étalée devant elles.

— J'ai perdu quatre-vingt-un kilos pendant les deux dernières semaines, expliqua Charlotte. C'est approximativement ce que pesait Patrick.

— Que s'est-il passé ? demanda Olivia. Vous alliez vous marier.

— J'ai annulé le mariage, dit Charlotte.

Elle choisit un morceau de ciabatta et le badigeonna de sauce de tomates séchées au soleil.

— Pourquoi ? demanda Olivia en se préparant un sandwich au jambon, au fromage et à la tapenade.

Elle était curieuse de savoir ce qui pouvait s'être mal passé entre Charlotte et son fiancé, qu'elle n'avait jamais rencontré, mais qui avait semblé, d'après sa présence constante sur le compte Instagram de Charlotte, avoir été beau et charmant.

Charlotte fit la grimace.

— C'était compliqué.

Elle commença à parler, s'arrêta, soupira puis but une gorgée de vin.

— C'est trop compliqué pour l'instant, conclut-elle en faisant un geste impatient avec un morceau de jambon de Parme. Je ne veux pas gâcher notre beau déjeuner en parlant d'un sujet aussi horrible.

Olivia hocha la tête avec compassion.

— L'avantage, c'est que ça t'a emmenée ici, dit-elle à son amie pour la consoler.

— Exactement, convint Charlotte, et ça t'a emmenée ici, toi aussi. Tu étais si occupée que je n'ai pas pensé à t'inviter. Vas-tu devoir travailler pendant tes vacances ?

— Non, dit Olivia, qui sentit revenir toutes ses peurs. J'ai démissionné.

Charlotte faillit s'étrangler sur son vin.

— Tu as quitté ton travail ? Tu veux dire que tu es partie comme ça ?

— Je le détestais, dit Olivia, essayant de justifier sa décision pour lutter contre la culpabilité qui l'assaillait. Je faisais de la publicité pour du vin dégueulasse qui va contre tout ce en quoi je crois.

— N'aurais-tu pas pu changer de compte ? demanda Charlotte à voix basse et d'un air effrayé qui rendit Olivia encore plus coupable. Tu m'as dit que ta mère disait toujours que, si tu abandonnais la publicité, tu n'aurais de qualification que pour remplir des étagères.

— J'ai besoin de changer de carrière. Je ne veux pas remplir d'étagères, dit fermement Olivia. Ces vacances au pays du vin me donneront le temps d'y réfléchir. Un de mes rêves serait de produire mon propre cru artisanal.

— J'adore les chats, donc, un de mes rêves serait d'être dompteuse de lions.

Charlotte rit joyeusement mais, quand elle vit l'expression d'Olivia, son sourire disparut.

— Je croyais que tu plaisantais. Tu veux vraiment créer ton cru ?

— Oui. C'est un rêve personnel, insista Olivia.

Maintenant qu'elle était ici, ce rêve lui semblait encore plus attirant qu'à Chicago.

— Ouah. Bon, pour l'instant, veux-tu voir le jardin ? L'endroit est vraiment beau.

Impatiente d'explorer la propriété, Olivia se leva et elles sortirent.

Pendant qu'Olivia avait consulté le site web de la villa, elle avait lu que, autrefois, les deux hectares avaient servi à élever des poulets en plein air. Un vieux poulailler en bois, ingénieusement placé dans le jardin, aidait à s'en souvenir.

Ils passèrent devant un verger puis montèrent une pente abrupte et arrivèrent dans un champ herbeux parsemé d'arbustes et bordé d'arbres. Olivia se demanda si c'était là où les poulets élevés en plein air avaient vécu.

Le sentier suivait le bord du champ aux herbes folles et Olivia se rendit compte qu'elle reconnaissait les arbres grâce à leur écorce distinctive épaisse et fissurée. C'étaient des chênes-lièges. Leur présence ici, dans ce pays viticole, était tout à fait appropriée.

Elle les admira pendant quelques minutes en passant les mains sur l'écorce avant de retourner dans la cour aux herbes médicinales odorantes.

Olivia entra dans la fraîcheur de la cuisine en se sentant déchirée. Une moitié d'elle-même était émerveillée d'être venue dans ce paradis. L'autre moitié tremblait de terreur, craignant que ses actions irréfléchies n'aient compromis tout son avenir.

Charlotte lui tapota gentiment l'épaule et l'arracha ainsi à ses pensées.

— Tu ne paniquerais pas pour ton travail, par hasard ? demanda Charlotte.

— Juste un peu, admit Olivia.

Charlotte croisa sévèrement les bras.

— En vacances, c'est interdit, je le crains. Et si on allait se promener en ville ? Il y a un bar local que je voudrais découvrir. J'ai vu des tas d'hommes magnifiques y aller. Ça te dirait ?

Olivia se souvint du rêve qu'elle avait eu avant l'atterrissage de l'avion. OK, elle avait fini par se ridiculiser à cause de ça, mais c'était justement une bonne raison pour essayer à nouveau. L'amour l'attendait quelque part et il n'attendrait pas toujours.

— Je me mets du rouge à lèvres et je suis prête ! dit-elle joyeusement.

CHAPITRE HUIT

Quand elles partirent pour la petite ville de Collina, Olivia fut contente que Charlotte soit au volant. Elle était tellement fascinée par le paysage qu'elle les aurait probablement envoyées tout droit dans un des murs de pierre qui encadraient la route étroite.

Il y avait un château en ruine devant l'entrée de la ville, un vrai château avec des murs qui s'effondraient et des remparts sur sa tour. Il avait l'air sombre et imposant quand on en voyait la silhouette sur fond du soleil bas de l'après-midi tardif. Longtemps auparavant, cette tour avait peut-être protégé le village contre les invasions.

Les villageois habitaient à côté d'un vrai château en ruine ! Olivia subit son deuxième accès de jalousie de la journée quand elle contempla avidement les appartements voisins de deux étages avec leurs façades crème délavées, leurs volets en bois et leurs pots de fleurs colorées sous les fenêtres.

Alors qu'elle regardait, une jeune femme qui tenait un panier de courses descendit hâtivement l'escalier en envoyant un joyeux *Buon giorno* à son voisin. Ses longs cheveux noirs formaient une queue de cheval et elle était habillée avec un style intuitif que, selon les constatations d'Olivia, toutes les Italiennes semblaient avoir. Si Olivia avait osé associer ce haut bordeaux foncé avec un jean bleu ciel à mi-mollet et des sandales blanc vif, elle n'aurait jamais donné l'impression de sortir directement des pages de *Vogue*.

Sur Olivia, ces vêtements auraient paru dépareillés, comme si elle les avait choisis dans le noir. Les gens regarderaient fixement ses chaussures puis la regarderaient, elle, comme pour dire 'Vraiment ? Quel choix étrange !'.

Dans la ville elle-même, une barrière en fer forgé séparait le trottoir étroit de la route presque aussi étroite. Quand elle se pencha par la vitre de la voiture, Olivia inspira l'arôme intense de café qui venait de la boutique locale. Bien que ce soit la fin de l'après-midi, quelques personnes du coin étaient au comptoir, où ils buvaient des expressos et consultaient leur téléphone.

Tous les gens, mis à part Olivia et Charlotte, semblaient habiter ici et y être à leur place. C'était un privilège de voir les gens du coin vivre leur vie quotidienne dans ce lieu isolé.

Olivia vit un petit magasin de vêtements et se demanda si elle oserait y aller pour voir si elle pouvait se procurer un peu de style italien avec l'aide de l'employé du magasin. Elle constata avec plaisir qu'un marchand de vin avait beaucoup de clients. Au-delà, il y avait un magasin de chaussures, un vendeur ambulant de légumes avec un étalage de tomates et de mandarines aux couleurs vives, un salon de coiffure, une minuscule quincaillerie et une épicerie.

Des deux côtés de la route, deux boulangeries situées en face l'une de l'autre fermaient leurs rideaux pour la journée.

— Crois-tu que ce sont des concurrents ? demanda Charlotte, s'arrêtant pour permettre à un homme âgé de traverser la route.

— J'en suis sûre, dit Olivia en contemplant les deux enseignes l'une après l'autre. C'est quasiment fatal. Leur querelle dure probablement depuis des siècles.

— Et un jour, quand le fils du propriétaire de Mazetti tombe amoureux de la fille du propriétaire de Forno Collina, ils sont forcés de s'échapper à Pise et leurs familles les répudient pour toujours, dit Charlotte pour poursuivre l'histoire.

À ce moment-là, un homme en tablier blanc sortit de chez Mazetti. Il contempla le magasin d'en face puis traversa la route. Sortant son téléphone de sa poche, il commença à photographier les pancartes 'En Promotion' affichées dans la vitrine de l'autre magasin.

Olivia et Charlotte éclatèrent de rire.

— Ils sont vraiment concurrents ! dit Olivia en riant. Demain matin, il diminuera ses prix ou imitera les réductions. Il nous a remarquées. Partons vite, avant qu'on ne soit impliquées dans ce drame.

Au bout de ce qui tenait lieu de rue principale dans cette ville, il y avait une église minuscule avec une flèche très décorée. Le pasteur aux cheveux gris était dehors et il balayait les marches en pierre. Il les salua d'un hochement de tête et Olivia lui répondit par un sourire, charmée. Dès son premier jour en Italie, elle était déjà acceptée par les gens du coin.

Faisant demi-tour au bout de la ville, Charlotte alla jusqu'à un petit bar noir de monde situé au bout d'un cul-de-sac fortement incliné. La rue était pleine de voitures et on ne voyait aucune place pour se garer. Olivia commençait à comprendre pourquoi les gens conduisaient des voitures aussi petites. Partout par ici, l'espace était rare. Quand elle était montée pour la première fois dans la Fiat, elle l'avait trouvée minuscule par rapport aux grandes berlines et aux SUV dont elle avait l'habitude au pays. Maintenant, elle voyait que sa Fiat avait une taille appropriée pour cet endroit ; en fait, elle était très spacieuse.

Cependant, quand Charlotte jura en essayant de faire un demi-tour avec sa Fiat de location dans l'espace très réduit qu'elles avaient, Olivia commença à se dire qu'il aurait fallu que sa voiture soit encore plus petite.

Après un demi-tour difficile, Charlotte réussit à dégager la voiture sans endommager les pare-chocs ou les enjoliveurs.

Elles redescendirent jusqu'en bas de la colline et se garèrent dans une autre rue plus tranquille avant de revenir au bar à pied.

Le martèlement des basses de la musique les guida vers le bar, en haut de la colline, et Olivia s'émerveilla quand elle constata que même le rock italien paraissait mélodieux grâce à la beauté de la langue. Elle se rappela qu'il faudrait vite qu'elle apprenne quelques expressions en italien. Elle pourrait commencer ce soir, ici, dans ce bar.

Olivia inspira l'arôme où se mélangeaient la bière, le vin, la fumée de cigarette et, elle en était sûre, la testostérone. Une télévision installée au-dessus du bar diffusait un match de football. Elle remarqua avec plaisir qu'elle n'entendait pas un seul mot d'anglais dans le brouhaha des conversations. C'était vraiment un bar pour les gens du coin.

Il y eut une pause quand les habitués examinèrent les deux nouvelles arrivantes. Olivia remarqua qu'elles reçurent quelques regards appréciateurs.

Alors qu'elles n'avaient même pas atteint le comptoir, elles furent saluées par deux hommes perchés sur des tabourets de bar à une table ronde minuscule.

— *Ciao !* dit l'homme le plus proche.

Le cœur d'Olivia tressaillit quand elle regarda autour d'elle. L'homme à l'air canaille avait la trentaine. Il avait les cheveux foncés, des sourcils épais et un sourire malicieux. Son ami semblait avoir quelques années de plus. Il avait le crâne rasé et la peau très bronzée.

— Euh — *ciao*, répondit-elle.

Elle jeta un coup d'œil à Charlotte, qui lui fit un sourire complice.

Alors, l'homme parla rapidement en italien.

Olivia écarta les mains. *Non comprehendo ?* essaya-t-elle de dire.

— Ah. *Americano.*

Les hommes parlèrent encore italien et, après une conversation bruyante avec les tables environnantes, on fit passer deux tabourets de plus par-dessus la foule.

— Giuseppe, dit l'homme en se désignant. Alfredo, dit-il pour présenter son ami.

— Olivia. Je suis désolée de ne pas parler italien. J'arrive juste, dit Olivia pour s'excuser en se perchant sur le siège qu'on lui proposait pendant que Charlotte se présentait.

— Bienvenue, Olivia, dit Giuseppe en souriant. Euh — Carlotta ?

Olivia se rendit compte que le nom de Charlotte était plus difficile pour les gens du coin que le sien.

— Du vin ? Rouge ou blanc ?

— Rouge, je vous prie.

Dans cet espace confiné, Olivia se retrouva écrasée contre le bras musclé de Giuseppe. Charlotte et Alfredo semblaient très bien s'entendre. Quant à Olivia, comme elle n'avait plus Matt dans sa vie, elle était plus que prête à flirter un peu. Qui savait où ça pourrait mener ?

— Vous êtes très belle, lui dit Giuseppe pour la complimenter.

Olivia se surprit à rougir. Le pensait-il vraiment ? Est-ce que ça pourrait être le début d'une brève relation amoureuse de vacances ?

— Où logez-vous ? demanda-t-il.

— Je loge dans une villa proche d'ici. Je suis en vacances pour deux semaines, dit Olivia.

Le vin était délicieux, riche d'un goût mûr et fruité et d'une pointe épicée. Quand elle le but, elle pensa à la fresque qu'il y avait sur le mur de la cuisine, un collage de grappes de raisin d'un rouge-violet vif.

— Est-ce que vous habitez ici ? demanda Olivia, impatiente d'apprendre le rôle que jouait cet homme dans ce cadre idyllique.

Giuseppe secoua la tête.

— Non, pas ici.

— Vous travaillez ici, alors ?

Olivia se dit qu'il habitait peut-être dans un autre village. Giuseppe lui envoya un autre sourire éclatant. Il ne travaillait pas non plus ici.

— Ah, dit Olivia, momentanément perdue. Que faites-vous ?

Comme il ne vivait ni ne travaillait en ville, elle pensait qu'il devait être un vigneron artisanal, qui travaillait inlassablement sur sa propre petite vigne dans les rayons chauds du soleil méditerranéen. Cela correspondait idéalement à ce que voulait faire Olivia. Elle imaginait que son histoire d'amour de vacances pourrait donner quelque chose de plus. Un jour, ils pourraient même travailler sa terre ensemble, en couple. Elle imagina des jours ensoleillés à la ferme avec lui, passés à presser les raisins dans une cabane aérée et à créer des vins à édition limitée d'une qualité et d'un caractère uniques.

— Je suis agent d'entretien, expliqua Giuseppe.

— Agent d'entretien ?

Olivia ne comprenait pas. Un agent d'entretien ne trouvait pas sa place aussi facilement dans le rêve campagnard qu'elle avait imaginé. En fait, il n'y avait pas du tout sa place. Son rêve venait de tomber momentanément en panne.

— Travaillez-vous dans une exploitation vinicole ? demanda-t-elle en essayant courageusement de ressusciter son rêve.

— Non. Je nettoie les toilettes sur un navire de croisière, dit Giuseppe. Le navire est à quai à Livourne ce soir, donc, je viens visiter le village avec mon cousin.

Il désigna Alfredo, qui était en pleine conversation avec Charlotte.

— Je vois.

Le sourire d'Olivia perdit soudain sa sincérité. Il nettoyait les toilettes ?

— On pourrait peut-être rentrer chez vous, maintenant. On pourrait y boire le café.

Giuseppe sourit à nouveau, impatient.

— Il faut qu'on fasse vite, parce qu'il faut que je sois de retour à bord à cinq heures du matin.

Les rêves d'histoire d'amour d'Olivia étaient en miettes.

Elle n'avait rien contre les histoires de vacances, mais Giuseppe n'était en ville que pour la soirée. Ce n'était pas ce qu'elle avait imaginé quand elle avait attiré son regard. Ce n'était pas du tout ce qu'elle voulait !

À ce moment, elle entendit Charlotte pousser un cri outré.

— Non ! Absolument pas ! Vous savez quoi ? Je m'en vais. Olivia, viens !

Étonnée mais soulagée, Olivia descendit maladroitement de son tabouret, dit hâtivement au revoir à Giuseppe puis Charlotte la saisit par le bras et la fit énergiquement sortir du bar.

Qu'était-il arrivé pour que Charlotte s'en aille aussi précipitamment ?

Les réponses viendraient plus tard. Pour l'instant, Olivia avait beaucoup de mal à ne pas se laisser distancer par son amie furieuse qui dévalait la colline à grands pas.

CHAPITRE NEUF

— Que s'est-il passé ? demanda Olivia à Charlotte, à bout de souffle, quand elles passèrent un coin.

— Cet Alfredo ! Sais-tu ce qu'il a dit ?

Charlotte avait l'air très en colère.

— Il a dit que, comme j'étais une riche américaine, je devais payer la première tournée de boissons !

— Quoi ? demanda Olivia, incrédule. Mais il t'a invitée à t'asseoir. Ça ne signifie pas que tu dois payer la tournée. Il est gonflé.

— Je suis furieuse. Furieuse ! dit Charlotte en marchant bruyamment sur l'allée pavée. Qu'est-ce qui lui donne le droit de supposer que je dois payer ? Incroyable !

Pendant qu'elles repartaient vers la voiture à une vitesse étonnante, Olivia se demanda si la colère de Charlotte était seulement due à la présomption d'Alfredo.

Elle soupçonna que sa réaction avait probablement une autre raison et décida qu'elle lui demanderait ce qu'il en était dès qu'elle se serait assez calmée. Elle ne l'avait jamais vue réagir d'une manière aussi excessive.

Pour une raison encore mystérieuse, ce qu'avait fait Alfredo avait réveillé la fureur de Charlotte.

*

Quand elles furent de retour à la villa, le téléphone d'Olivia commença à sonner.

— Qui appelle si tard ? demanda-t-elle à voix haute à Charlotte, car il était presque vingt-et-une heures.

Alors, elle se rendit compte de deux choses.

D'abord, il n'était pas tard aux États-Unis, où il n'était que quatorze heures environ.

Ensuite, c'était sa mère qui appelait.

— Oh, merde, dit Olivia, sentant le découragement l'envahir.

51

Elle n'avait pas dit à sa mère qu'elle avait cassé avec Matt, démissionné de son travail puis sauté dans un avion pour aller passer des vacances à l'étranger sur un coup de tête.

Cette conversation téléphonique allait être difficile. Pour poser des questions à Charlotte, Olivia allait devoir attendre.

— Salut, maman, dit Olivia en essayant de répondre d'un air joyeux.

Elle se dirigea directement vers le réfrigérateur en espérant qu'un autre verre de vin l'aiderait à gérer cette conversation.

Il serait mieux de ne pas en dire trop, décida Olivia. Sa mère était trop tendue pour pouvoir supporter trois mauvaises nouvelles à la suite. Olivia allait devoir lui annoncer les nouvelles doucement, sur plusieurs jours, un seul choc à la fois.

Olivia aurait souhaité avoir une meilleure relation avec sa mère, mais elles n'avaient jamais été proches l'une de l'autre. Sa mère avait mené une vie protégée. Elle s'était mariée jeune et avait essayé de vivre par procuration grâce à Olivia.

Malheureusement, cela signifiait qu'elle essayait de se mêler d'un grand nombre de ses décisions vitales.

— Olivia ! dit sa mère, dont la voix tremblait sous la tension. Que se passe-t-il ? As-tu cassé avec Matt ?

— Euh, pourquoi demandes-tu ça ?

Olivia ne pouvait plus temporiser comme prévu. Sa mère connaissait déjà la mauvaise nouvelle numéro un. Olivia mit le téléphone sur haut-parleur et versa du vin dans deux verres.

— Edna a vu qu'il avait changé de statut et qu'il est maintenant célibataire. Elle vient de m'appeler.

Olivia se sentit furieuse. Comment Matt avait-il osé prétendre qu'il était célibataire alors qu'il aurait dû dire qu'il avait trompé son ex ?

— Nous nous sommes séparés à l'amiable, par décision mutuelle, dit-elle sans se soucier de la vérité.

Certes, ils s'étaient copieusement engueulés au milieu d'un restaurant chic mais, à part ça, leur séparation s'était totalement déroulée à l'amiable.

— Olivia ! dit sa mère, le souffle coupé. Tu as cassé avec Matt ? Sais-tu ce que tu as fait ?

— C'était plus son idée, en fait, essaya de dire Olivia, mais il était impossible d'arrêter Mme Glass.

— J'ai toujours su que tu sous-estimais ta relation avec lui. Je ne crois pas que tu aies compris à quel point il était dynamique. Et riche, aussi, Olivia, et ça compte beaucoup. Les hommes comme Matt ne poussent pas sur les arbres. Tu n'aurais jamais dû gâcher cette opportunité. Tu aurais dû l'épouser.

— Maman ! dit Olivia, outrée.

Assise en face d'elle, Charlotte leva les yeux au ciel par solidarité.

Olivia leva son verre de vin et prit une grande gorgée du blanc délicieux.

— Quel est ce son ? demanda Mme Glass. Olivia, es-tu en train de boire ? On dirait que tu es en train de boire du vin.

— Oui, je suis en train de boire un verre, avoua Olivia.

Elle se sentit honteuse ; sa mère semblait étrangement douée pour faire honte à sa fille.

— Il n'est même pas quatorze heures un jour de travail ! Est-ce que tout va bien ? As-tu besoin de voir un psychologue ? Olivia, tu devrais faire attention, ou tu pourrais perdre ton travail. Boire le jour, c'est très dangereux.

— J'ai démissionné, dit Olivia.

Elle n'aurait pas voulu que la conversation prenne cette tournure, mais il semblait impossible de revenir en arrière, maintenant.

Mme Glass inspira profondément.

— Tu as démissionné ? Quand ? Pourquoi ?

— Vendredi. Je suis tout simplement partie. Je n'en pouvais plus. Ça me détruisait à petit feu, essaya d'expliquer Olivia.

— C'était un bon travail bien payé.

Mme Glass semblait sur le point de pleurer.

— Les emplois comme ça, il y en a peu. Es-tu consciente de ce que tu as fait ?

Se sentant soudain coupable, Olivia se dit qu'elle était peut-être inconsciente.

— Tu risques d'avoir du mal à en trouver un autre. Tu es partie comme ça ? Tu n'as même pas donné un préavis de trente jours ?

— Je n'en pouvais plus, répéta fermement Olivia.

— Dans un marché du travail aussi saturé, tu risques de ne plus avoir d'ouvertures, maintenant. Le monde de la publicité est trop compétitif. Quelqu'un d'autre attend forcément de prendre ta place.

Olivia s'appuya les doigts sur les tempes.

— Ça ira, marmonna-t-elle.

Si elle se mettait à boire un jour, elle commençait à comprendre ce qui l'y pousserait peut-être.

Elle prit une autre gorgée de vin et posa le verre le plus discrètement possible, se doutant non sans crainte que sa mère avait probablement deviné ce qu'elle faisait, même si elle ne l'avait pas entendu.

— Olivia, tu veux bien venir loger chez nous quelque temps ? Je ne crois pas que tu penses de façon rationnelle, ces temps-ci.

— Je vais bien. Vraiment.

— La fille de Miranda vient d'ouvrir un centre de remise en forme à Milwaukee. Je sais que tu n'as pas de compétences dans ce domaine, mais il y a deux places de réceptionniste.

— Maman, je —

— Je crois qu'ils cherchent des femmes de moins de vingt-cinq ans, tu sais, le visage jeune, mais ils pourraient faire une exception pour toi si je leur expliquais que tu as vraiment besoin de ce poste. Et puis, tu es jeune pour ton âge. Tu as tout juste l'air d'avoir trente-trois ans. Tu as la peau de ta grand-mère. Bien sûr, elle a aussi dû se battre contre la chute de ses cheveux. L'alopécie. À soixante-dix ans, elle était presque chauve. Tu n'as pas encore ce problème, n'est-ce pas, mon ange ?

Olivia tira nerveusement sur ses mèches blondes. Est-ce que ses cheveux s'éclaircissaient ?

— Je ne crois pas, non.

— Ça t'arrivera probablement plus tard, dit sa mère, mais, de toute façon, il y a des possibilités et je crois vraiment que tu devrais commencer à les étudier.

— J'achèterai un shampoing anti-chute de cheveux, promit Olivia.

— Non, non, ma chérie. Je parlais de possibilités sur le marché de l'emploi. C'est ça qui m'inquiète.

— Merci, maman.

Olivia décida que le meilleur moyen de mettre fin à cette conversation était d'être d'accord avec sa mère.

— Je parlerai à Miranda demain. Pourrais-tu aller à un entretien cette semaine, s'il y avait encore un poste de disponible ?

De l'autre côté de la table, Charlotte se prit la tête dans les mains.

— Pas cette semaine, dit Olivia.

Elle inspira profondément.

— Je suis en Italie.

Sous le choc, la mère d'Olivia se tut un moment.

— Ce téléphone a un problème. J'ai cru t'entendre dire que tu étais en Italie, dit faiblement sa mère.

— C'est la vérité. Je partage une villa en Toscane pendant deux semaines. Avec Charlotte. Tu te souviens de Charlotte ?

Olivia mentionna le nom de son amie en espérant que cela aiderait sa mère à supporter l'impact de la troisième catastrophe.

Un silence stupéfait lui répondit.

— Olivia, as-tu perdu la tête ? Ce n'est pas le moment de partir en vacances. D'un point de vue financier, c'est irresponsable. Tu devrais chercher un nouveau poste immédiatement, pas gaspiller de l'argent en voyageant sur un autre continent.

Elle éleva la voix.

— Andrew, sais-tu ce qu'Olivia a fait ? Elle est partie deux semaines en Italie.

Reprenant un ton normal, elle poursuivit.

— Mon ange, je ne crois pas que ce soit une bonne idée.

Olivia n'avait plus la force de discuter. Sa mère était incroyable. Quand elle prenait ce ton dramatique, il devenait impossible de lui résister. Il valait mieux se contenter de dire oui.

— J'envisagerai d'autres possibilités, je le promets, maman. J'enverrai mon CV demain. De plus, je vais toucher un gros bonus aujourd'hui.

— Olivia.

Le ton dramatique était encore audible. Il n'était plus possible de lui échapper.

— Je veux que tu me promettes que tu auras au moins un entretien d'embauche de prévu quand tu rentreras.

— Je le promets, dit Olivia d'une petite voix.

Elle raccrocha, prit son verre de vin et vida le reste d'un seul trait.

Elle se força à se souvenir qu'elle avait été autonome pendant treize ans et que c'était à peu près la cinquante-huitième fois que sa mère lui prédisait qu'une catastrophe allait se produire dans sa vie.

— Je suppose qu'il fallait s'y attendre, dit-elle à Charlotte.

— Ta mère ne supporte pas bien les surprises, convint Charlotte.

— Mon père s'adapte mieux.

— Je ne sais pas, dit Charlotte. Je ne me souviens pas l'avoir entendu parler.

Olivia soupira.

Charlotte agita un doigt sous le nez de son amie.

— Ne commence pas à douter de ta décision. Je comprends que tu aimes ta mère et je sais qu'elle n'a que des bonnes intentions, mais je vois qu'elle a semé le doute dans ton esprit.

— Non, je te jure que non, protesta Olivia.

Pourtant, en son for intérieur, elle savait que c'était bien ce que sa mère venait de faire.

CHAPITRE DIX

Quand Olivia se réveilla, la lumière du soleil entrait par sa fenêtre. Dehors, la vue montrait des collines lointaines parsemées de rangées de vignes vertes. Sur le large rebord de fenêtre, il y avait une plante dont les fleurs jaunes brillaient dans les rayons du soleil matinal.

Olivia savait qu'elle aurait dû se sentir heureuse, mais elle n'arrivait à penser à rien d'autre qu'à l'avertissement de sa mère.

C'était comme si ces intonations sombrement dramatiques avaient pénétré son inconscient. À présent, elle imaginait que de l'argent se déversait de son compte en banque comme l'eau d'une baignoire qu'on a débouchée.

En se souvenant des mots sinistres de sa mère sur le marché du travail saturé, Olivia se demanda ce qui se passerait si aucun travail n'était disponible dans les agences de Chicago.

Elle sortit du lit et posa les mains sur le rebord lisse blanchi à la chaux de la fenêtre cintrée pour observer le paysage verdoyant.

L'espace d'un instant, elle parvint à oublier le scénario apocalyptique que sa mère avait décrit et à se perdre dans cette vue incroyable. Ici, dans cette villa isolée sans aucun vis-à-vis, loin du monde enfiévré, elle aurait du temps et de la tranquillité pour penser à son avenir. C'était la beauté de la solitude.

— *Buon giorno !*

Une voix joyeuse mit fin à ses pensées.

L'homme aux cheveux en épis qui poussait une brouette devant sa fenêtre semblait avoir environ vingt ans. Il portait un jean délavé avec un maillot de gymnastique blanc.

Il portait beaucoup plus de vêtements qu'Olivia.

Horrifiée, Olivia croisa son regard et vit son large sourire élogieux.

Elle se laissa tomber au sol, le visage tout rouge.

— Merde ! marmonna-t-elle en rampant comme une léoparde dans sa chambre et en saisissant son tee-shirt sur la chaise avant de l'enfiler.

Donc, la villa avait un service de jardinage ? Elle aurait dû comprendre que les terrains étaient entretenus, ou alors, ils auraient été étouffés par les herbes folles. En même temps, elle aurait pu le découvrir autrement.

Encore à quatre pattes, Olivia récupéra d'autres vêtements et entra dans la salle de bains en rampant. Là, avec un soupir gêné, elle se releva, heureuse que la fenêtre de la salle de bains ait une vitre en verre dépoli.

Elle espéra qu'elle ne croiserait plus le jardinier, ou alors, seulement quand elle aurait arrêté d'avoir envie de se cacher sous le lit en pensant à cette scène gênante.

Dans dix ans, ça devrait aller, décida-t-elle.

L'arôme du café frais l'attira hors de sa chambre et dans le passage qui menait à la cuisine.

— Bonjour, dit Charlotte. Cappuccino ou expresso ?

— Cappuccino, s'il te plaît, dit Olivia.

Quand elle se souvint à quel point Charlotte avait été en colère la veille au soir, elle décida d'interroger son amie sur ce sujet. Si quelque chose la contrariait, Olivia voulait savoir ce que c'était.

— Tu étais vraiment fâchée quand nous avons quitté le bar, hier, dit-elle pour commencer. Y a-t-il une chose dont tu voudrais parler ?

Charlotte soupira.

— C'est lié à mon ex, avoua-t-elle.

Olivia hocha la tête d'un air compréhensif. Rompre ses fiançailles quand le mariage doit avoir lieu dans quelques semaines, c'était une décision draconienne. Il avait dû y avoir un problème très grave.

— Il était adorable, beau, charmant. Il semblait idéal quand je l'ai rencontré, dit Charlotte.

Olivia n'avait jamais rencontré Patrick, mais elle hocha judicieusement la tête. Bien sûr, il allait y avoir un gros 'mais'.

— Mais, dit Charlotte, il y avait quelques signes alarmants. Par exemple, il ne travaillait pas. Il pensait qu'il était trop spécial pour se trouver un travail. Il vivait du fonds fiduciaire de sa famille, mais ce n'était vraiment pas suffisant. Donc, c'était moi qui payais une grande partie de ses frais.

— Oh, non, dit Olivia. Cette relation a dû être très inégale.

— J'ai commencé à me sentir utilisée, dit Charlotte. Nous nous sommes souvent disputés pour cette raison. Je croyais que le mariage résoudrait le problème. Alors, je me suis rendu compte que — oh, bonjour, Eduardo.

Olivia virevolta et renversa une partie de son cappuccino dans la soucoupe quand le jardinier entra. Elle sentit qu'elle rougissait fortement.

— Eduardo, dit Charlotte, je vous présente mon amie Olivia, qui va passer quelques jours avec nous. Olivia, Eduardo s'occupe des jardins des environs. Il vient ici un jour par semaine.

— Je crois que je vous ai vu plus tôt ce matin, admit Olivia, penaude.

Eduardo sourit galamment.

— Oui, je me souviens avoir salué quelqu'un, dit-il en un anglais de qualité bien que fortement accentué. Toutefois, votre chambre était très sombre. Je n'ai rien vu de clair.

Olivia se souvint du soleil qui était entré dans sa chambre et l'avait éblouie de son éclat.

— Vous avez raison, il faisait très sombre, convint-elle avec reconnaissance.

— Trop sombre pour y voir, ajouta Eduardo, comme si cela garantissait qu'il n'aurait vraiment pas pu apercevoir la peau nue d'Olivia.

Charlotte les regarda fixement d'un air perplexe avant de se tourner vers la cour ensoleillée.

— Suivez-moi, invita Eduardo. Je voulais vous montrer quelque chose, ici, sur les terres de la villa.

Olivia échangea un regard avec Charlotte. Qu'est-ce que ça pouvait être ?

Elles suivirent Eduardo dans la cour, où il prit un panier sur une étagère en bois. Il leur fit dépasser les arbres fruitiers, dont les branches ployaient sous les grenades et les poires en cours de maturation puis ils montèrent sur une colline.

Ils arrivèrent au champ qu'elles avaient longé la veille.

Alors, quand Eduardo les guida dans le champ, Olivia vit qu'un sentier presque indistinct traversait les herbes folles. Dans les herbes épaisses, des coquelicots penchaient la tête et Olivia repéra des roses blanches et des ajoncs qui poussaient près d'une haie non entretenue. Elle suivit Eduardo dans la prairie, entourée par le bourdonnement des insectes, les chevilles chatouillées par l'herbe longue.

Plus loin, elle vit une annexe minuscule avec des murs en pierre et un toit en fer blanc. À côté, presque invisible dans les hautes herbes, il y avait un banc en fer forgé.

— Regardez ici, dit Eduardo.

En se protégeant les yeux contre l'éclat du soleil matinal, Olivia regarda dans la direction que le jardinier leur indiquait. Elle eut le souffle coupé.

Devant eux, de l'autre côté de l'annexe, il y avait une rangée de grandes vignes en bonne santé.

— Oh, regarde ça !

Sentant revenir tous ses rêves, Olivia avança jusqu'aux grandes vignes robustes. Comme elles n'avaient pas été entretenues, elles avaient l'air sauvages et trop feuillues, mais elles coulaient sous les fruits. Les grappes violet foncé avaient une couleur vive et un éclat poudré. Olivia tendit une main et sentit le poids de la grappe. Les fruits étaient chauds dans le soleil matinal.

— Je me demande ce que c'est, murmura-t-elle.

Charlotte lui fit une grimace moqueuse.

— Ce sont des raisins, bien sûr. Tu ne le vois pas ?

— Non, non, expliqua hâtivement Olivia en riant. Je voulais parler du type. Est-ce que ce sont des cabernets, des merlots ou autre chose ?

Olivia se sentit embarrassée quand elle se rendit compte qu'elle n'arrivait pas à se souvenir du nom des autres cépages pour l'instant.

Elle prit un grain de raisin en sachant que c'était une expérience qui resterait précieuse pour elle pendant toute sa vie. Elle avait déjà visité des exploitations viticoles et les avait toutes adorées, mais ni elle ni les autres touristes n'avaient été autorisés à approcher des précieuses vignes qu'ils avaient seulement vues à une distance respectueuse.

La peau du raisin était étonnamment résistante et, même si la pulpe était sucrée et juteuse, Olivia fut surprise par la quantité de pépins. Comme les raisins sans pépins étaient la norme en supermarché, elle n'avait pas l'habitude de voir tant de pépins. Elle aurait voulu en savoir plus sur le rôle joué par la peau, et même par les pépins.

— Ils sont mûrs, lui dit Eduardo. Maintenant, vous pouvez les cueillir, si vous voulez.

Il fit un clin d'œil à Olivia avant de redescendre la colline.

Une idée vint à Olivia, si soudaine et si irréfutable qu'elle lui parut être une révélation.

— Charlotte, on pourrait produire du vin fait maison ! Ce sont visiblement des raisins à vin, et regarde combien il y en a. Je suis sûre que nous pourrions en obtenir au moins une bouteille, ou même deux bouteilles, vu le rendement de ces quelques vignes.

Elle se sentait enthousiaste. Quelle expérience ce serait ! Cela pourrait être plus qu'une simple aventure de vacances. C'était l'opportunité idéale pour mettre un pied dans un monde qui l'avait toujours attirée. Elle découvrirait peut-être même qu'elle avait un don pour cela. Cependant, si la vinification ressemblait à la cuisine, elle échouerait probablement très souvent et devrait travailler dur pour trouver comment bien faire les choses, se dit-elle en adoptant une approche plus réaliste. De toute façon, elle ne pourrait le savoir qu'en essayant.

— Je crois que c'est une excellente idée, dit Charlotte.

Elles commencèrent à cueillir les raisins et remplirent le panier avec les grappes lourdes et mûres.

— Cela dit, tu sais qu'il faudra attendre plusieurs mois avant que le vin soit prêt, n'est-ce pas ? demanda Charlotte.

Olivia la contempla d'un air consterné.

— Quelques mois ? Mais je ne suis ici que pour deux semaines. Tu es sûre que ça prend si longtemps ?

Charlotte hocha la tête.

— Un jour, on a essayé de faire du vin d'ananas, donc, je me souviens du processus.

— Vous avez essayé ? Est-ce que ça a marché ? demanda Olivia.

Charlotte haussa les épaules.

— Si tu tiens à le savoir, le résultat a été vraiment dégoûtant. On a tout jeté.

— Peut-être l'ananas n'était-il pas le bon fruit, hasarda Olivia.

Elle ne dit pas qu'elle trouvait que cette idée lui paraissait dégoûtante d'entrée de jeu. L'ananas n'avait rien à voir avec le vin. Pour elle, il ne méritait même pas qu'on en mette sur une pizza.

— Si notre vin est bon, tu pourras peut-être en rapporter une bouteille au pays. Il faudra qu'on le goûte ensemble, dit-elle à Charlotte.

Olivia s'écarta une mèche blonde des yeux avant de passer au cep suivant. Celui-là semblait avoir un rendement encore meilleur que le précédent. Elle fut surprise de voir que les raisins avaient poussé en si grand nombre. Elle compta neuf grappes rien que sur ce cep et supposa que c'était pour cela que les vignobles n'avaient pas besoin de beaucoup d'espace pour produire leurs vins.

— J'ai une idée encore meilleure, dit Charlotte.

— Laquelle ?

— Tu pourrais rester tout l'été. Cela laisserait au vin le temps de vieillir. Après tout, rien ne t'attend au pays. Jamais tu ne seras aussi libre.

— Mais je —

— Si tu restais, ça compterait beaucoup pour moi. Je me suis sentie seule ici, dit Charlotte. De plus, tu pourras m'aider à arrêter de me sentir désolée pour Patrick et m'empêcher d'aller le retrouver. C'est une erreur classique que je voudrais éviter de commettre.

Olivia réfléchit à cette invitation de tous les points de vue.

Passer tout l'été en Toscane ? C'était une idée folle. Réserver pour deux semaines lui avait paru irréfléchi, comme si elle avait volé du temps qu'elle aurait dû consacrer à d'autres choses plus nécessaires, mais tout l'été …

Les yeux baissés vers le panier rempli de grappes de raisins, Olivia essaya d'évaluer où elle en était.

Elle n'avait pas de petit ami, elle n'avait pas de travail, elle n'avait même pas de plante d'intérieur. Rien ne l'attendait au pays et son amie avait besoin d'elle ici. Grâce à son bonus, elle pourrait payer les factures et, en tout cas, le marché du travail était toujours plus lent en été.

Si elle attendait que la campagne Valley Wines se termine, cela pourrait être avantageux et, après, elle pourrait recommencer à zéro.

C'était peut-être le destin qui était intervenu, pensa Olivia. Associée à la sécurité financière que son bonus lui fournirait, cette proposition généreuse pourrait lui permettre de changer complètement de vie. Elle pourrait en apprendre plus sur la vinification et même proposer son aide en tant que bénévole à l'une des vignes locales. Cela pourrait devenir un emploi-vacances susceptible de mener à d'autres opportunités. La vie n'offrait pas beaucoup de chances d'effectuer un virage à cent quatre-vingts degrés. C'était sa chance et il fallait qu'elle en profite.

Olivia inspira profondément.

— D'accord, dit-elle en se sentant à la fois folle de joie, effrayée et téméraire. Je vais faire ça. Je m'engage à rester tout l'été, mais j'insiste pour payer la moitié du loyer de la villa. Maintenant, il faut qu'on amène ces raisins à la cuisine puis qu'on se demande comment on va pouvoir les transformer en vin.

*

Une heure plus tard, Olivia descendait la colline à pied avec un sac de courses dans une main et une longue liste dans l'autre. Elle avait choisi d'aller en ville à pied parce que, bien que l'équipement dont elle avait besoin soit volumineux, il ne semblait pas être lourd. Comme la villa était seulement à un kilomètre et demi de la ville, circuler en voiture dans les rues étroites et pavées à la recherche d'une place pour se garer constituait un risque excessif pour les rétroviseurs de la Fiat.

De toute façon, marcher lui donnait la sensation d'être du coin.

Elle dépassa le château en ruine, heureuse de pouvoir le contempler à nouveau. Quand le soleil du soir avait brillé derrière la tour, elle avait eu un air sombre et menaçant. Maintenant, illuminées par le soleil matinal, les pierres baignaient dans une lumière dorée et la tour paraissait plus accueillante, comme si elle avait été un château familial au lieu d'un donjon menaçant.

Quand Olivia passa devant les boulangeries, elle fit un détour par chez Mazetti, attirée par l'arôme alléchant du pain frais. À l'intérieur, elle choisit une miche de ciabatta dorée et fraîchement cuite et s'arrêta devant un étal de biscuits Ricciarelli appétissants. Les petites friandises ovales avaient une surface élégamment fendue et étaient recouvertes de sucre en poudre. Elles avaient une odeur d'amande délicieuse. Olivia se dit qu'elle aurait dû prendre son petit-déjeuner avant de partir faire ses courses, parce que ces biscuits lui donnaient faim.

Elle jeta un coup d'œil à la boulangerie de l'autre côté de la route et se demanda un moment, amusée, si Forno Collina offrait exactement le même étal de biscuits au même prix.

— Essayez-en un, je vous prie, proposa le boulanger.

Qui aurait pu refuser cette proposition ? Pas elle. Elle en prit un et mordit dedans. Elle adora la douceur du sucre et le contraste entre l'extérieur croustillant comme une meringue et l'intérieur dense et mou. L'amande et la fleur d'oranger explosèrent sur sa langue. Ces biscuits étaient délicieux.

— J'en prends douze, s'il vous plaît. Non, vingt-quatre, corrigea-t-elle. Il vaut mieux être réaliste. La douzaine disparaîtrait trop vite.

Elle sortit de la boulangerie, résolue à ne plus s'arrêter nulle part, puis changea d'avis un moment plus tard quand elle passa devant la boutique du marchand de vin.

Il était impossible d'acheter des équipements de vinification sans acheter un peu du produit fini, décida-t-elle.

Ce magasin était rempli de vins dont elle n'avait jamais entendu parler. Leurs étiquettes uniques la fascinaient. La plus grande partie des produits semblaient venir des environs et, sur les étiquettes, le mot 'Toscana' était bien lisible. Quand elle lut les étiquettes, Olivia se rendit compte que les raisins locaux les plus répandus étaient une variété du nom de Sangiovese qui donnait des notes de cerise au vin. Elle se demanda si les raisins de la villa étaient des Sangiovese. Selon la loi des probabilités, elle supposa que oui.

Incapable de s'en empêcher, Olivia acheta une bouteille de Chianti local, fabriqué à base de raisins Sangiovese.

Son panier de courses était déjà à moitié plein alors qu'elle n'avait même pas atteint sa destination, qui était la petite quincaillerie à l'autre bout du village. C'était là où Eduardo avait expliqué qu'elles pourraient acheter du matériel de vinification.

Dans la quincaillerie, Olivia parcourut furtivement les allées étroites en lisant sa liste avec des yeux d'aigle tout en remplissant son panier. Elle tenait à ce que son projet réussisse.

Il semblait y avoir beaucoup de vignerons amateurs dans cette région, car toute une section du magasin était dédiée à ce type de matériel. Toutefois, ce furent la barrière de la langue et le manque de connaissances d'Olivia qui posèrent problème.

C'était bien de voir 'hydromètre à vin' écrit avec assurance sur sa liste, mais à quoi donc ressemblait cet appareil et comment le disait-on en italien ? Alors qu'Olivia s'interrogeait, l'employée du magasin aux instincts maternels se souvint de sa mission et vint aider sa cliente.

Elle ne parlait pas anglais mais plaça les articles dont Olivia avait besoin sur le comptoir.

— *Bottiglia ?* demanda-t-elle en désignant les bouteilles en verre empilées haut sur l'étagère.

C'était la seule chose dont Olivia n'avait pas besoin et elle le savait.

En utilisant des gestes expressifs des bras et en mimant, elle parvint à expliquer à l'employée que, non, elle et son amie adoraient boire du vin et auraient plus qu'assez de bouteilles vides quand le vin serait fabriqué, en fait, probablement trop.

La femme éclata de rire et hocha la tête pour approuver tout en scannant les articles.

Olivia lui tendit sa carte bancaire. Elle s'était attendue à ce que la transaction se déroule sans accroc mais s'inquiéta quand elle vit la femme secouer la tête.

— *Carta rifiutata*, dit-elle en la lui tendant.

Son expression pleine de regrets indiqua précisément à Olivia ce que signifiait cette phrase.

Elle sentit son cœur battre plus vite. Que s'était-il passé ? Alors qu'elle était toujours à sec à la moitié du mois et devait alors se fier à sa carte de crédit de confiance, elle avait cru que ce serait différent ce mois-ci grâce au rappel de salaire et au bonus énorme qui aurait dû arriver sur son compte aujourd'hui.

Elle avait espéré qu'elle n'aurait plus jamais à piocher dans sa carte de crédit.

Si son salaire et son bonus n'avaient pas été payés, cela signifiait que quelque chose s'était très mal passé. Chez JCreative, les salaires étaient toujours payés en temps et en heure. Toujours.

Elle allait devoir piocher à nouveau dans sa carte de crédit et essayer de résoudre le problème une fois de retour à la villa.

Elle tendit la carte de crédit avec un sourire penaud mais guère sincère.

En son for intérieur, elle se sentait terriblement inquiète. Elle avait compté sur cet argent. Elle en avait besoin. Elle s'était déjà engagée en supposant qu'on le lui verserait.

Pour l'absence de son argent sur sa carte bancaire, elle imagina deux raisons possibles.

D'abord, le paiement avait eu un problème imprévu mais que l'on pourrait résoudre.

Ensuite, possibilité plus inquiétante, James retenait délibérément cet argent. Cette possibilité la terrifiait et elle espéra que ce n'était pas le cas.

Parfois, James pouvait être un patron agressif, mais il était un adversaire redoutable tout le temps. Quand il avait eu quelqu'un dans le collimateur, Olivia avait toujours été contente d'être assise du même côté de la table de la salle de conférence que lui.

Or, elle craignait que ses propres actions aient fait d'elle une ennemie de son ex-patron.

Elle rentra hâtivement à la villa, impatiente de savoir si elle allait toucher son salaire et si elle était maintenant dans le collimateur de James.

CHAPITRE ONZE

De retour à la villa, Olivia vérifia quelle heure il était. Aux États-Unis, il était encore trop tôt pour appeler l'agence. Même si, selon la rumeur, James ne dormait que trois heures par nuit, il arrivait généralement au travail à six heures du matin.

Olivia rédigea rapidement un courriel poli pour lui demander où était son argent et le lui envoya avec une copie pour le gestionnaire de comptabilité.

Ensuite, elle s'efforça de mettre sa peur de côté. Elle ne voulait pas que des pensées négatives contaminent la première production de vin de sa vie. En fait, ce vin pourrait être un succès retentissant. Il pourrait être un tremplin vers une vie et une carrière entièrement nouvelles.

La première chose à faire était de laver et d'écraser les raisins. Elle ouvrit le robinet de la cuisine et lava prudemment chaque grappe de raisins. Ce faisant, elle enleva les raisins de leurs grappes et les tiges des raisins, comme on le disait sur Internet.

Elle était sûre de pouvoir faire confiance à Internet pour ce projet important. La recette avait plusieurs évaluations à cinq étoiles. Cependant, quand Olivia avait commencé à lire les évaluations, elles avaient toutes dit des choses comme 'Excellente recette ! Je l'ai légèrement modifiée en ajoutant une bouteille de brandy au produit fini' et 'Tout s'est vraiment bien passé ! Nous avons apporté quelques modifications et produit du vin de chocolat en ajoutant une boisson chocolatée lors de la deuxième fermentation'.

Olivia décida qu'elle respecterait la recette de base aussi strictement que possible. Ni brandy ni chocolat. Elle n'utiliserait que les délicieux raisins toscans qui étaient probablement des Sangiovese.

Pendant que les raisins s'égouttaient, Olivia utilisa le désinfectant qu'elle avait acheté pour nettoyer soigneusement tout l'équipement.

Alors, elles mirent des gants en latex, elle et Charlotte, et, à l'aide d'une passoire, elles se mirent à écraser les raisins à la main en versant le jus dans le contenant où aurait lieu la fermentation primaire.

— C'est du boulot, fit remarquer Charlotte quand elles passèrent toutes les deux à leur deuxième grappe. C'est également salissant. J'ai la sensation d'être une vraie fille de la terre. Oups, dit-elle quand un grain de raisin gicla de côté et que son jus tacha son tee-shirt.

Olivia regarda son propre tee-shirt. Porter un haut blanc n'avait probablement pas été la meilleure des idées. Il était déjà couvert de taches rose pâle. Pendant qu'elle regardait vers le bas, un grain de raisin lui gicla dans l'œil.

— Aïe, dit-elle en clignant furieusement de l'œil. Je crois que j'écrase mal le raisin. Il me faut d'autres équipements de protection.

Olivia courut dans sa chambre et revint avec ses lunettes de soleil. Elle décida qu'elles lui protégeraient les yeux sur son lieu de travail et qu'elles l'empêcheraient aussi de remarquer le nombre croissant de taches sur le devant maintenant rose de son haut.

Non seulement ce travail était difficile mais, en plus, il était aussi chronophage. Même si elle en appréciait la nouveauté, elle devait admettre qu'il progressait à une lenteur peu productive. En fait, elle commençait à se demander si elles arriveraient jamais à écraser le gros tas de raisins qu'elles avaient cueillis avec beaucoup d'optimisme.

— Quel nom donnerons-nous à notre vin ? Il faut qu'il ait un nom, n'est-ce pas ? demanda Charlotte.

— Commençons par l'essentiel, dit Olivia en riant. Il faut qu'on produise un bon vin.

— Comme c'est toi qui as un diplôme en anglais, c'est à toi de choisir. Pourquoi ne pas donner à ce vin un nom littéraire ? proposa Charlotte d'un air songeur.

— Les Vins de l'Espérance ? suggéra Olivia.

— Pas ce style-là.

Olivia réessaya.

— Bourrée dans les Saules ?

Elles commencèrent à rire.

— Nous ne devrions peut-être pas encore le nommer, dit Charlotte. Certains membres du comité de nomination semblent manquer de concentration.

— Et certains membres du comité de vinification sautent des étapes importantes, comme le processus de fabrication, avertit Olivia. Ça pourrait être moins facile qu'on ne le croit. Ne vendons pas la peau de l'ours avant de l'avoir tué, ou notre vin avant qu'il n'ait fermenté.

Finalement, tous les raisins furent écrasés. La cuve de fermentation était à moitié pleine d'un liquide brillant de couleur rubis, la table de la cuisine était couverte de taches collantes et les peaux de raisins qu'elles avaient jetées étaient empilées dans un grand seau.

Quand Olivia contempla les résultats de leurs efforts, elle se sentit ravie.

Elle calcula mentalement la quantité de levure qu'il faudrait pour cette quantité de raisins et l'ajouta.

Alors qu'Olivia verrouillait le contenant, son téléphone sonna.

Mettant hâtivement le couvercle en place, elle se dépêcha de répondre.

C'était James.

Elle prit rapidement l'appel, croisant les doigts en espérant que tout se passerait bien.

— Bonjour, James. Avez-vous lu mon courriel ?

— Votre courriel ? Oui, je l'ai bien lu, Olivia, dit-il.

Olivia avait espéré qu'il l'appelait pour lui dire qu'il avait autorisé le transfert, mais le ton de sa voix l'inquiétait. Il avait l'air sur ses gardes mais satisfait de lui-même. Elle l'avait déjà entendu utiliser ce ton. En général, il l'avait fait pour annoncer qu'ils avaient remporté une victoire décisive sur une agence concurrente.

— Je suis choqué par ce que vous m'avez dit, ajouta-t-il.

— Moi aussi, ça m'a étonnée, dit-elle, soulagée de s'être inquiétée sans raison et que James soit de son côté. Sans vouloir causer d'ennuis à qui que ce soit, j'ai pensé qu'il fallait que je vous avertisse du retard.

Avec une certaine honte, elle se rendit compte qu'elle avait adopté le même ton enjoué et méthodique qu'elle avait utilisé pour l'impressionner pendant qu'elle travaillait dans son entreprise. Quelle déception. Une deuxième fois, Olivia se sentit étonnée d'avoir réussi à trouver le courage de démissionner.

— Ce n'est pas ça qui m'a choqué, poursuivit James.

Alors, Olivia frissonna de doute parce que les mots de James avaient ressemblé à un coup de fouet.

— Je — commença-t-elle, mais James continua à parler sans l'écouter.

— Quelle effronterie ! Je n'arrive pas à croire à l'impudence éhontée de votre courriel. Croyiez-vous vraiment que vous pourriez laisser tomber cette entreprise puis exiger un paiement après avoir enfreint les conditions de votre contrat ?

— Les conditions ? demanda Olivia d'une petite voix.

— Un préavis de trente jours calendaires est obligatoire pour les deux parties.

Elle écarquilla les yeux. Ce n'était pas comme ça que ça fonctionnait. James avait licencié beaucoup de gens pour des raisons arbitraires et ne leur avait jamais accordé trente jours de préavis. Même les gens qui lui donnaient une lettre de démission devaient quitter immédiatement les locaux.

— L'argent m'était dû, argumenta-t-elle. Je l'avais déjà gagné. C'était un rappel de salaire et un bonus et j'avais reçu une lettre qui disait que cet argent allait m'être versé.

— J'ai eu une discussion avec mon avocat ce matin. Il m'a dit qu'il y avait un motif valable pour annuler le paiement à cause de votre manquement au devoir, répliqua James. Vous êtes partie à un moment crucial. Cela aurait pu coûter des millions à l'entreprise. Il s'avère que Kansas Foods a signé le contrat, mais ça aurait pu tout compromettre.

— Mais ils ont signé ! Donc, où est le problème ? Vous n'aviez pas besoin de moi, essaya-t-elle de dire.

— Je ne discuterai pas. Vous n'aurez pas cet argent et j'espère que vous y réfléchirez à deux fois avant de laisser tomber quelqu'un d'autre comme ça.

Sa voix se durcit.

— De toute façon, vous n'en aurez pas la possibilité. J'ai déjà averti quelques-uns de mes collègues les plus proches, c'est-à-dire les vingt agences les plus importantes de Chicago, de votre comportement affligeant et malhonnête.

— James, vous —

Soudain, Olivia se sentit malade.

— Donc, à moins que vous ne trouviez un poste de remplissage de rayons, j'espère que votre riche petit ami sera prêt à payer vos dépenses à compter d'aujourd'hui.

Alors, sa voix prit un ton amèrement satisfait.

— Cela dit, d'après ce que je lis sur les médias sociaux, il est revenu à la raison et vous a jetée, lui aussi. Au revoir, Olivia.

Il raccrocha et Olivia se retrouva seule, en train de serrer son téléphone, horrifiée.

C'était un désastre énorme. James avait annulé son paiement. Cet énorme bonus qu'elle avait travaillé si dur pour obtenir avait disparu. Elle ne toucherait rien.

Elle allait devoir repartir aux États-Unis et contester en justice les décisions de l'entreprise. Olivia était quasi-certaine que ce serait en vain. James avait une excellente équipe de juristes sous contrat. Olivia n'avait même pas d'avocat. Elle n'avait jamais eu recours aux services d'un avocat, n'avait jamais poursuivi qui que ce soit en justice.

Elle était amèrement consciente du fait que cela ne l'aiderait qu'à s'endetter encore plus, mais elle n'avait pas le choix. À situations désespérées, mesures désespérées. De toute façon, elle ne pouvait plus rester en Italie. Elle ne pourrait jamais payer la moitié du loyer de la villa.

— Bon sang, dit-elle en clignant des yeux pour retenir ses larmes.

— Que se passe-t-il ?

Charlotte, qui venait de se doucher et de se changer de vêtements, revint dans la cuisine en toute hâte.

— Il y a une catastrophe, dit Olivia. Je vais devoir rentrer.

— Oh, non. Qu'est-ce que c'est ?

Les yeux écarquillés par l'inquiétude, Charlotte s'assit à côté d'elle.

— James refuse de payer l'argent qu'il me doit. Ça signifie que je suis fauchée. Je vais devoir rentrer pour le poursuivre en justice.

Olivia contempla la cuve à fermentation qu'elle avait remplie avec tant de passion. Maintenant, elle allait devoir dire adieu à sa toute première production de vin, à la villa et à la Toscane.

Elle aurait dû le prévoir. Son idée stupide de se lancer dans une nouvelle carrière en produisant son propre vin n'avait été que ça : un rêve stupide, impossible et irréaliste. Elle avait espéré opérer un tournant à cent quatre-vingts degrés et, au lieu de cela, elle avait tourné sur trois cent soixante degrés et s'était retrouvé à son point de départ, mais avec moins de possibilités.

Quel désastre.

— Oh, Olivia, c'est vraiment terrible, dit Charlotte pour l'apaiser. Je t'en prie, ne te dépêche pas de rentrer. Attends que ta panique se calme un peu pour pouvoir réfléchir clairement.

Olivia hocha la tête à contrecœur. Le conseil de Charlotte était raisonnable. Agir par pure panique serait une erreur.

— On va sortir et goûter du vin, insista son amie. Tu as besoin de te remonter le moral et d'oublier un peu tes problèmes. Et puis, quoi qu'il arrive, il faut visiter ces domaines au moins une fois dans sa vie.

*

Quand elles quittèrent la villa, Olivia feuilleta les brochures d'exploitations vinicoles qui étaient empilées dans la boîte à gants de la Fiat. Il y avait deux vignobles célèbres dans les environs. L'une d'elles était proche et la deuxième de l'autre côté du village.

En eux-mêmes, les noms étaient enchanteurs : Casa D'Orio et La Leggenda. En contemplant les photos sur papier glacé, Olivia se força à calmer son anxiété. C'était une expérience unique et elle n'allait pas laisser les actions toxiques de James la gâcher.

Elle décida qu'elle déciderait demain quoi faire et quand partir. Ce qui se passerait aujourd'hui apporterait peut-être un signe, quelque chose qui l'aiderait à se décider.

Quel vignoble allait-elle choisir de visiter en premier ?

Elle n'avait que deux minutes pour se décider. Quand Charlotte atteindrait la bande étroite de bitume qui servait de route principale, elle devrait tourner à gauche ou à droite.

À droite, au-delà du village, il y avait Casa D'Orio. Impressionnée, Olivia contempla la brochure avec ses photos de bâtiments en pierre imposants et la longue allée bordée de cèdres.

— Ce domaine a plus de cent ans, lit Olivia à voix haute. Stupéfiant, non ? Il a fallu plus d'un siècle d'expérience en vinification pour produire ces vins aux multiples récompenses. La passion de la famille D'Orio remonte à des générations et le propriétaire actuel, Enzo D'Orio, est aux commandes de cette entreprise. C'est l'exploitation vinicole principale de la région et un des premiers domaines vinicoles d'Italie.

— Donc, on tourne à droite, dans ce cas ? demanda Charlotte.

— Attends, attends.

Olivia prit l'autre brochure.

— La Leggenda a été fondée en 1969, quand deux petits domaines vinicoles ont fusionné. Une histoire d'amour entre les propriétaires de ces deux exploitations vinicoles voisines a donné naissance à un domaine légendaire et, aujourd'hui, ce domaine reste administré avec amour par la famille Vescovi. Connue pour sa boutique remplie de vins de première qualité, dont beaucoup sont proposés par des restaurants étoilés du guide Michelin, cette exploitation viticole est devenue célèbre dans le monde entier pour l'assemblage de cépages rouges qui la caractérise.

— Ça aussi, ça a l'air génial, dit Charlotte. À toi de choisir.

Elle arrêta la voiture au tournant.

Que choisir ?

Si elle pouvait posséder une de ces exploitations vinicoles, laquelle choisirait-elle ? se demanda Olivia.

Le prestige et la qualité récompensée par des prix étaient ce dont elle rêvait, mais l'attrait de l'histoire d'amour l'avait conquise. Lancer une marque de vin suite à une histoire d'amour, c'était véritablement unique.

— On va à gauche, décida Olivia.

Charlotte tourna vers La Leggenda. Cinq minutes plus tard, elles remontaient l'allée sinueuse bordée de roses sauvages colorées et de géraniums. Quand l'exploitation viticole apparut, Olivia fut charmée en voyant avec quelle grâce les bâtiments rose doré se fondaient dans le paysage en épousant le terrain vallonné. Le domaine était plus charmant qu'imposant. C'était comme arriver dans un refuge romantique, décida-t-elle, même si, à mesure qu'elles approchaient, elle était de plus en plus impressionnée par l'étendue et la taille des lieux.

Le parking était bondé. Charlotte gara prudemment la Fiat à la seule place disponible, sous les grandes branches écartées d'un très vieil olivier.

Elles remontèrent le sentier pavé, entrèrent par une grande porte en chêne grande ouverte et se retrouvèrent dans le hall carrelé.

— Ouah, dit Olivia.

Elle contempla les poutres en bois qui se trouvaient loin au-dessus et admira la rangée d'énormes tonneaux de vin alignés contre le mur du fond. À droite, on voyait le lieu de dégustation, où des foules de touristes se mêlaient. Au-delà, il y avait le restaurant du domaine.

Elles suivirent l'odeur du vin et le son des voix et des rires. Elles arrivèrent dans le lieu de dégustation et se dirigèrent vers le long comptoir en bois.

À l'autre bout du comptoir se trouvait un homme aux cheveux foncés. Assis sur un tabouret, il sirotait un verre de vin rouge tout en examinant un tas de papiers.

Il leva les yeux quand Olivia regarda dans sa direction et elle se mit à rougir. Cet homme semblait avoir environ quarante ans et il était incroyablement beau. Il avait les yeux bleu profond, la mâchoire carrée et un soupçon de barbe de trois jours sur son visage bronzé.

Surprise en train de l'admirer, elle lui sourit et sentit qu'elle rougissait encore plus quand il lui répondit rapidement par un sourire chaleureux.

Charlotte n'avait pas remarqué leur échange. Elle agitait la main pour attirer l'attention du sommelier.

— *Scusi*, pourrions-nous déguster, je vous prie ?

L'homme au visage jaunâtre en charge du lieu de dégustation avait l'air sinistre et las. Il versait le contenu d'une bouteille de rouge dans des verres de dégustation pour un autre groupe de touristes pendant que deux autres couples attendaient plus loin. Il se tourna vers Charlotte et lui adressa un hochement de tête rapide.

— Il faudra peut-être qu'on soit patientes, dit Olivia. On dirait qu'il est le seul homme de service.

— Je vais essayer, dit Charlotte, mais je me sens inspirée depuis que tu m'as lu cette brochure. J'ai très envie de goûter leur célèbre assemblage. Cela dit, j'imagine que nous pouvons regarder un peu les gens en attendant. Oh.

Son regard tomba sur le bel homme aux cheveux foncés qui avait souri à Olivia.

— Il y a beaucoup de belles choses à voir ici, murmura Olivia en jetant un autre coup d'œil discret aux cheveux en bataille et à la mâchoire carrée de l'homme, ainsi qu'aux doigts manucurés avec lesquels il caressait nonchalamment le pied de son verre de vin.

Se forçant à détourner le regard, elle observa les certificats affichés sur le mur derrière le comptoir. On aurait dit que cette exploitation viticole avait remporté des distinctions renommées année après année.

Quand elle baissa le regard, elle vit une affiche plus petite scotchée au comptoir. C'était une feuille de papier ordinaire imprimée. 'On recherche un assistant sommelier pour la saison estivale', disait le texte.

Curieuse, Olivia lut la suite.

'Nous cherchons un individu passionné et doté de solides connaissances pour aider les clients dans notre salle de dégustation très fréquentée de dix heures du matin à cinq heures de l'après-midi, du mercredi au dimanche. Le poste est disponible immédiatement jusqu'à la fin du mois de septembre. Vous pouvez nous poser vos questions.'

Le salaire hebdomadaire était indiqué au bas de l'affiche et Olivia fut surprise par sa générosité.

L'espace d'un instant, elle se demanda si elle pourrait prendre ce travail de vacances, travailler dans cette exploitation viticole mondialement renommée et aider le public à découvrir ses crus. Ce serait une magnifique opportunité d'en apprendre plus sur le vin tout en gagnant assez et en s'intégrant à la communauté locale. Si seulement elle avait plus d'expérience, elle aurait pu avoir le courage de postuler.

Olivia faillit tomber de sa chaise quand elle comprit.

Et si cette annonce était le signe qu'elle avait cherché ?

Non seulement ce travail pourrait lui fournir l'argent dont elle aurait besoin pour rester en Italie, mais il pourrait aussi être la première petite étape de son accession au statut de vigneron.

Finalement, le sommelier se dirigeait vers elle.

— Que désirez-vous ? demanda-t-il. Voulez-vous goûter tout le menu de dégustation ou seulement trois vins ?

Olivia inspira profondément. Son cœur battait la chamade, agité par l'audace, l'impossibilité de ce qu'elle avait décidé de faire.

D'une voix aiguë et haut perchée, la bouche sèche, elle répondit.

— En fait, non, dit-elle. Ni l'un ni l'autre. J'aimerais postuler pour le travail affiché ici, pour devenir votre assistante sommelière.

— Quoi ? Tu veux faire quoi ?

Charlotte se tourna vers Olivia, les yeux écarquillés.

— Sérieusement ?

Le sommelier, qui, d'après son badge, s'appelait Luigi Lupo, contempla Olivia d'un air incrédule.

— Je souhaite postuler.

Olivia avait les paumes moites. Elle avait eu le courage de prononcer ces mots à voix haute et ça l'avait plus choquée que tous les autres.

Quand elle vit le visage étonné de Luigi, Olivia se rendit compte que son dépôt de candidature de dernière minute ne serait jamais accepté. Bien sûr, comme elle était un quidam non qualifié, elle n'avait pas l'envergure des personnes qu'ils recherchaient pour un établissement aussi haut de gamme. Il était fort probable qu'elle venait de s'exposer à un rejet immédiat et humiliant.

Elle se prépara et attendit que tombe le couperet.

CHAPITRE DOUZE

— Vous ? Vous voulez postuler pour ce travail ? demanda Luigi à Olivia en désignant l'affiche scotchée au comptoir.

Il l'avait dit d'un ton incrédule, comme s'il avait espéré qu'elle admettrait que ce n'était qu'une blague.

C'était peut-être pour cela qu'il ne lui avait pas dit non immédiatement, décida Olivia. Il avait été trop stupéfait pour comprendre qu'elle parlait sérieusement.

— Oui, déclara-t-elle fermement. Je le veux.

— Mais vous êtes américaine, n'est-ce pas ? Touriste ? Que connaissez-vous au vin ?

Cette dernière question était plus difficile et Olivia y réfléchit frénétiquement. Elle allait dire qu'elle était passionnée et qu'elle pourrait apprendre sans difficulté, mais Charlotte parla avant elle.

— Elle en sait beaucoup. Elle est excellente en marketing. Vous savez, elle a dirigé une énorme campagne de publicité aux États-Unis pour cette marque de vin du nom de —

— Non, non.

Olivia l'interrompit en toute hâte. Elle ne voulait pas que l'on prononce le nom de Valley Wines. Si on l'associait à cette marque inférieure, tout serait perdu.

— J'ai toujours rêvé de travailler dans l'industrie du vin. Même si je manque un peu d'expérience réelle, j'apprends vite et j'adore les gens. Je suis en Italie pour l'été et j'ai vraiment besoin d'un travail.

Elle en avait dit plus qu'elle n'avait prévu. Elle aurait peut-être sa chance.

Le sommelier la regarda en réfléchissant.

— Avez-vous déjà travaillé dans cette industrie ? demanda-t-il.

— Pas exactement, non, admit Olivia.

— Avez-vous été formée à la dégustation du vin ?

— Formée, non, mais j'ai beaucoup d'expérience personnelle, dit-elle en espérant détendre l'atmosphère, mais Luigi garda une expression sévère.

Alors, il se retourna, prit une bouteille sur l'étagère qui se trouvait derrière elle et en versa un peu dans un des verres de dégustation en cristal.

— Tenez. Parlez-moi de ce vin, dit-il en faisant glisser le verre sur le comptoir.

— D'accord.

Olivia prit le verre et le fit tourner en inspirant l'arôme. L'estomac noué, elle sentait qu'elle n'avait pas le droit à l'erreur.

— Eh bien, c'est du vin rouge, dit-elle.

Du coin de l'œil, elle vit le bel homme assis à l'autre bout du comptoir se couvrir soudain la bouche, comme pour étouffer un toussotement.

— Puis-je avoir un verre, moi aussi ? demanda Charlotte. Je veux bien payer pour goûter, mais je suis surtout venue ici pour boire ces vins alors que, maintenant, je ne fais que la regarder.

Sans un mot, le sommelier versa un autre verre de dégustation, qu'il passa à Charlotte.

— Mmm. Miam. Le bouquet est merveilleux. Quel vin intense, dit Charlotte en vidant le verre. Stupéfiant. C'est le nectar des dieux.

Luigi n'avait pas quitté Olivia du regard.

— Les saveurs, je vous prie, signora. Dites-moi ce que vous reconnaissez et le type de vin dont il s'agit.

Olivia prit une gorgée.

Charlotte avait raison. C'était un vin étonnant, mais elle ne pensait pas que ce serait le bon mot pour le décrire. Elle craignait énormément de dire ce qu'il ne fallait pas. Elle n'avait pas été formée à reconnaître les saveurs et elle allait devoir se fier à son intuition.

Quelle avait été la saveur principale des vins Sangiovese qu'elle avait vus au magasin ?

— Cerise, dit-elle.

Elle vit Luigi plisser les yeux. Elle avait marqué un point, mais Luigi en voulait plus.

— Quoi d'autre ? demanda-t-il sèchement.

Soumise à une telle pression, Olivia avait l'impression de jouer à la loterie des ingrédients. Si elle devinait mal une seule fois, elle perdrait. Peut-être trouverait-elle un autre moyen de le persuader qu'elle pouvait apporter une valeur ajoutée à ce lieu de dégustation.

— D'habitude, vous ne donnez pas aux gens une fiche de dégustation avec toutes les descriptions et les choses de ce genre ? demanda Charlotte.

— Un sommelier devrait avoir assez de compétences pour reconnaître le type de vin ainsi que les saveurs dominantes sans fiche ni étiquette, dit Luigi.

— Pourtant, le but de la manœuvre est de lire l'étiquette, affirma Olivia. Cela vous indique le type du vin pour qu'on n'ait pas besoin de deviner, puis ça vous indique quelles saveurs chercher pour savoir quel goût a le vin. C'est pour ça qu'on fait des étiquettes, vous savez. C'est pour ça que les bouteilles ne sont pas dépourvues de toute indication.

Elle pensa que le bel homme s'était remis la main devant la bouche, mais elle ne le regardait pas. Elle concentrait toute son attention sur Luigi. Comment pouvait-elle le convaincre qu'elle était capable de faire ce travail ?

— Je vois ça du point de vue marketing parce que c'est ma formation, essaya-t-elle.

Comme c'était son seul domaine d'expertise, elle devait le mettre en avant.

— Pour moi, ce qui compte, c'est l'expérience entière, c'est la raison qui pousse les gens à venir visiter une exploitation viticole. Tout joue son rôle, de l'ambiance au design de l'étiquette, sans oublier la description, la réputation de la marque et le service. Même l'histoire qui précède le vin est important, car toutes les marques ont besoin d'une histoire. C'est ce qui convainc le consommateur d'acheter. Le goût est important, mais il intervient seulement après tout ça.

Luigi ne disait rien. Elle ne savait pas si son discours passionné avait produit le moindre effet sur lui.

— Est-il possible d'essayer un autre vin ? demanda Charlotte. Ou même de réessayer le même ? L'un ou l'autre, ça m'est égal. Pour moi, c'est une expérience vitale.

Luigi tendit un bras derrière lui et prit une autre bouteille sur l'étagère. Il remplit un nouveau verre à moitié et le tendit à Charlotte.

— Je crois que j'aime encore plus celui-là, dit Charlotte. Il a une saveur surprenante. Tiens, Olivia, essaie ça.

Olivia prit une gorgée. Charlotte avait raison. Ce vin était encore plus délicieux que le précédent.

— Je crois que c'est un Cabernet Sauvignon, hasarda-t-elle.

Elle se sentait très tendue, maintenant, et complètement désorientée.

— C'est le Miracolo, l'assemblage unique et aux récompenses multiples de l'exploitation, dit Luigi. C'est en partie du Merlot. Le reste de l'assemblage est secret.

— Donc, il n'y a pas de Cabernet ? demanda Olivia, déçue, pendant que Luigi secouait la tête.

— Votre assemblage ? Nous avons lu le dépliant. C'est ce qui rend La Leggenda célèbre, dit Charlotte.

Elle tendit la main vers le verre et le vida.

Luigi soupira.

— Signora, je ne crois pas que vous soyez une candidate appropriée pour ce travail et je ne peux accepter votre candidature. Puis-je vous proposer de déguster notre vin comme invitée ordinaire ?

La déception terrassa Olivia.

Bien qu'elle ait pris sa décision sur un coup de tête, cette perspective l'avait passionnée. Il lui semblait qu'elle avait aperçu, comme par une porte qu'elle venait de découvrir, un monde différent et prometteur.

— Je — D'accord, dit-elle.

Elle n'avait pas envie de rester ici après avoir vu sa candidature rejetée, mais Charlotte méritait de profiter de la dégustation entière parce que c'était une expérience vitale pour elle.

— Attendez une minute.

La voix venait de l'autre bout du comptoir.

Olivia se retourna et regarda, incrédule, le bel homme aux cheveux foncés poser ses papiers, se lever de sa chaise et avancer vers eux.

D'une voix grave fortement accentuée, il poursuivit.

— Je crois que cette belle Américaine sera la bonne personne pour ce poste. La connaissance est une chose, mais on a aussi besoin de cœur, de passion, dit-il en se mettant une main à la poitrine, et de personnalité. Pour reconnaître les saveurs avec précision, il faut une formation et je suis sûr que cette dame apprendra vite avec le bon formateur. Ce qui est plus important pour notre comptoir de dégustation, c'est qu'elle comprend que toute l'expérience compte. Elle apportera de la vivacité à notre exploitation viticole et mettra les invités à l'aise. Donc, excusez-moi si j'annule votre décision.

Il tendit la main à Olivia.

Avec l'impression d'être dans un rêve et en entendant Charlotte pousser une exclamation de surprise derrière elle, Olivia serra la main au bel homme. Elle était complètement bouleversée, incapable de croire à ce qui se passait.

La poignée de main de l'homme était chaude et ferme. Ses yeux bleu profond étincelaient et son sourire semblait éclairer les lieux en éclipsant le froncement de sourcils furieux de Luigi.

— Comment vous appelez-vous ?

— Olivia Glass, dit-elle faiblement.

— Olivia, je m'appelle Marcello Vescovi et je suis un des propriétaires de La Leggenda. Je suis enchanté de vous rencontrer. Pouvez-vous commencer à travailler demain ?

CHAPITRE TREIZE

Quand Olivia arriva à La Leggenda le lendemain matin, Marcello l'attendait à la porte du domaine.

Elle commençait sa nouvelle carrière et cela lui donnait le tournis. Elle n'arrivait pas à croire au résultat de sa candidature folle et spontanée. Elle était maintenant employée dans une des principales exploitations vinicoles d'Italie. C'était comme un rêve qui se réalisait.

Elle avait mis ses vêtements les plus élégants et avait quasiment passé une heure à se coiffer et à se maquiller.

Pour les clients, se disait-elle. Pour les clients.

Cependant, quand Marcello lui sourit et lui dit qu'elle avait l'air superbe aujourd'hui, elle sentit le compliment lui réchauffer le corps tout entier, de la tête, maintenant rouge comme une tomate, aux pieds.

— Nous allons commencer par une visite, dit-il. J'aimerais que vous voyiez la totalité de notre exploitation viticole pour comprendre tous les efforts que nous consacrons à notre produit final, pas seulement la passion et les connaissances, mais la quantité de main d'œuvre et de ressources.

Il alla vers un SUV brillant qui portait le logo du domaine sur les portières. Olivia monta, ravie à l'idée de voir comment tout fonctionnait. Elle se promit d'absorber toute cette expérience dans ses moindres détails.

Marcello contourna lentement le bâtiment de l'exploitation viticole, suivant le sentier pavé, et Olivia eut le souffle coupé par l'admiration quand elle vit tous les éléments de la ferme disposés comme les pièces d'un puzzle dans le paysage ondulant qui s'étendait au-delà. Elle compta plus de dix plantations de formes et tailles différentes, certaines dans les vallées et d'autres perchées haut à flanc de colline. Elle se demanda si chacune de ces plantations était dédiée à une variété différente de raisin. Entre le patchwork lumineux des champs, des bosquets d'arbres apportaient un contraste plus sombre, mais une proportion étonnante de la terre semblait être en friche.

— Nous avons quatre-vingts hectares de terres, ici, mais nous avons planté des vignes sur moins de la moitié de cette surface, expliqua

Marcello. En Toscane, le sol est en général très pauvre. Donc, bien que ce domaine soit la troisième région d'Italie en ce qui concerne la surface plantée, en matière de volume de production, elle est seulement huitième. Cela dit, même si les récoltes sont inférieures en quantité, nos vins sont renommés pour leur qualité élevée.

Il désigna le paysage.

— Nous faisons pousser les vignes où nous le pouvons, où la terre nous le permet. Chaque zone a des qualités uniques qui permettent de faire pousser un type différent de raisin. Nous utilisons le reste pour les oliviers, le stockage de l'eau et le tourisme. Une petite partie de la terre est trop montagneuse pour que nous puissions la cultiver et c'est là que paissent nos chèvres.

Olivia perdit sa concentration un moment quand elle regarda la main gauche de Marcello. Il n'y portait assurément aucune alliance. Bien sûr, cela ne voulait rien dire. Pourquoi donc y pensait-elle ?

— C'est un travail dur et très saisonnier. Pendant les jours de récolte les plus intenses, nous travaillons du lever du soleil jusqu'à ce qu'il fasse complètement noir.

Marcello désigna les rangées verdoyantes de vignes.

— Bien sûr, comme ils sont italiens, nos cueilleurs suivent la tradition de la pause-déjeuner de deux heures. C'est notre *riposo*, le moment où nous nous reposons, où nous mangeons et où nous nous détendons. En période intense, ça peut être le seul moment de la journée pour passer du temps avec sa famille.

— Cela doit être une femme difficile, je veux dire, une ferme difficile, dit Olivia, intérieurement horrifiée par son lapsus.

Marcello hocha la tête d'un air solennel.

— Mon frère cadet Antonio s'occupe des vignes. Ma sœur Nadia est la vigneronne en chef ; elle est responsable de l'élaboration des vins et du contrôle de la qualité. Nous sommes tous — comment le dire ? — mariés.

— Ah, dit Olivia, déçue, pensant que porter une alliance n'était probablement pas une tradition italienne.

— Mariés à la terre, poursuivit Marcello, à nos cultures, à notre mode de vie. Les autres voient un vignoble qui a réussi et s'imaginent que c'est facile. Nous, par contre, nous savons qu'il faut travailler longtemps, faire des sacrifices, se dévouer constamment au vin, être responsable de cette création qui nous appartient.

— Bien sûr ! dit Olivia.

Elle sentit qu'elle rougissait fortement. Pourquoi avait-elle interprété ses mots si vite et si mal ? Certes, il était un homme séduisant, charmant et probablement célibataire, mais ce n'était pas une raison pour perdre la tête. Elle ne pouvait pas se permettre de sauter dans les bras de son nouvel employeur. Il fallait qu'elle se maîtrise.

— Je sais de quoi vous parlez, dit-elle. Avant, je travaillais dans la publicité et c'était extrêmement dur, même si, bien sûr, c'était du travail de bureau, pas d'extérieur. Cependant, moi aussi, je me sentais mariée à ce travail, même si, finalement, cette relation s'est avérée violente, ce qui m'a poussée à partir.

Marcello hocha la tête avec compassion.

— Je suis désolé de l'entendre, mais je suis content que cela vous ait emmenée ici. Cela fait quelques semaines que nous cherchons une assistante sommelière. D'après ce que je comprends maintenant, Luigi était trop exigeant.

Quand Olivia se tourna vers lui, elle vit qu'il fronçait les sourcils, comme s'il désapprouvait la manière dont Luigi avait abordé le processus d'embauche.

— Il cherchait un clone de lui-même alors que, parfois, un schéma se trouve complété par un élément différent. Vous apporterez fraîcheur et énergie à notre lieu de dégustation.

— Est-ce que Luigi est de votre famille ?

Marcello secoua la tête.

— Quand nous recherchons des compétences précieuses, nous embauchons les meilleurs. Luigi est un sommelier d'exception et un atout pour notre exploitation viticole.

Olivia sentit qu'il récitait un discours au lieu de laisser parler son cœur. Cependant, elle fut quand même contente d'apprendre que Luigi n'était pas de la famille de Marcello.

Marcello ralentit la voiture et se pencha par la vitre de la portière pour entamer une conversation animée en italien avec deux des ouvriers agricoles chargés de l'entretien des vignes qui, chargées de grappes de raisin violet foncé, avaient l'air en bonne santé.

— Quelle est la variété de ces raisins ? demanda-t-elle.

— Dans ce champ, c'est du Colorino. C'est un raisin juteux qui apporte une belle couleur profonde à nos vins rouges, expliqua-t-il.

Marcello avança jusqu'au champ suivant.

— Et là, c'est Antonio lui-même. Il s'occupe d'une jeune plantation de vignes ; ici, nous replantons une variété célèbre de raisin Sangiovese, fit remarquer Marcello.

Olivia passa le cou par la vitre de la portière. Elle vit un champ en pente forte où des rangs de petites vignes, enveloppées dans des protections bleues, étaient plantées en diagonale le long de la colline. Marcello avait raison. Le sol paraissait effectivement pauvre et caillouteux. C'était intéressant de constater que des sols pauvres arrivaient à produire des raisins de haute qualité.

— Antonio, je te présente notre nouvelle assistante sommelière, Olivia, cria Marcello.

— Bienvenue, Olivia.

L'homme mince aux cheveux foncés lui adressa un sourire amical.

— Là-bas, c'est notre cave de vinification.

La voiture descendit un sentier de gravier pentu qui menait à un bâtiment imposant. Il était immense mais s'intégrait parfaitement au paysage. Ses murs étaient couverts de plantes grimpantes et il était entouré de plantations de lauriers-roses et de roses blanches sauvages.

— C'est ici que Nadia fait des miracles. C'est notre vigneronne en chef. Elle supervise le processus de vinification dès le moment où les raisins sont récoltés et apportés dans ce bâtiment.

Nadia exerçait la profession dont Olivia avait toujours rêvé. Que fallait-il faire, se demanda-t-elle, pour réussir dans ce secteur d'activité ? Mis à part faire construire un bâtiment immense, acheter une surface énorme de terres, embaucher beaucoup de personnel et dépenser des millions de dollars en équipements et infrastructures ?

Ces détails mineurs mis à part, pourrait-elle un jour rêver d'y arriver, à une échelle plus petite et plus humble ?

— Quelle est la qualité la plus importante d'un vigneron ? demanda-t-elle à Marcello pendant qu'ils passaient la porte et entraient dans un petit vestibule puis passaient une autre porte, automatisée, celle-là.

Il faisait beaucoup plus frais ici et la température donna la chair de poule à Olivia. L'odeur intense des raisins en cours de fermentation imprégnait l'air. Elle contempla les équipements brillants, les énormes cuves en acier, les tuyaux et les réservoirs de stockage qui occupaient les lieux.

— C'est une bonne question, dit Marcello. Je dirais, une combinaison de créativité et de compétences. Nadia doit gérer toutes les étapes du processus. Elle doit savoir quand récolter les raisins et quelles levures utiliser. Elle doit comprendre le processus de vieillissement du vin et sa durée et, bien sûr, savoir comment créer le bon assemblage de raisins.

— Ça a l'air difficile, convint Olivia.

Elle avait aimé entendre dire que la créativité était importante. Elle était une personne créative. Au moins, Marcello n'avait pas dit qu'il était important d'être organisé, ou elle aurait pu craindre que cette carrière ne soit pas pour elle.

— Il faut avoir l'intuition des raisins, connaître les conditions de culture, le processus, précisa-t-il. Enfin, bien sûr, il faut avoir des capacités de dégustation. Pour fabriquer des vins de qualité supérieure, Nadia doit constamment boire des vins de qualité supérieure. Elle doit savoir et comprendre ce que fait la concurrence, dit-il d'un ton plaisantin.

Olivia se sentit encore plus encouragée. Si goûter des vins de qualité supérieure était une compétence essentielle pour devenir vigneronne, elle était peut-être née pour faire ce travail.

— *Salve !* cria Marcello.

Une femme aux cheveux longs et foncés attachés en queue de cheval et qui portait une blouse de travail se dépêcha de les rejoindre.

— Marcello !

Elle continua par une volée de phrases italiennes rapides prononcées à tue-tête. Nadia agitait les bras de manière expressive et parlait en produisant des gestes désespérés. Olivia n'avait aucune idée de ce qu'elle disait mais, à son ton, on aurait dit qu'une catastrophe venait d'avoir lieu.

Qu'est-ce que ça pouvait être ? Quelqu'un de gravement blessé ? Une machine importante était-elle tombée en panne ? Une énorme quantité de vin avait peut-être été gâchée. Anxieuse, Olivia attendit d'en savoir plus.

Pendant que sa sœur poursuivait sa tirade paniquée, Marcello hochait la tête avec compassion. Quelques minutes plus tard, quand il parvint à placer un mot, il répondit rapidement d'un ton apaisant.

Nadia le contempla d'un air agressif, les mains sur les hanches, comme si elle n'arrivait pas à décider s'il méritait une gifle ou un coup de boule.

Alors, l'émotion sembla refluer d'elle. Elle leva les yeux au ciel et hocha la tête à contrecœur avant de repartir en tapant des pieds.

Marcello approuva en souriant et se tourna vers Olivia.

— Nadia a des difficultés à perfectionner un de nos assemblages caractéristiques de vins blancs. C'est un processus complexe qui nécessite le mélange délicat de plusieurs cultivars uniques. Elle est agacée parce que deux des terroirs ont produit des raisins au goût particulièrement différent de la récolte de l'année dernière. Comme Nadia est Nadia, elle m'a dit qu'elle n'y arrivera jamais et que nous devrions fermer le vignoble et transformer ce bâtiment en une autre laiterie pour les chèvres.

Il rit.

— Je lui ai conseillé d'arrêter, d'aller se promener un peu et de revenir avec les idées claires. Dans une heure, je suis sûr qu'elle obtiendra l'harmonie idéale des saveurs.

— Ça doit être agaçant de frôler la perfection sans l'atteindre, dit Olivia.

— Tout à fait, convint Marcello. Toutefois, nous devrons revenir un autre jour pour faire une visite complète. Attendons que Nadia ait résolu ce problème.

Olivia se sentit soulagée quand ils quittèrent l'air froid de l'intérieur et retrouvèrent le soleil de l'extérieur. Ils ne virent pas Nadia mais, pendant qu'ils étaient partis, un troupeau de chèvres était apparu. Elles broutaient les arbustes alignés le long du mur méridional du bâtiment.

Olivia alla retrouver la plus proche, une petite chèvre blanche avec des taches orange. Perchée sur un rebord de fenêtre, elle grignotait une plante grimpante.

— Tu es belle, dit-elle.

À sa grande surprise, la chèvre lui permit de lui caresser la tête et la contempla d'un air amical en clignant des yeux.

Marcello regarda sa montre.

— Il faudrait qu'on revienne au lieu de dégustation, maintenant. On ouvre dans une heure et Luigi doit vous apprendre le protocole des services et quels vins proposer aux clients.

Ils remontèrent dans la voiture et descendirent la colline vers le lieu de dégustation.

Quand elle entra dans ce qui allait devenir son nouveau lieu de travail, Olivia se sentit heureuse de bénéficier de la présence protectrice de Marcello à ses côtés. Jusqu'à présent, sa visite lui avait donné l'impression qu'elle était en cours d'intégration dans une grande famille heureuse mais, en voyant Luigi se tenir derrière le comptoir sans sourire, elle avait commencé à douter. Il n'avait pas l'air content de la voir. Pas du tout.

Elle se souvint que, suite à l'entretien d'embauche qu'elle avait eu hier, Marcello avait annulé la décision de Luigi. Les deux hommes ne semblaient pas s'aimer et elle se rendit compte que, bien qu'elle ait obtenu le travail, elle avait vraiment commencé sur de mauvaises bases.

— Aimeriez-vous que je reste avec vous pendant la formation ? demanda Marcello qui, supposa-t-elle, avait lui aussi senti que l'ambiance était glaciale.

Olivia rassembla tout son courage.

— Non, merci. Ça ira.

La tête haute et le sourire au visage pour dissimuler son anxiété, elle se dirigea vers le comptoir en espérant qu'elle pourrait apprendre assez vite pour satisfaire aux exigences élevées de son nouveau patron.

CHAPITRE QUATORZE

Olivia suivit nerveusement Luigi par la porte latérale puis par l'ouverture du mur qui menait derrière le comptoir. Quels secrets allait-il lui enseigner ? Elle espéra qu'elle apprendrait vite. Peut-être pourrait-elle l'impressionner ou, mieux encore, gagner son approbation.

Quand elle observa le comptoir, elle se rendit compte que c'était la première fois qu'elle voyait ce lieu de dégustation spectaculaire de ce côté. Elle se dit que ce point de vue deviendrait bientôt familier mais, pour l'instant, cela lui semblait être la plus belle chose de sa vie.

Elle jeta un coup d'œil derrière elle et vit le décor du lieu de dégustation, un arrangement de tonneaux empilés contre le mur. Leur bois brillait sous les projecteurs et le logo de l'exploitation viticole était inscrit dessus en lettres d'or.

Luigi désigna une porte dans le côté du mur.

— Cette porte mène à l'espace de stockage, où nous conservons la plus grande partie de nos vins. Vous y trouverez aussi un tiroir qui contient les fiches de dégustation. Venez.

Olivia espéra qu'elle allait bénéficier d'une visite guidée complète mais, quand ils furent à l'intérieur de cette pièce immense, fraîche et plongée dans la pénombre, Luigi se contenta de désigner les étagères les plus proches où ils stockaient les vins utilisés pour les dégustations et lui montra où se trouvaient les fiches.

— Tout le monde remplit une fiche quand il arrive. Les verres sont stockés ici. D'habitude, les gens achètent leurs verres avec la dégustation, ce qui vous permet de les rincer et de les emballer dans un paquet-cadeau.

Olivia avait cru qu'elle allait devoir goûter les vins mentionnés sur la fiche pour pouvoir en parler savamment, mais Luigi ne semblait pas avoir envie de faire cela, ou même de fournir beaucoup d'informations.

— Chaque vin est présenté aux clients avec une description. Lisez et apprenez les descriptions, dit-il sèchement avant de partir raidement à l'autre bout du comptoir, où il commença à écrire des messages sur son téléphone.

Même si le recto de la fiche ne comprenait qu'un bref paragraphe sur chaque vin, il y avait d'autres informations détaillées au verso, qui indiquaient notamment dans quelle partie du domaine on faisait pousser les raisins et comment on fabriquait les vins.

Olivia avait l'impression que Luigi la formait aussi peu que possible et prévoyait peut-être même de la faire échouer. Elle espéra qu'elle pourrait s'en tirer avec les informations présentes sur la fiche de dégustation et avec les connaissances qu'elle avait glanées auprès de Marcello pendant sa visite.

Elle lit attentivement les fiches mais, alors qu'elle essayait de se concentrer aussi bien que possible, elle ne put s'empêcher de rêver à un avenir lointain où elle pourrait accueillir des clients dans sa boutique d'exploitation viticole personnelle.

Des sons de voix et des rires l'arrachèrent à ses rêves. Les premiers clients étaient arrivés. Elle allait être mise à l'épreuve.

Luigi avança en douceur avec un sourire de bienvenue pour accueillir le premier groupe et Olivia se rapprocha discrètement en espérant entendre ce qu'il dirait et comment il le dirait. Avant qu'elle ait eu le temps de le faire, d'autres clients arrivèrent.

Elle inspira profondément en sentant son estomac se nouer. Elle espéra qu'elle pourrait guider ces deux femmes, qui semblaient être mère et fille, pour que leur propre expérience se déroule comme elles le souhaitaient.

— Bienvenue au lieu de dégustation de La Leggenda. Je m'appelle Olivia. Aimeriez-vous essayer tout le menu de dégustation ou choisir trois vins choisis dans notre liste ?

Les deux femmes échangèrent un coup d'œil. L'aînée parla.

— Ma fille et moi, nous sommes surtout venues essayer votre célèbre assemblage de rouges. Nous pourrions même en acheter une bouteille, si vous le vendez en quantités individuelles.

— Bien sûr.

Olivia sentit que son sourire se faisait plus chaleureux pendant que ses nerfs se calmaient. Maintenant qu'elle parlait réellement aux clients, qu'elle entendait l'enthousiasme dans la voix de ces femmes et constatait qu'elles étaient ravies d'être ici, elle sentait revenir son assurance. Elle pouvait y arriver, elle en était sûre.

— Pourquoi pas trois vins sélectionnés avec l'assemblage en troisième ? Ça vous donnera une chance d'en essayer deux autres.

— D'accord. Est-il vrai que cet assemblage de rouges est unique ?

Olivia hocha la tête, contente qu'elles aient posé cette question sur l'assemblage de rouges parce qu'elle avait été captivée par l'histoire imprimée au verso de le fiche de dégustation et s'en souvenait bien.

— Ce vin a été créé par erreur. Les fondateurs de La Leggenda, une équipe formée par un mari et sa femme, s'efforçaient de créer un assemblage différent de ceux de leurs concurrents et qui se distinguerait par son excellence et son caractère. Pendant que M. Vescovi mélangeait les vins, il s'est rendu compte qu'il avait commis une terrible erreur. Il avait confondu trois des cuves et assemblé un mélange de raisins qui allait contre toutes les méthodes de vinification reconnues. Il a cru que ce lot serait perdu et que ce serait un désastre coûteux pour leur exploitation viticole, qu'ils avaient récemment agrandie.

— Vraiment ? dit la plus jeune des deux femmes, qui écoutaient attentivement toutes les deux.

— Il est sorti en courant et en criant de colère mais, avant de jeter l'assemblage, sur un coup de tête, il a décidé de le goûter. Quand il l'a fait, il s'est rendu compte que c'était délicieux, illogiquement, incroyablement délicieux. Donc, il a regardé exactement ce qu'il avait fait et a noté la recette, qui est devenue l'atout secret du vignoble, un assemblage distinctif de rouges qui est de qualité supérieure tout en restant agréable, sinon délicieux, à boire.

— C'est passionnant. Je suis impatiente de l'essayer, murmura la plus jeune femme.

— Ils l'ont appelé Miracolo parce c'est ce que cet assemblage était : un miracle. De nombreuses exploitations des environs ont essayé de le copier mais aucune n'a réussi. La famille ne vendra jamais la recette et ne la révélera jamais, dit Olivia en souriant.

— C'est merveilleux, n'est-ce pas ? dit la plus jeune femme en serrant les mains. Quelle histoire ! Une recette secrète ? Pas étonnant que ce vin soit si célèbre.

— On dit qu'il y a une histoire derrière tous les grands vins, mais celle-là est magnifique, dit Olivia. Passons à la dégustation. Pour le premier vin, je recommande notre Sauvignon Blanc. Dans cette région, il représente un triomphe de la vinification. Il contient un arôme aux herbes unique qui —

— Un arôme aux herbes !

Le beuglement furieux accentué à l'italienne arriva de derrière Olivia et elle sursauta. Elle avait complètement oublié Luigi. Il était clair qu'il s'était rapproché discrètement pour vérifier son travail.

— Un arôme aux herbes, confirma-t-elle.

Derrière elle, elle entendit tout juste un sifflement furieux.

— Aux herbes ? Vous avez le *cervello danneggiato*, le cerveau dérangé.

Olivia virevolta, consternée, mais Luigi s'était éloigné d'un pas raide.

Elle se retourna vers ses clientes et remarqua que quelques autres groupes arrivaient. Elle espéra que Luigi serait trop occupé pour la harceler à nouveau.

— J'espère que vous apprécierez le Sauvignon Blanc, dit-elle en leur versant leurs portions de dégustation avant de se dépêcher d'aller accueillir les nouveaux venus.

Le couple aux cheveux gris eut l'air étonné quand elle les accueillit et Olivia sourit à son tour quand elle entendit l'accent américain de l'homme.

— Vous êtes du pays ! Quelle surprise agréable. Je m'appelle Trent et voici ma femme, Diane.

— C'est tellement agréable d'entendre une voix familière, acquiesça sa femme. Nous prenons le menu complet, bien sûr.

Olivia inspira profondément. Cette fois, elle allait le faire de mémoire, sans baisser les yeux vers les pages élégamment imprimées qu'elle avait placées devant eux.

— Merveilleux. Le menu complet comporte trois des vins blancs récompensés de La Leggenda et cinq vins rouges renommés dans le monde entier. Bien que le terroir, le terrain où l'on cultive les vignes, soit particulièrement approprié à la culture du raisin rouge, ce vignoble est un des quelques-uns des environs qui produit des vins blancs de grande qualité depuis dix ans.

Olivia sursauta quand Luigi lui frappa une épaule du doigt en passant.

— Depuis plus de onze ans, siffla-t-il avant de partir à grands pas pour accueillir le nouveau groupe de clients qui attendaient.

Exaspérée, Olivia jeta un coup d'œil autour d'elle en se frottant l'épaule. Même s'il était occupé, il trouvait quand même le temps de repérer ses erreurs. Son interruption lui avait coupé le rythme et elle avait oublié la suite de son texte. Heureusement, Trent et Diane étaient trop absorbés pour le remarquer.

— Eh bien, n'est-ce pas fascinant ? acquiesça Diane. J'adore le vin blanc, mais j'ai remarqué qu'il y a beaucoup plus de vins rouges dans cette région. Le vin rouge me fait très mal à la tête si j'en bois plus d'un verre.

— Et certains blancs te font mal à la tête eux aussi, dit Trent quand Olivia prit deux verres en cristal sur l'étagère et montra la première bouteille du menu de dégustation, l'exquis Sauvignon Blanc.

— Les vins blancs ne me font pas mal à la tête, affirma Diane.

Olivia se racla la gorge.

— Donc, ce Sauvignon Blanc de facture classique a une saveur complexe et à plusieurs niveaux avec un fruité subtil et un arôme aux herbes. Il convient de le décrire comme —

— Ce vin que nous avons acheté au supermarché m'a fait mal à la tête, lui. C'était quoi ? Ah, oui, du Valley White.

Olivia leva les sourcils. Entendre prononcer ce nom à l'intérieur de cette exploitation viticole de haut niveau la choquait profondément.

Debout derrière ce comptoir, elle se sentit plus embarrassée que jamais par son association avec cette mixture toxique.

— C'est ça ! Je ne sais pas ce qu'il y avait dans ce vin. La publicité avait l'air super ; c'est pour ça que je l'ai acheté.

Olivia serra les lèvres en s'efforçant de rester inexpressive. Diane poursuivit.

— Le lendemain, j'ai eu une cuite monumentale. Je n'ai pas osé toucher au reste de la bouteille, même pas pour cuisiner. Je l'ai jeté et, Trent, je te jure que notre évier de cuisine s'est débouché après que j'y ai versé ce vin. Ça m'a choquée. J'avais cru que nous allions devoir appeler un plombier.

Olivia dut se retenir de rire quand elle imagina ce que le slogan de la campagne publicitaire aurait pu être.

— Valley White vous fera mal à la tête, donc, servez-vous-en pour déboucher votre évier.

Elle se calma et poursuivit.

— Cinquante pour cent du Sauvignon Blanc de La Leggenda a été vieilli dans des fûts de chêne français pendant six mois. Un petit pourcentage de Sémillon est ajouté au Sauvignon. Cela donne des saveurs à la complexité fascinante et très fruitées. Les notes que la plupart des gens peuvent y reconnaître sont la groseille à maquereau, la pêche et le pamplemousse. Aïe !

Olivia bondit en l'air quand Luigi, qui passait à nouveau par-là, lui donna un petit coup d'index dans le dos.

— Fruit de la passion, dit-il sèchement.

— Fruit de la passion, pas pamplemousse, corrigea Olivia. Ces raisins sont cultivés sur les versants les plus frais du vignoble. La Leggenda a la chance d'avoir des zones élevées qui correspondent à ce type de vin, conclut-elle en se sentant fière de sa mémoire, quelques détails mineurs mis à part.

Du coin de l'œil, elle vit que d'autres clients étaient arrivés. L'heure de pointe de l'après-midi avait commencé.

— Prenez le temps d'apprécier ce délicieux Sauvignon Blanc. Je reviendrai dans un moment pour tout vous raconter sur le Chardonnay, dit-elle.

Tout en se dépêchant d'aller retrouver les nouveaux arrivants, elle vérifia que Luigi soit occupé avant de les accueillir. Elle ne voulait plus recevoir de coups de doigt non désirés dans le dos.

*

À dix-sept heures trente, Olivia était épuisée mais fière d'avoir si bien accompli son travail. Tous les clients qu'elle avait servis avaient acheté du vin et le couple américain avait commandé vingt-quatre bouteilles. Son travail final était de nettoyer le lieu de dégustation, de ranger les verres à vin et de laver et polir le comptoir jusqu'à ce qu'il brille.

Luigi allait çà et là à grands pas en contrôlant les réfrigérateurs et les placards de stockage et en remplissant les bouteilles de dégustation pour la journée suivante.

— Mettez celles-là dans le réfrigérateur, dit-il à Olivia en indiquant la série de bouteilles qu'il avait apportées.

— Bien sûr.

Elle se demanda pourquoi il avait l'air tellement en colère. Ils avaient passé une très bonne journée, n'est-ce pas ?

Elle ouvrit le réfrigérateur et se pencha pour y aligner les bouteilles. Elle faillit en laisser tomber une quand, de derrière elle, Luigi poussa un cri outragé.

— Non, non, non ! *Per amor de cielo*, cria-t-il furieusement en désignant le ciel. Pas comme ça. Vous créez un problème pour demain. Les bouteilles de blanc doivent être rangées en séquence. Le Sauvignon Blanc à gauche. Ensuite, le Chardonnay. Finalement, l'assemblage de blancs Leggenda Montagna à droite.

— Oh. OK, je vais arranger ça.

Quand Olivia eut rangé les bouteilles dans le bon ordre, elle se redressa et envoya à Luigi ce qu'elle espérait être un sourire professionnel.

— Pourquoi riez-vous ? demanda-t-il sèchement. Trouvez-vous que c'est drôle que nous travaillions en suivant une structure ordonnée, ici ?

Olivia le regarda bouche bée. Quelle était la justification de cette agression ? Elle pensait qu'elle avait passé une très bonne première journée.

— Désolée, dit-elle calmement en décidant qu'il valait mieux désamorcer la situation, car il était clair que Luigi avait un ego hypersensible.

Il eut l'air déconcerté l'espace d'un instant.

— Souvenez-vous-en la prochaine fois, lui dit-il d'une voix plus calme.

Rassemblant tout son courage, Olivia décida de lui poser une question.

— Luigi, ce sont toutes des bouteilles de vin jeune. J'ai dit aux clients que ces vins-là vieilliraient. Je me demandais comment fonctionne le vieillissement. Quelle différence fait-il ?

— Un vin ne reste jamais le même. Le tanin et les acides sont les deux facteurs principaux qui lui permettent de bien vieillir. Les acides réagissent, l'oxydation se produit et les saveurs s'adoucissent et se combinent. La plupart des vins bien fabriqués peuvent vieillir jusqu'à cinq ans en ayant meilleur goût. Tenez, regardez.

Il se retourna et alla au lieu de stockage du vin.

Il y entra en prenant deux verres et choisit deux bouteilles de vin, une sur une étagère près du devant de la grande salle et une autre plus loin vers le fond.

— C'est le même vin classique à cinq années d'écart. Les cuvées et la vinification ont été le fruit de décisions extrêmement rigoureuses, donc, la différence réside surtout dans l'âge. Goûtez celui-là. Sentez-le d'abord, sentez-le, ordonna-t-il impatiemment quand Olivia pencha le verre.

— Maintenant, goûtez-le. Vous devriez vous apercevoir que ce vin a une texture un peu rude, une saveur un peu astringente et que la saveur principale est le fruit, car il n'a pas eu le temps de s'adoucir.

Olivia hocha la tête.

— Oui, je crois que je comprends ça.

— Maintenant, observez le deuxième. On y voit déjà une différence de couleur très légère. Le vin est plus lumineux. Sentez-le. Goûtez-le.

— Je sens une différence de goût. Il me paraît plus homogène et, d'une façon ou d'une autre, il a une saveur plus douce.

— Vous devriez maintenant y trouver un goût de cassis, de cèdre et d'épices.

Olivia n'avait aucune idée du goût que pouvait avoir le cèdre mais sentit les deux autres goûts que Luigi avait mentionnés et fit de son mieux pour imaginer le troisième.

— Tout à fait, convint-elle. Je me posais une autre question —

Luigi fronça les sourcils d'un air contrarié.

— Je n'ai pas le temps de répondre à d'autres questions. Partez, maintenant. Il faut que je ferme les locaux.

Quand elle sortit en toute hâte, Olivia se sentit fascinée par les connaissances que Luigi lui avait communiquées. Elle aurait voulu qu'il l'apprécie un peu plus, parce qu'il avait énormément de connaissances sur le vin. S'ils pouvaient boire un verre de vin après chaque journée de travail, peu à peu, elle pourrait en apprendre plus sur tout le processus de vieillissement et sur l'influence qu'il exerçait sur les nuances des saveurs.

À contrecœur, elle abandonna son rêve. Avec ce patron-là, ça n'arriverait jamais. Elle avait peur d'insister. Et s'il la licenciait ?

Comme James refusait de lui payer son bonus et son rappel de salaire, un licenciement serait un désastre.

Quoi qu'il en coûte, Olivia savait qu'elle allait devoir essayer de travailler avec ce sommelier peu aimable parce que, si elle perdait cet emploi, elle n'aurait plus les moyens de rester en Italie.

CHAPITRE QUINZE

Olivia se pencha et examina de près le vin fait maison. En regardant dans la cuve à fermentation, qui était à moitié remplie de leurs espoirs et de leurs rêves, elle fronça les sourcils.

Charlotte jeta un coup d'œil par-dessus son épaule.

— Alors, quel est ton verdict ?

Olivia soupira.

— Je n'en suis pas sûre.

Alors qu'elle travaillait à La Leggenda depuis une semaine, elle n'avait goûté que les vins en bouteille. Elle n'avait eu aucune opportunité de visiter le bâtiment de vinification et d'en apprendre plus sur les premières étapes de la vie d'un vin.

— Il a peut-être besoin de remuer, supposa-t-elle.

— Qu'est-ce qu'on a fait avec cette cuillère spéciale qu'on a achetée ? demanda Charlotte.

— On l'a utilisée pour les spaghettis, mais je ne sais pas ce qu'elle est devenue après ça.

— La voilà !

Charlotte la sortit du tiroir du bas. Ouvrant la cuve à fermentation, elle se mit au travail.

— L'odeur est un peu étrange. Est-ce censé sentir comme ça ?

Olivia secoua la tête, agacée. Le vin avait effectivement une étrange odeur, mais elle ne savait pas pourquoi, ni ce qu'il aurait dû sentir. Elle travaillait dans une exploitation viticole de premier ordre et elle n'arrivait même pas à évaluer la qualité de son propre vin ordinaire fait maison.

Charlotte sortit la cuillère prudemment.

— Oups, dit-elle.

— Quoi ? demanda Olivia en se penchant à nouveau en avant, inquiète.

— Je viens de voir un morceau de spaghetti séché sur la cuillère. Est-ce que ça va poser problème ?

Olivia se prit la tête dans les mains.

— C'est ma faute. C'est le jour où on était à court d'éponges métalliques.

Olivia se sentait mortifiée par sa négligence. D'habitude, elle lavait la vaisselle avec soin, mais ce détail essentiel lui avait échappé.

— Eh bien, espérons que t'auras pas gâché le vin comme une nouille, dit Charlotte pour détendre l'atmosphère.

— Je l'espère.

Olivia rit du jeu de mots de son amie mais, en son for intérieur, elle craignait que son erreur n'ait gâché leur projet de vacances.

*

Olivia avait commencé à se rendre au travail à pied, car elle appréciait cette demi-heure de marche tranquille qui empruntait des routes peu fréquentées et des sentiers. Elle ne savait pas quelle partie elle en appréciait le plus, la section qui lui faisait longer le bosquet d'oliviers sauvages ou l'étendue de route bordée de grands cèdres majestueux. Ce paysage préservé lui remontait le moral. Ce n'était qu'au moment où elle atteignait le bâtiment principal de l'exploitation viticole qu'elle recommençait à s'inquiéter.

De quelle humeur Luigi serait-il aujourd'hui ? Que lui reprocherait-il ? Le sommelier donnait l'impression d'avoir l'ouïe d'une chauve-souris. Même s'il était hors de vue, si Olivia prononçait 'terroir' comme 'terrier', remplaçait 'fruit de la passion' par 'kiwi' ou rebouchait une bouteille avec le mauvais bouchon, il battait tous les records de vitesse sur terre et arrivait pour la réprimander, en colère et vociférant.

Quand elle entra dans le lieu de dégustation, elle fut contente de voir Marcello dans le hall. Il lui sourit chaleureusement.

— Bonjour, Olivia.

— Bonjour, répondit-elle.

Il la regarda au fond des yeux et elle eut l'impression que ses jambes venaient de se transformer en coton.

Il le fait à tout le monde, se dit-elle fermement. *C'est comme ça qu'il est. Arrête de t'affoler quand tu le vois.*

— J'ai de bons rapports sur vous. Dans notre livre d'or, il y a de nombreux messages de félicitations pour la charmante assistante américaine. Nos ventes directes pour la semaine dernière sont plus élevées que l'année dernière.

96

— Oh, c'est formidable. Merci.

Olivia se sentit beaucoup plus grande et capable d'affronter le monde entier, même s'il était plein de clones de Luigi. Elle entra fièrement dans le lieu de dégustation, où elle se mit son badge et se prépara à commencer sa journée.

Alors, ce fut l'heure d'arrivée des premiers clients.

— Bienvenue, *salve* et *buon giorno*, dit-elle aux quatre touristes scandinaves.

Alors, elle se crispa en sentant la présence de Luigi derrière elle. Il lui brûlait la colonne vertébrale du regard. Elle le sentait presque y creuser un trou.

— N'oubliez pas de leur parler du vin spécial, marmonna-t-il.

— Le vin spécial ? demanda Olivia, alarmée.

Luigi se pencha par-dessus son épaule et posa brusquement un doigt sur le menu du jour.

Olivia vit qu'il contenait un nouveau vin, un Sauvignon Blanc Réserve Spéciale.

Pourquoi Luigi ne le lui avait-il pas dit plus tôt ?

Elle écarquilla les yeux. Le nom était Ghiaccio Sulla Montagna. Comment diable prononçait-on ça ?

Comme elle n'en savait rien, Olivia décida de faire de son mieux.

— Aujourd'hui, nous avons un vin spécial, le Gee-a-key-o, commença-t-elle.

— Non, non, non !

Derrière elle, la contrariété de Luigi semblait atteindre des proportions hystériques.

— C'est mauvais, mauvais, mauvais. Vous êtes une honte pour cette exploitation viticole et pour la langue italienne tout entière !

Un des clients qui regardait rit nerveusement, comme s'il espérait que cette crise de nerfs soit une mise en scène.

— Yaachio, dit sèchement Luigi.

Si Olivia n'avait pas été en train de le regarder, elle aurait cru qu'il venait d'éternuer.

C'était comme ça qu'on prononçait le nom d'un vin ? Comme un éternuement ?

— Le Achoo Sulla Montagna, réessaya-t-elle.

— Non, non ! Votre incompétence est inacceptable ! Je vous remplace dès maintenant.

Quand Luigi était en colère, son accent italien devenait de plus en plus prononcé et il fallut un moment pour qu'Olivia comprenne ce qu'il disait.

— Vous remplacez quoi ? demanda-t-elle, perplexe.

— Partez, partez, partez !

Il agita les mains devant elle comme pour chasser un poulet impertinent.

— Je vais m'occuper de ces clients. Comme la langue italienne, ils méritent un respect digne de ce nom.

Luigi se mit à sa place d'un coup d'épaule.

Il se tourna vers le groupe et sourit obséquieusement en invoquant son charme.

— Le Ghiaccio Sulla Montagna, ou la Glace sur les Montagnes, est un cru en édition limitée qui a été produit quand le givre matinal a persisté sur nos versants orientés sud jusqu'en mai. Cet incroyable Sauvignon Blanc a un croquant herbacé et un caractère aux herbes sauvages que nous n'avions jamais obtenu auparavant.

Olivia écouta soigneusement la description avant de s'éclipser. Elle ne savait pas du tout quoi faire pour empêcher que ce phénomène se reproduise. Pire encore, elle ne pouvait pas répliquer contre cette injustice ; elle devait la supporter.

Elle laissa échapper un soupir exaspéré. Si seulement elle avait reçu l'argent pour lequel elle avait vendu son âme à JCreative, elle aurait pu dire à Luigi d'aller se faire voir.

Pendant qu'elle se tenait au fond du lieu de dégustation, Paolo, un des serveurs du restaurant, entra en toute hâte.

Comme Luigi était occupé, elle se précipita vers lui pour l'aider.

— Salut, Paolo, dit-elle.

Il leva les sourcils et lui fit un grand sourire.

— Olivia ? Tu es encore ici ?

Elle lui rendit son sourire, perplexe.

— Eh bien, oui. Je suis ici pour l'été.

— Ce n'est pas ce que j'ai entendu.

Il baissa la voix puis poursuivit en chuchotant.

— J'ai entendu dire que Luigi allait te renvoyer. Il s'est vanté à un des autres serveurs que tu ne tiendrais pas la semaine.

Olivia écarquilla les yeux, consternée.

— Sérieusement ? demanda-t-elle. Je sais qu'il n'est pas commode et qu'il paraît lunatique, mais pourquoi ferait-il ça ? Pense-t-il que je suis si mauvaise ? Juste ce matin, Marcello m'a dit que je faisais un bon travail.

Alors, le serveur sourit.

— Oui, dans le restaurant, on a aussi entendu dire ça. Selon les rumeurs, Marcello refuse de te renvoyer car, en fait, il t'aimerait bien.

Olivia sentit des émotions se heurter en elle. Était-il possible d'avoir froid et chaud en même temps ? La peur glaçante sous-jacente que lui inspiraient les tentatives de Luigi de se débarrasser d'elle se mêlait au courant chaud de bonheur qui la submergeait parce que Marcello l'appréciait.

— Eh bien ! dit-elle.

— Un client a commandé le Reserve Falco Volante Premier 2010. On me dit qu'il n'en reste que neuf bouteilles. Peux-tu m'en apporter une ? demanda Paolo.

— Bien sûr, dit Olivia. Je t'en ramène une tout de suite.

Elle partit vers la salle du fond et se fraya prudemment un chemin entre les casiers en lisant les listes imprimées affichées sur le côté de chaque casier.

La bouteille était là. Elle la descendit en prenant soin de ne pas toucher, ni même d'effleurer une autre des bouteilles vénérables qui reposaient dans la pénombre fraîche et immaculée de cet endroit.

Elle se dirigea vers le restaurant. Aujourd'hui, la directrice était à la réception. C'était une belle femme aux cheveux ingénieusement coiffés en écailles. Olivia l'avait déjà vue, mais elle ne lui avait jamais parlé.

— Bonjour, lui dit chaleureusement Olivia. Vous devez être Gabriella. J'ai apporté ce vin pour un client.

Au lieu de lui rendre sa salutation comme Olivia s'y était attendue, Gabriella la crucifia du regard.

— Par ici, dit-elle succinctement.

Gabriella partit vers le patio extérieur, qui était ombragé par un réseau de lattes entrecroisées recouvertes d'une profusion de plantes grimpantes.

Le client, qui dînait avec une connaissance professionnelle, n'était pas content de sa table.

— Il fait désagréablement chaud, ici. Ça va gâcher la dégustation du vin.

L'homme était petit et rondelet. Il portait un costume-cravate formel. Il parlait avec un fort accent français.

— Monsieur, lui dit Gabriella d'un ton apaisant, c'est notre table la plus recherchée et c'est pour cela que nous vous avons installés ici. Comme le restaurant est plein, nous ne pouvons pas vous changer de table. Paolo pourrait-il vous prendre votre veste ?

Elle fit impatiemment signe au serveur, qui passa prestement à l'action.

— Puis-je, monsieur ?

Quand l'homme sortit de son vêtement sombre et étriqué, Olivia ne put s'empêcher de penser à un bouchon que l'on tirait hors d'une bouteille,

— Je suis sûre que monsieur sera plus à l'aise, maintenant, dit Gabriella d'un ton apaisant. Nous avons trouvé le cru spécial que vous aviez demandé. J'espère qu'il satisfera vos attentes.

L'homme secoua la tête.

— Il est peu probable que ce vin satisfasse mes attentes. Les vins italiens ne sont guère mieux que des vins de paysan, quand on y pense.

Des vins de paysan ? Olivia en eut presque les jambes coupées. Cet homme devait être très riche et, visiblement, son attitude snob vis-à-vis du vin était une des façons dont il le prouvait à toute la société.

Le sourire de Gabriella ne fléchit pas, même s'il venait de se figer.

— Monsieur a raison, bien sûr. Nous espérons que vous apprécierez notre humble offrande. Le sommelier vient vous le verser.

Olivia avança et versa une portion de dégustation dans le verre en cristal étincelant, admirant l'éclat rubis du vin dans la lumière tamisée du soleil.

Le client prit le verre et fit tourner le vin dedans. Il en inspira profondément le bouquet.

Il fronça les sourcils.

Alors, il pencha le verre et en but une gorgée.

Olivia eut l'impression que le restaurant venait soudain de se faire silencieux. La tension était palpable. Elle, Gabriella et Paolo retenaient tous leur souffle. Penchés en avant, ils attendaient avec anxiété le moment de vérité où ce passionné de vin livrerait son verdict.

Son visage se révulsa et ses yeux gonflèrent. Ses joues gonflèrent aussi et ses mains s'agitèrent comme des griffes.

Gabriella laissa échapper un petit cri anxieux.

Alors, le client français se pencha en avant et cracha sa gorgée de vin sur le sol du restaurant.

Le vin éclaboussa les chaussures blanches de Gabriella, qui recula vivement.

— Quelle catastrophe ! cria le petit homme. C'est totalement inacceptable. Vous m'avez apporté le mauvais vin !

Olivia échangea un coup d'œil horrifié avec Paolo pendant que le client en colère fulminait.

— J'avais commandé le Merlot. C'est le seul rouge buvable que vous produisiez, ici. Vous m'avez apporté un Cabernet. Rude, désagréable, amer. Mal fabriqué avec des raisins de qualité inférieure.

— Monsieur, monsieur !

Gabriella se pencha en avant et attrapa rapidement la bouteille. Juste à temps, se dit Olivia, parce que l'homme avait l'air assez en colère pour la jeter par terre.

— Oui, vous avez raison, monsieur. Vous avez dû commander le Falco Impennata, ou Faucon Qui Plane, comme l'on nomme ce cru de Merlot. On vous a apporté le Falco Volante, ou Faucon Volant, qui est effectivement le cru de Cabernet Sauvignon de la même année.

Elle se tourna vers Olivia et la crucifia du regard.

Paolo était rouge et il regardait fixement par terre.

Olivia était sûre que c'était Paolo qui s'était trompé, mais son expression dévastée lui indiquait qu'il aurait de gros ennuis s'il était accusé de ce faux-pas.

— C'est de ma faute, avoua-t-elle, et Paolo leva le regard avec une lueur d'espoir dans les yeux. Je ne travaille ici que depuis une semaine et je me suis trompée.

— Vous avez permis à une sommelière inexpérimentée de me servir ?

Le Français était tellement enragé qu'Olivia crut que ses yeux allaient sortir de leurs orbites.

— C'est inacceptable. Elle a outrepassé son rang.

Ces mots avaient été prononcés par Luigi, qui s'était joint à l'altercation. Après avoir jeté un regard bref mais noir à Olivia, il s'adressa au client.

— Je n'étais pas au courant de cette commande spéciale. La directrice du restaurant n'aurait pas dû permettre à une débutante de vous servir et la sommelière assistante aurait dû m'appeler.

Avec étonnement, Olivia constata que Luigi contemplait maintenant Gabriella d'un air sombre et que cette dernière le regardait les yeux plissés et haineux. Tout le monde semblait être contre tout le monde et personne ne semblait être d'accord. En tout cas, personne n'était du côté d'Olivia mis à part Paolo, qui ne pouvait rien dire par peur de perdre son travail.

— Je crois que cette assistante devrait être immédiatement renvoyée, dit sèchement le client.

— D'habitude, nous n'embauchons pas les gens de si peu de valeur, dit Gabriella d'un ton méprisant. Elle est une insulte pour notre noble exploitation viticole.

— Je suis d'accord avec vous. C'est une incompétente, une incapable, une inutile ! Je la licencierai plus tard et je déduirai le vin de son salaire, cria Luigi en poussant la bouteille dans les mains d'Olivia.

Olivia sentit qu'elle craquait.

Leur traitement était complètement inacceptable. Il valait mieux repartir aux États-Unis que travailler pour ces brutes.

Elle se tourna vers Luigi et lui adressa un regard noir.

— Vous ne pouvez pas me renvoyer parce que je démissionne maintenant, dit-elle sèchement. Je ne supporterai pas une minute de plus de votre maltraitance. C'est de l'humiliation professionnelle pure et simple depuis le premier jour.

Paolo écarquillait les yeux et Gabriella avait l'air stupéfaite.

— J'espère que vous aurez le plus vite possible ce qui vous attend parce que vous le méritez ! cracha-t-elle à Luigi. Quant à ce beau vin, allez-y, déduisez-le de mon salaire. Je vais l'emporter chez moi et le boire moi-même !

Elle virevolta et sortit furieusement de l'exploitation viticole.

CHAPITRE SEIZE

Une demi-heure plus tard, Olivia entra bruyamment dans la villa. Elle était furieuse. Furieuse ! Comment Luigi avait-il osé la traiter comme ça, lui crier ces insultes dans un restaurant bondé ? C'était vulgaire, odieux et inacceptable.

— Tu rentres tôt, dit Charlotte, alertée par l'ouverture bruyante de la porte.

— J'ai démissionné. C'était ça ou me faire virer, dit sèchement Olivia.

Elle plaça le vin sur la table du hall et entra furieusement dans la villa.

— Tu as démissionné ?

Elle entendit les pas empressés de Charlotte sur le carrelage.

— Je suis désolée. Ça devait arriver. À cause de Luigi, je ne pouvais plus continuer.

Charlotte s'arrêta et la regarda avec surprise.

— Ils t'ont donné ça ? demanda-t-elle, incrédule. Qu'est-ce que ça fait ici ?

Olivia soupira.

— Non. C'est une longue histoire. J'ai dit à Luigi de la déduire de mon salaire. On peut la boire ce soir.

Pourtant, Charlotte contemplait encore Olivia d'un air étonné.

— Non, non. Je ne parle pas du vin, Olivia. Je parle de la chèvre.

— Quelle chèvre ? demanda Olivia en se retournant brusquement, alarmée.

Une petite chèvre aux taches orange et blanches se tenait fièrement sur le paillasson.

Olivia la contempla les yeux écarquillés. Était-ce une hallucination ? Elle cligna des yeux, mais la chèvre était encore là.

— C'est la chèvre que j'ai rencontrée lors de mon premier jour de travail, se souvint-elle. Elle a dû me suivre. Elle a mal choisi son jour !

— Va-t'en ! dit sévèrement Charlotte à la chèvre, mais l'intéressée resta calmement où elle était.

Olivia fit une grimace.

— J'étais tellement en colère que je ne l'ai même pas remarquée. Maintenant, je vais devoir la remmener.

Cela signifiait revenir à l'exploitation viticole. C'était le dernier endroit où elle avait envie d'aller. Elle aurait voulu ne jamais remettre les pieds dans ce domaine.

— Je vais lui chercher à boire. Je crois qu'il faut d'abord que tu te calmes, conseilla Charlotte.

Olivia encouragea la chèvre à sortir. Elle sauta directement dans un pot de romarin et commença à grignoter la plante.

— Hé ! Laisse ça ! ordonna Olivia.

La chèvre bondit agilement du pot. Olivia leva les yeux au ciel. Cette chèvre était pénible. Le plus tôt elle rentrerait à l'exploitation viticole, le mieux ce serait.

Charlotte apporta un bol d'eau. Olivia fouilla dans le réfrigérateur et y trouva des carottes dans le bac à légumes. Pendant qu'Olivia installait l'animal dans la cour de la cuisine, Charlotte prépara du café.

Elles le burent à la table du dehors en regardant la chèvre mâcher ses carottes.

— Je crois que j'ai peut-être agi sans réfléchir, dit Olivia au bout d'un moment. J'aurais dû demander à Marcello de jouer les médiateurs. En m'énervant et en démissionnant, j'ai donné à Luigi ce qu'il voulait parce que ça a donné le résultat qu'il voulait. De plus, ça fait deux fois que je démissionne. Deux emplois consécutifs ! L'un après l'autre !

— Deux, acquiesça Charlotte d'un air triste.

Ce chiffre était incontestable, se dit Olivia. Une fois, c'était excusable, mais deux, ça commençait à en dire long.

— Je vais devoir lutter contre cette irritabilité, dit Olivia en remplissant à nouveau sa tasse, agacée. J'aurais dû me battre pour garder mon travail. L'industrie du vin est ma seule alternative de carrière. Je sais que j'ai encore beaucoup à apprendre, mais c'est ma passion.

— Marcello te reprendra, dit Charlotte. Je crois que c'est toi, sa passion.

Olivia se sentit nerveuse à l'idée de confronter Marcello. Ce serait moins intimidant de lui téléphoner pour lui expliquer la situation mais, si elle l'appelait, la chèvre ne reviendrait pas à l'exploitation viticole.

De toute façon, il valait mieux aborder les sujets difficiles en face-à-face.

— D'abord, je vais me doucher, décida-t-elle en repensant à son entretien futur avec Marcello, puis refaire mon maquillage.

— Et si tu te mettais un chemisier décolleté ? suggéra Charlotte.

Olivia envisagea cette idée.

— Un peu décolleté, ça serait une très bonne idée.

— Je vais voir si je peux confectionner un harnais pour la chèvre, dit Charlotte.

L'estomac à nouveau noué, Olivia partit vite se préparer.

*

Plus tard dans l'après-midi, Olivia remonta à pied l'allée sinueuse de l'exploitation viticole.

Elle avait soigneusement réfléchi à ce qu'elle allait dire. Elle demanderait à Marcello de lui rendre son poste de sommelière. Si ça ne marchait pas, elle demanderait s'il pouvait la transférer à un autre secteur.

Cela lui semblait être une manière adulte de régler les choses. Elle espéra que Marcello serait impressionné par son désir de résoudre le problème de façon responsable.

Charlotte avait créé un harnais de sécurité avec son tee-shirt de gym bleu et la ceinture en cuir d'Olivia. La chèvre avait accepté le harnais sans difficulté et avait marché avec Olivia, lentement mais sans donner l'impression d'avoir envie de s'enfuir.

Décidant que le bien-être de cet animal était plus urgent que la sécurité de son travail, Olivia s'arrêta en priorité à la laiterie caprine qui se trouvait au sommet de la colline.

— Ah, dit le directeur quand il la vit approcher. Vous nous avez remmené Erba. Merci.

Erba ? Donc, cette chèvre avait un nom ?

— Elle m'a suivie chez moi, expliqua Olivia en se penchant pour détacher le tee-shirt de gym et aider la chèvre à s'en libérer.

Le directeur hocha la tête.

— C'est la plus vilaine de toutes. À seulement un an, elle a déjà la réputation d'être une spécialiste de l'évasion et un esprit libre. En anglais, son nom signifie 'herbe sauvage'.

Il lui gratta affectueusement la tête avant de partir dans la laiterie.

Comme Olivia avait pris soin de l'animal, il lui restait à résoudre le problème de son travail.

Olivia réprima sa peur. Elle remplaça ses chaussures de marche par les chaussures à talons qu'elle avait mises dans son sac à main et descendit la colline pour partir à la recherche de Marcello.

On accédait à son bureau par le lieu de dégustation. Cela signifiait qu'elle allait devoir confronter Luigi en entrant. Se préparant à la dispute que son entrée allait forcément provoquer, Olivia entra.

Elle fut soulagée de ne voir Luigi nulle part. Deux groupes de clients étaient au comptoir, où ils attendaient impatiemment que l'on vienne les servir. L'estomac noué par la nervosité, Olivia se rendit au bureau de Marcello, mais il était verrouillé.

Quand elle retourna au lieu de dégustation, elle vit Nadia qui entrait à toute vitesse.

— Bonjour, lui dit Olivia. Sais-tu où est Marcello ? Son bureau est fermé.

— On a été en extérieur tout l'après-midi pour faire visiter le vignoble à un groupe. On vient de revenir et il est allé tout droit à une réunion.

Déçue, Olivia hocha la tête en se demandant ce qu'elle devait faire maintenant. Devait-elle attendre ? Combien de temps ?

— Où est Luigi ? demanda Nadia.

— Je ne sais pas. Je ne l'ai pas vu.

— Eh bien, je vais devoir le chercher, dans ce cas.

Gesticulant d'un air agacé, comme si Olivia aurait dû faire apparaître le sommelier devant elle, Nadia entra furieusement dans le lieu de stockage du vin.

— Luigi ? appela-t-elle.

Le cœur d'Olivia tressaillit quand Marcello entra. Sa réunion avait peut-être été annulée. De toute façon, il était là. Il eut l'air inquiet de voir que personne ne s'occupait des clients, mais ses traits s'adoucirent quand il vit Olivia.

— Je suis content de vous voir. J'ai entendu dire qu'il y avait eu des ennuis ce matin.

— C'est vrai, dit Olivia en hochant la tête.

— Que s'est-il passé ? Pouvez-vous me donner votre version ? demanda-t-il.

— Bien sûr.

Heureuse d'avoir la possibilité d'expliquer son point de vue, Olivia inspira profondément.

— Ça a commencé quand — commença-t-elle.

Alors, elle sursauta.

De quelque part à l'intérieur de l'espace de stockage, elle entendit Nadia pousser un cri de terreur.

Par réflexe, Marcello serra un bras à Olivia et, l'espace d'un instant, elle eut l'impression que la chaleur de ses doigts y avait laissé leur empreinte.

Alors, il fonça dans la direction du son. Olivia le suivit aussi vite que possible avec ses chaussures ouvertes à talons hauts.

CHAPITRE DIX-SEPT

Quand Olivia et Marcello entrèrent dans l'espace de stockage en courant, Nadia cria à nouveau.

— À l'aide ! Venez vite !

Nadia se tenait à l'autre extrémité de l'espace de stockage, au-delà des étagères à bouteilles. Elle regardait vers le sol en se tordant les mains. Marcello se précipita vers sa sœur et plaça les mains sur ses épaules pour la protéger.

— Oh, *mio Dio*, murmura-t-il.

Olivia s'arrêta à côté des étagères sans savoir quoi faire. Avec une appréhension croissante, elle regarda Marcello faire le signe de la croix. Elle remarqua à nouveau l'odeur du vin, plus intense que d'habitude, comme si le contenu d'une bouteille avait été renversé.

La terreur noua l'estomac à Olivia quand elle commença à soupçonner ce qui s'était passé.

Il fallait qu'elle en soit sûre. Sa curiosité était plus forte que sa peur, à moins que ce ne soit sa stupidité. De toute façon, une obsession morbide la poussait à aller voir ce qui se passait là pour comprendre pourquoi Nadia était livide et pourquoi Marcello ouvrait son téléphone en tremblant visiblement des mains.

Contournant l'étagère sur la pointe des pieds, elle contempla la scène.

Olivia se mit une main par-dessus la bouche pour étouffer le cri terrifié qui en émergeait.

Luigi gisait sur le dos. Il avait les yeux et la bouche grands ouverts et les bras en croix. Autour de lui, sur le carrelage blanc, il y avait une mare de sang géante.

Alors qu'Olivia contemplait la scène d'un air consterné, elle se rendit compte que ce n'était pas du sang. On y voyait des éclats de verre. C'était du vin rouge. C'était de là que venait l'odeur, cette odeur puissante et intense du vin que l'on vient de verser.

Nadia était en larmes. Elle sanglotait et faisait de l'hyperventilation. Elle passa à côté d'Olivia en trébuchant et faillit la faire tomber.

— Je ne peux pas regarder ça. Je suis sous le choc. Il me faut de l'air, dit-elle avant de quitter l'espace de stockage aveuglément et d'un pas incertain.

Nadia heurta une des étagères et Olivia tressaillit mais, malgré un bruit de verre inquiétant, aucune bouteille ne tomba.

Marcello se tourna vers Olivia, les traits tendus.

— Olivia, pouvez-vous m'aider ?

— Oui, je vais essayer.

Elle n'était pas sûre d'en être capable parce que son cœur battait la chamade et qu'elle avait l'impression de contempler la scène de l'extérieur de son corps, mais il fallait qu'elle fasse de son mieux. Pour lui.

— Il y a des clients qui attendent de faire une dégustation. Nous devons leur demander de partir. Pouvez-vous vous en occuper pour moi ? Comme la police demandera peut-être à leur parler plus tard, nous devrions noter leur nom et leurs coordonnées.

— Bien sûr.

— Merci, dit-il d'une voix pleine de gratitude.

Sous le choc, Olivia avait la tête qui tournait. Elle se rendit compte qu'elle n'arrivait pas à comprendre ce qui venait de se passer. Elle espéra qu'elle pourrait garder assez d'assurance pour rassurer les clients qui attendaient et les renvoyer calmement, afin qu'aucun d'eux ne soupçonne qu'un cadavre gisait dans l'espace de stockage.

Un cadavre ? Elle n'avait jamais vu de cadavre. Elle avait du mal à accepter qu'une telle chose ait pu se passer. Dans son premier moment de choc, elle avait cru que Marcello dirait que c'était juste une commotion cérébrale et que Luigi allait se relever et probablement commencer à la réprimander pour avoir causé un tel désordre.

Ensuite, elle avait supposé que sa mort avait eu lieu suite à des causes naturelles, mais la preuve accablante de la bouteille brisée avait mis fin à cette théorie.

Ce fut avec soulagement qu'elle se détourna de la scène macabre pour retourner dans le lieu de stockage du vin. Inspirant profondément et invoquant toute la tranquillité intérieure qu'elle possédait pour traverser ce moment difficile, Olivia retourna au lieu de dégustation.

Il y avait maintenant quatre groupes de clients qui attendaient et ils avaient l'air inquiets. Elle devina qu'ils avaient vu Nadia sortir à toute vitesse et qu'ils avaient compris qu'il était arrivé quelque chose de fâcheux.

Quand les clients se tournèrent vers Olivia en s'attendant à ce qu'elle leur explique ce qui se passait, Olivia fit de son mieux pour s'exprimer de manière cohérente.

— *Buon giorno*, dit-elle d'une voix aiguë et inégale. Je suis vraiment désolée, mais il y a eu un incident malencontreux avec un membre de notre personnel.

Que pouvait-elle dire d'autre sans mentir et sans mettre à mal la réputation de cette exploitation viticole ?

— Nous allons devoir appeler immédiatement les secours médicaux et nous devons malheureusement fermer le lieu de dégustation pour la journée, dit-elle.

Alors, certaines personnes hochèrent la tête. Les gens n'avaient plus l'air alarmés. L'explication d'Olivia avait fait passer la menace probable de 'meurtre potentiel' à 'une éventuelle crise cardiaque d'un membre du personnel'.

— Pourrez-vous noter votre nom et vos coordonnées avant de partir, s'il vous plaît ? Nous aurons peut-être besoin de vous recontacter, ajouta-t-elle.

Ils écarquillèrent les yeux et Olivia vit que la menace était repassée de 'éventuelle crise cardiaque d'un membre du personnel' à 'meurtre, sûrement un meurtre, car ils veulent nous demander si on a vu quelque chose'.

Olivia poursuivit d'un ton aussi professionnel que possible.

— De plus, La Leggenda voudrait vous offrir un cadeau pour compenser les désagréments actuels.

Alors, les clients se calmèrent à nouveau. La menace n'avait pas été diminuée, mais elle avait opéré un déplacement latéral de 'sûrement un meurtre' à 'sûrement un meurtre, mais l'exploitation viticole va nous offrir des produits gratuits pour compenser'.

— Pourriez-vous noter votre nom et vos coordonnées dans le livre d'or ? suggéra Olivia.

Elle afficha une nouvelle page. Elle avait les mains qui tremblaient si violemment qu'elle faillit déchirer le papier, mais elle espéra que personne ne l'avait remarqué. Les visiteurs formèrent une queue ordonnée, prêts à écrire leur nom et leurs coordonnées.

— Que s'est-il passé ? demanda une adolescente en short et en sandales à Olivia pendant que les gens attendaient.

Olivia sentit que, soudain, tout le monde écoutait attentivement.

— Je n'en suis pas sûre moi-même, dit Olivia. On m'a juste demandé de vous communiquer cette information. L'exploitation viticole sera ouverte comme d'habitude demain matin.

Elle entendit quelques-uns des clients pousser des soupirs de déception parce qu'elle ne leur dévoilait pas les détails sanguinolents.

Quelques minutes après que le dernier client avait rempli le livre d'or et quitté les lieux, la police arriva. Quand Olivia jeta un coup d'œil par la fenêtre, elle vit deux Fiat grises et une camionnette de médecin légiste s'arrêter dans le parking. Les yeux écarquillés, elle contempla la camionnette du médecin légiste. Il lui paraissait bizarre et irréel de voir un tel véhicule garé devant cette exploitation viticole. Elle ne pouvait pas s'habituer à l'idée que ce lieu de stockage paisible et ombragé soit devenu une scène de crime.

Marcello avança à grands pas jusqu'à la porte pour accueillir la police et une conversation rapide s'ensuivit en italien. Olivia se réfugia derrière le comptoir en se demandant ce qu'il disait et ce que la police demandait. L'inspectrice en charge était une femme petite et mince aux cheveux gris acier coupés au carré.

Alors qu'Olivia regardait le groupe aller dans l'espace de stockage, elle se demanda qui avait pu faire une telle chose. Comment cet incident affreux avait-il pu se dérouler ?

La bouteille n'avait pas pu tomber accidentellement, n'est-ce pas ? L'espace d'un instant, Olivia se raccrocha à cette idée, puis elle la rejeta à contrecœur. Luigi n'avait pas été assez proche des étagères. Quelqu'un avait dû le frapper avec la bouteille, mais qui ?

Olivia supposa que la police allait chercher des mobiles, allait se demander quels travailleurs de l'exploitation viticole avaient une raison de frapper Luigi avec une bouteille en verre. Elle allait chercher des gens qui avaient eu des conflits avec lui et qui avaient été sur les lieux au moment du meurtre. Quand Olivia était arrivée à l'exploitation, elle avait remarqué quelques Fiat, donc, il y avait eu plusieurs employés sur les lieux.

Dont elle-même, bien sûr.

Quand Olivia y réfléchit un peu plus, elle ressentit une certaine appréhension.

Dans tout le personnel, c'était elle qui avait travaillé le plus avec Luigi la semaine dernière et beaucoup de gens avaient vu comment il la traitait. Luigi n'avait jamais eu peur de lui crier dessus en présence des clients de l'exploitation viticole ou d'autres membres du personnel.

Oups, se dit Olivia.

Ce matin-là, elle avait publiquement annoncé, devant témoins, qu'elle démissionnait à cause de la façon dont Luigi la traitait. En fait, elle lui avait dit ses quatre vérités et avait ajouté (elle se crispa en se souvenant de ses mots) qu'elle espérait qu'il aurait bientôt ce qui l'attendait. Tout le monde devait le savoir, maintenant. Même Marcello l'avait su.

Re-oups, se dit-elle en se mordant nerveusement la lèvre.

Elle était venue demander qu'on lui rende son travail, mais personne d'autre ne savait qu'elle en avait terriblement besoin parce que James refusait de lui virer son bonus et son rappel de salaire.

Elle avait été à l'exploitation viticole au moment du meurtre. En théorie, elle aurait facilement pu prendre une bouteille, entrer dans la salle du fond, tuer Luigi avec la bouteille et retourner calmement au lieu de dégustation.

Re-re-oups. C'était le troisième et le dernier, comprit Olivia.

Quelqu'un se racla discrètement la gorge derrière elle.

Elle virevolta et vit l'inspectrice aux cheveux gris qui se tenait là et l'observait d'un air impassible.

— Olivia Glass ? demanda-t-elle. Je suis l'inspectrice Caputi. Veuillez me suivre au restaurant. J'aimerais vous interroger.

— Je ne l'ai pas fait, je le jure, supplia Olivia.

Alors qu'elle suivait l'inspectrice jusqu'au restaurant, Olivia se rendit compte que, comme premiers mots à dire à l'inspectrice, elle aurait probablement dû choisir quelque chose de plus intelligent.

Ces mots-là lui donnaient l'air coupable.

*

Olivia s'assit à la table de restaurant où le sel, le poivre et les sets de table avaient été enlevés et remplacés par un bloc-notes et un magnétophone. Elle se rendit compte que c'était la première fois qu'elle s'asseyait dans ce restaurant de luxe renommé et qu'on allait l'interroger dans le cadre d'une enquête pour meurtre.

Elle supposait que les réservations du restaurant avaient été annulées pour ce soir. Les derniers clients du déjeuner étaient déjà partis, mais ceux du dîner n'étaient pas encore arrivés.

Pendant que l'inspectrice préparait son matériel, Olivia essaya de ne pas remuer nerveusement. La femme aux cheveux gris avait l'air organisée et méthodique. Pour une raison ou pour une autre, Olivia aurait préféré qu'elle ait l'air désorganisée et confuse. Olivia craignait que cette logique impitoyable appliquée de manière implacable puisse inciter la police à arrêter la suspecte principale qui, comprit-elle avec effroi, était pour l'instant Olivia Glass.

Après avoir noté ses coordonnées, l'inspectrice Caputi commença l'interrogatoire.

— Quand et pourquoi avez-vous commencé à travailler ici ?

Olivia lui adressa ce qu'elle espérait être un sourire charmeur mais ne vit aucune chaleur réciproque éclairer les yeux foncés et perçants de l'autre femme.

— Je suis venue passer mes vacances ici avec mon amie et j'ai décidé de rester plus longtemps. Donc, j'ai postulé pour ce travail la semaine dernière pour pouvoir me permettre de vivre ici plus longtemps.

— J'ai entendu dire que vous avez souvent été en conflit avec la victime, Luigi Lupo. Est-ce vrai ?

— C'était un homme difficile. Il se disputait avec tout le monde.

Olivia décida de tenter d'augmenter le nombre de suspects. Après tout, Luigi avait visiblement été froid avec Gabriella, qui dirigeait ce restaurant. Il n'aimait même pas Marcello. En fait, elle ne l'avait jamais vu témoigner de la gentillesse à qui que ce soit, sauf quand il utilisait son charme factice avec les clients.

— C'était parfois très dur de travailler pour lui. Je m'en suis rendu compte quand il s'est mis à crier en public.

Olivia écarta les mains.

— Je veux dire, c'est mauvais pour l'image de l'entreprise, n'est-ce pas ? Ça énerve les gens. Je crois qu'il a énervé beaucoup de gens. Presque tout le monde, en fait.

— On m'a dit que vous avez eu un problème particulier avec lui aujourd'hui.

— Oui. Pendant le déjeuner, il a dit qu'il allait me renvoyer, mais je suis partie avant qu'il ne le fasse.

Olivia sentit qu'elle rougissait. Elle avait beau tenter d'augmenter le nombre de suspects, l'interrogatoire se déroulait mal pour elle. Elle ressentit à nouveau de la colère pour Luigi. Bien sûr, elle était désolée qu'il soit mort, mais c'était parce qu'il l'avait traitée de manière injuste qu'elle se retrouvait maintenant sur la sellette.

— Il m'a crié dessus au milieu d'un restaurant bondé et j'ai cru que … En fait, j'ai pensé que, si je n'y arrivais pas, ce travail ne serait peut-être pas pour moi. Donc, oui, j'ai démissionné avant qu'il ne puisse me renvoyer et j'ai décidé que, juste pour qu'il apprenne un peu la vie, j'allais lui dire ce que je pensais de lui. Vous savez, pour qu'il puisse y réfléchir, chercher en lui-même, peut-être essayer une autre approche avec le sommelier suivant. C'était comme un entretien de départ impromptu. C'est comme ça que je suis.

Elle adressa un sourire désarmant à l'inspectrice.

— Je suis une vraie bavarde. Quand je commence, je n'arrête plus. Par contre, pour passer à l'action, j'ai beaucoup plus de mal. Je n'y arrive presque jamais ! ajouta-t-elle plus fort.

— Pourquoi êtes-vous revenue cet après-midi ?

L'inspectrice Caputi griffonna sévèrement une remarque sur son bloc-notes.

— C'est une longue histoire.

— Racontez-la.

Olivia commença à craindre que l'inspectrice Caputi ne l'aime pas du tout. Elle se dit qu'elles n'auraient jamais été amies dans la vie réelle. Même si elles avaient été les deux seules survivantes d'un naufrage, elles auraient passé tout leur temps sur des côtés opposés de l'île déserte à envoyer leurs propres signaux de fumée indépendants.

— Eh bien, vous voyez, j'ai pris l'habitude de me rendre au travail à pied, depuis la villa où je séjourne, pas loin. Donc, après ma démission, je suis arrivée chez moi et j'ai découvert qu'Erba, une des chèvres de l'exploitation viticole, m'avait suivie. C'est une chèvre orange et blanche, mais très petite. Je ne l'avais même pas remarquée.

Consciente de l'expression incrédule de l'inspectrice, Olivia poursuivit.

— Comme il fallait que je la remmène, j'ai dû revenir ici. J'ai décidé que j'irais voir Marcello, que je m'excuserais et que je lui demanderais de me rendre mon travail par la même occasion. Donc, mon amie Charlotte a fabriqué un harnais pour la chèvre avec ma ceinture en cuir et son tee-shirt de gym bleu.

Avec un grand soulagement, Olivia se rendit compte qu'elle avait de quoi prouver son histoire dans son sac à main. Elle en sortit le vêtement et le montra à l'inspectrice.

— Voilà. Pièce à conviction numéro un. Vous voyez qu'il y a encore quelques poils de chèvre dessus. Ce sont les poils blancs, dit-elle fièrement.

Olivia se rassit dans sa chaise, satisfaite. Son explication avait été détaillée et logique et elle avait même fourni des preuves tangibles pour l'étayer.

Toutefois, elle constata avec inquiétude que l'inspectrice Caputi n'avait pas témoigné pour son histoire l'intérêt à laquelle elle s'était attendue. Elle l'avait suivie sans enthousiasme. En fait, depuis qu'Olivia avait mentionné la chèvre, l'expression incrédule n'avait pas quitté le visage de l'inspectrice.

Olivia était stupéfaite que l'inspectrice semble se méfier autant de tous ses mots et même de sa personne.

Soudain, Olivia ressentit un moment de peur véritable.

En ville, elle était inconnue. À l'exploitation viticole, elle était nouvelle, la seule américaine dans une communauté soudée d'Italiens. Elle ne connaissait absolument personne dans ce pays. Que ferait-elle si elle devait préparer sa défense pour prouver son innocence ?

Avec une sensation d'irréalité, Olivia se rendit compte que c'était la deuxième fois depuis son arrivée en Italie qu'elle avait besoin d'un avocat et qu'elle n'en avait pas.

— À ce stade, nous sommes encore en train d'enquêter, dit l'inspectrice en la clouant sur place de son regard froid. C'est indiscutablement un meurtre, mais nous n'avons pas assez de preuves pour poursuivre notre enquête. Toutefois, nous devons vous demander formellement de rester dans cette ville jusqu'à la fin de notre enquête ou jusqu'à ce que nous vous permettions de partir. Cette demande sera dûment enregistrée.

— Je resterai, acquiesça Olivia d'une voix tremblante.

Elle n'était pas exactement suspecte, mais on lui avait dit de ne pas partir et ça la mettait très mal à l'aise.

D'un autre côté, cela signifiait aussi qu'elle ne pourrait pas rentrer à Chicago même si elle le voulait. En son for intérieur, cela la soulageait étrangement.

*

Quand l'inspectrice Caputi mit fin à l'interrogatoire, Olivia se leva de la table. Ses jambes lui paraissaient chancelantes. Se faire interroger dans le cadre d'une enquête pour meurtre, c'était éprouvant et elle craignait que sa déposition soit mal passée. Et si les soupçons que l'inspectrice nourrissait à son égard l'empêchaient de découvrir l'identité du vrai coupable ?

Olivia avait terriblement envie de rentrer à la maison, de se verser un grand verre de vin et de raconter cette expérience choquante à Charlotte. Que ferait-elle après ça ? Elle n'en avait aucune idée. Elle allait devoir rester jusqu'à la fin de l'enquête, mais que ferait-elle après ?

Il y avait toujours le poste de réceptionniste aux États-Unis, si elle perdait espoir à ce point. L'amie de sa mère pourrait le lui donner par compassion.

Allait-elle exercer un travail que quelqu'un avait offert à sa mère par faveur et auquel elle ne connaissait rien ? Allait-elle accepter d'avoir dix ans de plus que le reste du personnel et d'habiter à nouveau chez ses parents ?

En comparaison, une prison italienne ne serait peut-être pas si mauvaise.

Perdue dans ses pensées, la tête baissée, elle sortit dans le soir toujours plus sombre.

— Olivia ?

Elle sursauta. Marcello l'attendait devant la porte. Les lampes installées dans l'embrasure de la porte illuminaient son visage, dont le clair-obscur mettait en valeur la force et la forme carrée.

— Je m'inquiétais pour vous, dit-il à voix basse.

Olivia entendit le stress dans sa voix.

— Est-ce que ça va ?

— Eh bien, je crois que je suis la suspecte principale. Ils m'ont demandé de ne pas quitter la ville.

Olivia laissa échapper un rire incertain.

— Mis à part ça, je vais bien, merci. Ça a plutôt été un choc. J'étais venue ici pour vous rendre votre chèvre, vous présenter mes excuses en personne et demander si je pouvais reprendre mon travail. Je ne m'attendais pas à me retrouver impliquée dans de tels ennuis. La chèvre et moi, on aurait dû rester à la maison.

— Je suis vraiment désolé pour vous. C'est injuste. Je sais que la police doit suspecter tout le monde mais moi, Olivia, je suis certain de votre innocence.

116

La façon dont il mit l'accent sur le 'je' poussa Olivia à se dire que d'autres personnes de La Leggenda avaient peut-être une autre opinion sur la question. Ces gens pensaient probablement tous qu'elle l'avait fait. Marcello était aussi charmant que d'habitude mais, pour l'instant, Olivia était trop inquiète pour être sensible à ses charmes.

Alors, il se rapprocha, son bras frôla celui d'Olivia et une décharge électrique la traversa brusquement.

OK, donc, malgré les circonstances, elle était peut-être encore sensible à ses charmes, peut-être même encore plus sensible qu'avant parce qu'il venait d'admettre qu'il croyait ce qu'elle disait. Mieux encore, il croyait en elle, personnellement.

Elle ressentit une vague d'émotion complètement inappropriée à ce moment-là.

— Je voulais vous demander une faveur, dit Marcello.

— Laquelle ?

— Olivia, vous avez dit que vous étiez venue ici pour me demander de vous rendre votre travail. J'aimerais vous l'offrir. Vous avez été formée à reconnaître les vins, vous connaissez le vignoble et vous partagez notre passion. C'est notre période la plus chargée. À présent, nous n'avons plus de sommelier et j'aimerais que vous assumiez ce rôle, avec mon aide et mes conseils.

Olivia faillit tomber de ses talons hauts. Cette offre était complètement inattendue. Elle le contempla d'un air confus. Alors, elle ouvrit la bouche et se surprit à prononcer des mots qu'elle avait cru qu'elle ne dirait jamais.

CHAPITRE DIX-HUIT

— Non, dit Olivia par réflexe en secouant la tête. Retrouver mon travail, me retrouver réellement à la tête du lieu de dégustation du vin est une opportunité merveilleuse, mais je ne peux pas l'accepter maintenant, Marcello. C'est impossible.

— Pourquoi ? demanda Marcello.

Olivia aurait voulu qu'il recule d'un pas ou deux ; ainsi, ses hormones féminines auraient pu se calmer et elle aurait pu avoir les idées claires. Huit ou dix mètres auraient pu suffire. Peut-être vingt ou trente, pour être sûre. Ou alors, il devrait peut-être partir hors de sa vue et l'appeler au téléphone.

— Eh bien, je crois que c'est parce qu'il y a eu un meurtre ici. Cela me pousse à repenser mes choix de vie. Je veux dire, vous avez peut-être un tueur en série qui s'en prend aux sommeliers et je pourrais être sa prochaine victime. Personne ne sait qui a fait ça et je trouve la situation vraiment sinistre.

Marcello hocha la tête avec compassion.

— Je comprends que vous ayez peur, Olivia, et, croyez-moi, vous n'êtes pas la seule. En ces circonstances, nous nous sentons tous mal à l'aise mais, malgré la tragédie, la vie doit continuer et notre exploitation, notre passion, notre obsession, le but de tant de personnes, doit continuer à exister, elle aussi.

Olivia lui jeta un coup d'œil hésitant. Ce qu'il disait était très persuasif, mais elle était encore dans l'incertitude.

Marcello poursuivit.

— Votre expérience et vos compétences peuvent nous épargner le désastre que nous subirions si nous devions fermer notre lieu de dégustation de vin pendant la période la plus chargée de l'année. Olivia, je ne me contente pas de vous le demander. Je vous en supplie. Nous avons besoin de vous, ici. J'ai besoin de vous.

Marcello avait besoin d'elle ? Personnellement ?

Olivia hésita.

— Puis-je y réfléchir jusqu'à demain ? Pour l'instant, je me sens bouleversée.

— Bien sûr, dit Marcello d'un air soulagé. Pour l'instant, est-ce que vous pouvez rentrer chez vous sans avoir peur ? Puis-je vous y emmener ?

Olivia secoua la tête à contrecœur. Elle se sentait tentée d'accepter que Marcello la remmène chez elle, mais ce n'était pas le moment.

— Ça ira. Ce n'est pas loin et ça me donnera du temps pour réfléchir.

*

Quand Olivia arriva à la villa, la porte d'entrée était ouverte et Charlotte regardait dehors d'un air anxieux un verre de vin en main.

— Je m'inquiétais. J'allais appeler pour vérifier si tout allait bien. Que s'est-il passé ?

— Tu ne vas pas me croire, soupira Olivia, contente de pouvoir enfin partager ses soucis.

— La chèvre s'est enfuie ? Est-ce qu'elle a déchiré mon tee-shirt de gym ? demanda anxieusement Charlotte. Comment allons-nous faire pour la retrouver ?

— La chèvre va bien. C'est Luigi qui pose problème. Il a été assassiné, expliqua Olivia les larmes aux yeux.

Charlotte venait de prendre une gorgée de vin. Quand elle entendit cette nouvelle stupéfiante, elle s'étouffa.

Oubliant ses ennuis personnels, Olivia prit son verre à Charlotte et lui frappa le dos plusieurs fois. Dès que Charlotte put respirer à nouveau, Olivia se précipita dans la salle de bains pour y prendre une poignée de Kleenex et essuyer le vin qui avait éclaboussé le sol du hall.

— Merci, dit Charlotte en haletant quand elle put parler à nouveau. Olivia, c'est surréaliste, cette histoire. Comment est-ce que c'est arrivé ? Savent-ils qui l'a fait ?

— Ils n'en ont aucune idée.

Olivia était obsédée par ce mystère. Qui avait fait ça ? Il semblait impossible que quelqu'un ait pu commettre ce crime odieux sans se faire remarquer ou arrêter.

— Tu te souviens du restaurant qui est le long de la route ? Allons-y à pied, suggéra Charlotte. Je sais que tu es bouleversée et que tu ne penses pas à te nourrir, mais tu n'as rien mangé de la journée. On sera plus à l'aise pour en parler avec une pizza et du vin.

*

La minuscule pizzeria était proche de la villa, même à pied, et Olivia l'adorait parce qu'elle était aussi authentique que possible. Il y avait des tables à l'extérieur, dans une cour minuscule, et un espace intérieur où les clients étaient serrés comme des sardines. La propriétaire était une femme joyeuse d'environ cinquante-cinq ans et ses deux fils servaient en salle et au bar.

Quand elles entrèrent, elles passèrent le long du grand potager du restaurant. Quand elle regardait les tomates qui luisaient, rouges et matures, sous les lumières extérieures du restaurant, Olivia comprenait pourquoi la sauce qu'il y avait sur ces pizzas était meilleure que toutes celles qu'elle avait jamais mangées.

— *Buon giorno*, dit la propriétaire pour les accueillir tout en leur désignant la seule table disponible dans le coin de l'établissement bondé.

Olivia sirota avec gratitude son verre de Vernaccia, appréciant sa fraîcheur glacée et sa saveur vive et fruitée. Maintenant qu'elle était assise, elle se sentait capable de réfléchir plus clairement.

La police risquait de croire qu'elle était l'assassin, mais elle savait qu'elle ne l'était pas et cela signifiait que quelqu'un d'autre allait tenter de cacher son méfait. Et si cette personne décidait de la tuer, elle aussi, en maquillant le crime en accident ? Cela permettrait de mettre fin à l'enquête et le coupable s'en tirerait.

— Je ne peux pas m'arrêter de penser à ça, avoua-t-elle à Charlotte. J'aimerais savoir qui a fait ça et pourquoi. Est-ce que Luigi a provoqué une bagarre ? Est-ce la conséquence d'une vieille rancune ? Ce meurtre m'obsède. Si je ne sais pas qui l'a commis, je ne me sentirai plus jamais en sécurité là-bas. Pour l'instant, je me dis qu'il serait plus sensé de partir.

— Il faut que tu penses à ton propre bien-être en premier, convint Charlotte.

La nourriture arriva et elles réorganisèrent la table.

Avec si peu d'espace, Olivia regretta d'avoir commandé une salade à partager en plus des pizzas, mais la salade proposait un mélange d'ingrédients vraiment délicieux, notamment de la roquette, des haricots verts, du Parmesan râpé et des oignons rouges. Pour faire de la place, elle posa le sel et le poivre sur le rebord de la fenêtre.

120

Sa pizza avait une odeur merveilleuse, avec ses doses généreuses et succulentes de mozzarella fondue, la garniture de tomate richement concentrée et la croûte douce et ondulée qui était croquante et dorée dessous.

Malgré tout le stress de la journée, ou peut-être à cause de lui, Olivia avait très faim. Il n'y avait rien de plus réconfortant qu'une pizza et ce minuscule restaurant servait les meilleures.

Olivia décida que c'était une raison pour garder son travail. Si elle devait rentrer aux États-Unis, elle ne pourrait jamais revenir manger ici.

D'un autre côté, la sécurité était une chose importante. Olivia frissonna, mal à l'aise, en pensant à l'assassin en liberté.

Alors qu'elle allait manger sa dernière tranche de pizza, elle entendit du bruit à l'extérieur. Les gens criaient, se levaient, appelaient à l'aide. Avaient-ils trouvé un serpent ? se demanda-t-elle.

Elle tendit le cou et regarda par la petite fenêtre.

Horrifiée, elle vit un visage orange et blanc familier qui la regardait.

— C'est la chèvre ! dit-elle, consternée. Erba a dû me suivre à nouveau et, maintenant, elle a trouvé le chemin du restaurant ! Elle vient de manger une feuille de salade dans l'assiette d'un client. Elle mange la roquette.

Olivia aurait voulu s'arracher les cheveux.

Comment avait-elle pu se transformer en aimant à chèvres ? Elle avait l'impression d'être le joueur de flûte du monde caprin.

— On ferait mieux d'y aller, dit Charlotte en se levant précipitamment. Je vais prendre une boîte pour emporter le reste de notre nourriture et payer. Entre temps, tu ferais mieux d'essayer de ligoter Erba avant qu'elle ne vide d'autres assiettes de salade toscane.

*

Cette nuit-là, Olivia eut du mal à trouver le sommeil. Elle n'arrivait pas à décider ce qu'elle devrait faire. Dès qu'elle fermait les yeux, elle voyait Luigi qui gisait dans une mare de vin rouge. Repensant à cette image qui s'était gravée dans sa mémoire, elle supposa que son agresseur avait dû le frapper par-derrière. La bouteille s'était cassée et Luigi était alors tombé sur le dos. Il avait dû mourir avant de heurter le sol.

Alors, l'agresseur avait dû sortir de l'espace de stockage. Il, ou elle, avait dû retourner au lieu de dégustation, mais il aurait été facile de

121

s'éclipser par la porte située à gauche du comptoir puis de quitter l'exploitation viticole sans se faire remarquer.

C'était une idée qui avait de quoi faire peur. Olivia aurait pu croiser l'assassin lors de son entrée. Elle essaya de se souvenir si elle avait vu quelqu'un s'en aller, mais elle avait été préoccupée par ce qu'elle devait dire à Marcello. En dehors des Fiat habituelles, il y avait toujours les voitures des clients dans le parking, mais Olivia avait cessé de les remarquer, parce qu'elles changeaient toujours.

Finalement, elle s'endormit et rêva que Luigi lui criait dessus pendant qu'elle présentait un vin à un client.

— Ce n'est pas comme ça qu'on fait ! Femme *stupido* !

— Luigi, que t'est-il arrivé ? Qui t'a tué ? lui demanda-t-elle anxieusement.

— Tu ne sais pas ? Tu es *ignorante*, nulle. Je te renvoie à nouveau. Va-t'en ! Sors !

— Non ! Non ! Aide-moi, je t'en supplie !

Olivia avait crié les mots dans son rêve mais, quand elle se redressa dans son lit, le cœur battant la chamade, elle se rendit compte qu'elle n'avait fait que les marmonner à voix basse. Ce cauchemar l'avait bousculée. Après avoir gâché sa vie professionnelle et fait d'elle une suspecte de meurtre, Luigi lui pourrissait ses rêves ! Ce n'était pas juste !

Pour être sûre de ne pas refaire ce cauchemar, Olivia se redressa et naviqua sur son téléphone.

Quand elle parcourut ses courriels, elle vit qu'elle en avait reçu deux nouveaux.

Le premier était intitulé *Plan d'Action Urgent*.

Il venait de sa mère.

Olivia, j'ai des mauvaises nouvelles pour le poste de réceptionniste. Ils ne veulent pas faire de compromis sur l'âge, même pour t'aider, car ils ne veulent embaucher que des femmes de moins de vingt-cinq ans. Ils ont vraiment tort de ne pas profiter de ta maturité ! J'ai essayé de plaider ta cause. Je leur ai envoyé une photo récente de toi et j'ai même tenté de négocier un salaire plus bas pour toi, mais ils ont refusé de changer d'avis. Toutefois, Edith m'a dit qu'il y aurait un travail dans l'entrepôt de son cousin. Il faut remplir des étagères et effectuer la maintenance de l'entrepôt.

As-tu de l'expérience en conduite de chariot élévateur ? Ou puis-je leur dire que tu accepterais d'apprendre ?

Secouant la tête, Olivia ferma le courriel. Elle ne se sentait pas encore prête à répondre à ce message. Peut-être dans un jour ou deux ou, mieux encore, dans quelques semaines.

Alors, elle lut le courriel suivant, qui venait d'une des agences où elle avait envoyé son CV plus tôt dans la semaine.

Bonjour, Olivia !

Nous avons lu votre CV et nous sommes impressionnés par vos qualifications. La campagne de Valley Wines montre que vous avez brillamment fait vos preuves. Nous avons un client très intéressant spécialisé dans le marketing de niche pour les exploitations vinicoles, aussi bien au niveau des produits que du tourisme. Ils cherchent une directrice de campagne et j'ai donné votre nom. Vu le succès de la campagne Valley Wines, ils sont impatients de faire votre connaissance et adoreraient vous parler en tout premier. Ils sont impatients de vous présenter à leurs clients en leur disant que vous êtes celle qui a rendu Valley Wines célèbre et, si vous acceptez, vous pouvez être quasiment sûre qu'ils vous embaucheront ! Pouvons-nous fixer un rendez-vous le plus tôt possible ? Le poste est disponible dès le mois d'août et l'entreprise est en Californie.

Olivia ferma son ordinateur. En se mâchouillant la lèvre inférieure, elle réfléchit.

Un travail dans le marketing des exploitations vinicoles pourrait mieux mettre ses points forts en valeur. Ce serait peut-être plus réaliste. D'une certaine façon, elle pourrait encore assouvir ses passions. De plus, elle pourrait déménager en Californie. Ce serait un changement passionnant.

Ce pourrait être un compromis idéal et une décision plus appropriée que continuer de travailler à La Leggenda. Sa mère serait ravie d'apprendre qu'elle avait pris une décision sensée.

Plus elle y réfléchissait, plus Olivia se rendait compte que cette proposition lui était parvenue au bon moment. Même si son cœur la priait de ne pas l'accepter, sa tête lui disait avec insistance qu'elle serait idiote de ne pas saisir cette opportunité.

CHAPITRE DIX-NEUF

Olivia se réveilla tôt le lendemain matin. Elle pensait constamment aux décisions qu'elle allait prendre ce jour-ci, mais elle s'inquiétait également pour la chèvre.

Qu'est-ce qu'Erba avait pu faire cette nuit ? Elle se sentait responsable de cet animal et espérait qu'elle était encore à la villa.

Olivia tira les rideaux et poussa un cri de surprise.

Erba était perchée sur son rebord de fenêtre et elle la contemplait par la vitre.

— Eh bien, tu t'es bien installée, lui fit remarquer Olivia, le cœur encore secoué parce qu'elle avait eu la surprise de trouver une chèvre orange et blanche qui l'observait par la vitre de la fenêtre de sa chambre.

Elle se doucha et s'habilla. Ensuite, elle prit des carottes dans le réfrigérateur. Erba semblait les aimer et Olivia était sûre que la chèvre avait besoin d'un petit-déjeuner.

Olivia se prépara un cappuccino puis amena son ordinateur dehors, sur la table qui se trouvait sous l'arbre. Elle s'était attendue à trouver les plantes médicinales saccagées mais, à sa grande surprise, les plantes en question avaient l'air intactes.

— On dirait que tu ne manges qu'un brin par jour. Est-ce ta limite ? demanda-t-elle à Erba.

Pendant qu'Erba croquait ses carottes, Olivia relut le courriel de l'agence.

Elle ferma les yeux. Elle s'imagina habiter dans un appartement californien baigné de soleil et travailler pour une entreprise spécialisée dans le marketing des exploitations vinicoles. C'était certainement un projet attirant.

Alors, elle ferma les yeux à nouveau et s'imagina derrière le comptoir de dégustation de La Leggenda, en train de présenter les vins aux clients en tant que nouvelle sommelière en chef.

À son rêve, Olivia ajouta Nadia, qui lui demandait de venir au bâtiment de vinification et de la regarder créer un assemblage. Ensuite, elle ajouta Marcello qui, assis à une table à côté, sirotait un verre de vin tout en la regardant d'un air approbateur.

Olivia rouvrit brusquement les yeux et laissa échapper un soupir profond. Étonnée, Erba leva les yeux vers elle.

Le cœur d'Olivia était irrésistiblement attiré par le scénario de la production de vin. Elle se prépara un deuxième café tout en réfléchissant un peu plus. Cette fois, dans le processus logique, elle essaya d'utiliser son cerveau au lieu de son cœur.

Alors, Olivia se leva. Son cœur était lourd, mais elle avait pris sa décision.

— Allez, Erba, dit-elle. Je te remmène à l'exploitation viticole et je communique le verdict à Marcello.

Olivia fouilla dans son sac à main pour y prendre le harnais de la chèvre mais, quand Erba vit le tee-shirt de gym, elle s'éloigna en gambadant. Visiblement, elle n'avait pas apprécié d'être une chèvre en laisse. Toutefois, comme elle avait suivi Olivia de l'exploitation viticole à la villa, elle la suivrait peut-être sur le chemin du retour sans laisse.

Espérant que la chèvre serait attirée comme un aimant par un exemple d'autorité sereine, Olivia cria 'Viens, Erba. Aux pieds !' et commença à descendre l'allée à grands pas.

Le bruit de sabots sur le chemin pavé lui indiqua qu'Erba trottait docilement derrière elle.

L'autorité sereine d'Olivia fonctionna à la perfection jusqu'au moment où Olivia quitta la route et partit sur la piste sableuse qui menait à l'entrée de derrière de l'exploitation viticole. Elle entendit la chèvre détaler derrière elle, se retourna brusquement et vit Erba quitter la bande étroite de goudron pour repartir dans la direction opposée.

— Hé, la chèvre ! Ici, on part à gauche, pas à droite. Erba ! Reviens !

Olivia agita les bras, agacée. Erba lui avait obéi de manière si idéale qu'Olivia avait rêvé d'une toute nouvelle carrière alternative de dresseuse de chèvres.

Or, Erba s'était rebellée et Olivia devait la récupérer. Elle n'avait jamais pris cette route sinueuse en gravier et commençait à paniquer. La chèvre pourrait s'enfuir n'importe où, car elle semblait connaître le terrain admirablement bien.

Et si elle se cachait quelque part ?

— Reviens ! Allez, Erba !

Criant désespérément, Olivia se mit à trottiner en tenant son chapeau pour éviter que la brise ne le lui arrache, car cette dernière gagnait en puissance à mesure qu'Olivia montait sur la colline.

Même si elle craignait beaucoup de ne pas retrouver la chèvre vagabonde, elle ne put s'empêcher de remarquer la beauté des environs. Mis à part ses appels plaintifs, les seuls sons étaient le bourdonnement des abeilles et le chant des oiseaux. Elle était entourée d'herbes, d'arbustes et d'arbres de diverses nuances de vert. Un attroupement de papillons bigarrés voletait autour d'un affleurement de fleurs sauvages.

Elle fut forcée de ralentir le rythme, car la colline était trop pentue. Avec un soupir, elle se contenta de marcher en se disant que courir ne ferait qu'effrayer Erba. Remarquant un buisson de romarin au bord de la route, elle en cueillit un brin en espérant qu'elle pourrait l'utiliser pour convaincre la chèvre de revenir.

Olivia monta plus haut et fut encouragée quand elle vit les empreintes de sabots de la chèvre dans une zone sableuse. Alors, devant elle, elle vit Erba qui la contemplait d'un air malicieux à un tournant de la route.

— Reviens, vilaine, dit Olivia pour la réprimander alors qu'elle était soulagée de l'avoir retrouvée.

Sur un arbre voisin, une pancarte attira son regard.

C'était une pancarte maison, plastifiée, attachée avec de la ficelle. Olivia ne lisait pas l'italien, mais l'auteur du message avait eu la gentillesse de fournir une traduction anglaise au-dessous.

— À vendre : Petite ferme de 8 hectares. Maison à 2 chambres, quelques dépendances. Contacter directement la propriétaire.

Au-dessous, il y avait un numéro de téléphone et le prix.

Olivia regarda au loin, fascinée.

Un portail en fer forgé vieux mais très décoré était ouvert et, au-delà, l'allée de gravier s'éloignait en tournant. La terre était bien boisée et des herbes sauvages, des fleurs et des buissons poussaient abondamment sur le sol aride. Olivia aperçut la ferme au loin et se dit qu'elle n'avait jamais rien vu d'aussi beau que ce petit bâtiment en pierre couleur miel qui se mêlait parfaitement à ses environs verts et dorés.

Elle s'imagina qu'elle se réveillait tous les jours et contemplait la vue sur la vallée, belle à couper le souffle, par les fenêtres pittoresques encadrées de bois.

Elle consulta le prix à nouveau et sentit son estomac se nouer. Si elle convertissait la somme en dollars, elle comprenait qu'elle aurait presque pu se permettre d'acheter cette petite ferme si elle avait eu le rappel de salaire et le gros bonus qu'on lui devait.

Bien sûr, elle n'aurait aucun moyen de subsistance et mourrait immédiatement de faim mais, ce détail mis à part, c'était un beau lieu de vie.

Quel endroit idyllique pour mourir de faim.

La vue sur le sud était sublime, avec un décor exquis de collines et de champs qui couvrait toute la vallée et s'étendait jusqu'à l'horizon. La crête de la colline qui s'élevait derrière la maison la protégeait contre les moments les plus incléments de l'hiver.

— Si seulement c'était possible, dit Olivia avec envie. Si seulement c'était possible.

Si seulement elle pouvait rester ici pour toujours. Si seulement elle pouvait acheter cette propriété, vivre dans cette région et créer un petit vignoble.

— Malheureusement, Erba, je n'ai pas le choix, dit tristement Olivia. Je ne pourrais jamais me permettre d'acheter cet endroit et, de toute façon, il faut se fier à son bon sens. Le meurtre de Luigi montre qu'il faut que ma vie change de direction. Je vais devoir rentrer et travailler dans la carrière qui est la mienne, tout comme toi. Tu remplis les conditions pour être une chèvre. Je remplis les conditions pour être chargée de clientèle dans une agence de publicité.

Quand elle regarda la piste partir vers la gauche, elle devina qu'elle descendait à flanc de colline et rejoignait la route goudronnée qui les emmènerait tout droit à l'entrée de devant de l'exploitation vinicole. Peut-être Erba préférait-elle ce détour parce qu'il donnait sur de plus beaux paysages.

La chèvre se rapprochait lentement d'elle, observant attentivement le romarin qu'Olivia tenait.

— Tu pourras l'avoir quand nous atteindrons l'exploitation viticole, dit Olivia en reprenant son rôle de dresseuse de chèvres.

Elle se détourna de la ferme en pierre modeste nichée dans la beauté verte et sauvage des collines et suivit la route vers la gauche.

Quinze minutes plus tard, elle remontait l'allée de l'exploitation viticole, triste d'approcher pour la dernière fois de ce bâtiment gracieux à l'histoire riche et aux origines amoureuses. Cependant, il fallait tenir compte des signes et elle se devait d'être raisonnable.

Quand elle entra dans le lieu de dégustation, Olivia vit que Paolo avait été envoyé par le restaurant pour fournir en urgence son assistance à un groupe de touristes.

— Pour commencer, vous pouvez choisir cette édition spéciale de Sauvignon Blanc, leur disait-il d'une voix mal assurée avec un sourire nerveux. Il a beaucoup de saveurs d'herbes sauvages avec un arôme intense d'herbes des montagnes gelées. Vous apprécierez l'intensité du goût à base de plantes de ce beau vin herbeux de la zone la plus froide et gelée de La Leggenda, où les herbes sauvages poussent à profusion et en abondance !

Il regarda Olivia d'un air implorant.

Se forçant à respecter sa décision, Olivia avança dans le couloir qui menait au bureau de Marcello.

Quand elle atteignit le bureau, son téléphone sonna.

Marcello leva les yeux de son bureau, attendant qu'Olivia fasse quelque chose, et Olivia fut sur le point de couper le son de son téléphone.

Cependant, avant d'appuyer sur le bouton, elle s'aperçut que c'était Bianca, son ex-assistante de l'agence, qui l'appelait.

Il serait peut-être mieux de prendre l'appel tout de suite, décida-t-elle. Après tout, il était très tôt, aux États-Unis, et c'était peut-être une urgence.

S'excusant d'un geste auprès de Marcello, Olivia se hâta de répondre.

Bianca avait l'air d'avoir le souffle coupé.

— Je suis vraiment désolée de vous appeler si tôt. J'espère que vous n'étiez pas en train de dormir.

— C'est l'heure du déjeuner, ici, en Italie, expliqua Olivia en se retournant et en repartant dans le couloir vers le lieu de dégustation.

— Oh. Vous y êtes encore ? Je suis désolée d'interrompre vos vacances, mais j'ai pensé qu'il fallait que vous appreniez la mauvaise nouvelle.

— Quelle nouvelle ? demanda Olivia en fronçant les sourcils, mal à l'aise.

Qu'était-il arrivé ? D'après le ton employé par Bianca, c'était grave.

— C'est Valley Wines.

— Qu'est-ce qu'il leur arrive ?

— C'est une nouvelle toute fraîche qui date de ce matin. Je vais vous la lire. 'Suite à une dénonciation, les officiels de l'agence des produits alimentaires et médicamenteux ont fait une descente dans l'usine. Ils ont trouvé des preuves d'un grand nombre de pratiques insalubres et, par conséquent, ils ont fermé toute l'entreprise.'

— Quoi ? demanda Olivia le souffle coupé pendant qu'un des touristes se retournait, étonné.

Bianca poursuivit et l'incrédulité d'Olivia ne fit que grandir.

— Les inspecteurs ont découvert que les cuves utilisées pour mélanger le jus de raisin à l'alcool étaient rouillées et comportaient une accumulation de résidus au fond. L'alcool utilisé dans les boissons n'était pas de qualité alimentaire. Deux des arômes artificiels ajoutés aux boissons avaient été retirés du marché plus tôt cette année et un troisième avait été interdit par l'agence des produits alimentaires et médicamenteux l'année dernière après que l'on avait signalé de nombreuses réactions allergiques.

— C'est horrible, marmonna Olivia. Je n'arrive pas à croire qu'ils aient enfreint autant de règles.

— La lutte contre les rongeurs était mal gérée et, dans une des cuves, les contrôleurs ont trouvé un rongeur mort dans le mélange de jus de raisin et d'alcool. Ça me donne envie de vomir, Olivia. J'ai bu de ce vin !

— Moi aussi.

Olivia se sentait malade.

— Le rat est probablement mort des suites de son mal de tête, ajouta-t-elle.

Bianca réussit à rire faiblement.

— Probablement. Oh, il faut que j'y aille. James m'appelle.

Elle raccrocha en toute hâte.

Olivia comprit que l'inspection effectuée par l'agence des produits alimentaires et médicamenteux n'avait pas seulement mis à jour des pratiques insalubres, mais avait aussi exposé les processus de fabrication au grand public. Cela avait révélé le fait que ce vin n'était pas du tout du vin. Jamais Valley Wines ne pourrait s'en remettre. Ils étaient perdus. C'était la fin pour eux et ils subiraient la colère de leurs clients dans tout le pays.

Olivia se sentit rougir de honte quand elle se rendit compte que sa campagne de marketing allait suivre le même chemin que l'entreprise en question.

Quand leurs vins seraient retirés des rayons, la campagne prendrait fin immédiatement. Elle ne serait plus présentée comme un exemple de succès étonnant. Au lieu de ça, les gens la condamneraient à voix basse en disant que c'était celle qui avait convaincu un nombre maximal d'Américains de boire du vin aux additifs insalubres et au rat.

Olivia avait bien fait de démissionner parce que, après cette débâcle, James l'aurait licenciée immédiatement.

James était forcément furieux. Olivia l'imaginait retranché dans son bureau, rouge de colère, en train de répondre aux appels téléphoniques et de participer à des réunions par Skype tout en demandant que les publicités soient retirées et remplacées et en limitant furieusement les dégâts tout en parlant avec ses avocats.

En ce moment, tous les cadres des agences de publicité de toutes les grandes villes des États-Unis devaient être en train de remercier le ciel qu'on ne leur ait pas confié la mission qui s'était terminée de manière aussi désastreuse.

Avec un sursaut, Olivia se rendit compte que cela venait aussi de mettre fin à sa carrière future dans la publicité. Elle ne pourrait plus jamais travailler dans cette industrie et certainement pas pour une agence d'exploitations vinicoles qui basait son opinion d'elle sur cette campagne.

L'offre d'emploi allait être immédiatement retirée avec excuses, empressement et embarras. Elle en était certaine.

— Tu voulais un signe ? Tu en as un, maintenant, se murmura Olivia à elle-même. C'est ça, ton signe. Maintenant, vas-tu finalement en tenir compte et écouter ton cœur ou vas-tu continuer à faire ce que ta mère veut que tu fasses ?

CHAPITRE VINGT

Olivia se dépêcha de revenir au bureau de Marcello, hébétée par le revirement ahurissant que la vie venait de lui offrir pendant les quelques dernières minutes. Elle espérait que ça allait se calmer, maintenant, et qu'elle n'aurait plus à subir de tels chocs.

Dès qu'il la vit, Marcello se leva brusquement de sa chaise et l'invita en entrer. Il avait l'air nerveux et elle fut étonnée quand elle se rendit compte à quel point sa décision comptait pour lui.

— J'ai réfléchi et, bien que je sois encore inquiète après ce meurtre, j'accepte de continuer à travailler pour vous, dit-elle en se sentant profondément soulagée que Bianca ne l'ait pas appelée plus tard.

Son visage s'illumina. Il lui sourit et ses yeux bleus étincelèrent.

— Olivia, j'en suis ravi et très heureux. Merci de nous avoir choisis, dit-il.

— Croyez-vous que la police va découvrir qui a fait ça ? demanda-t-elle anxieusement.

— J'en suis certain, dit Marcello pour l'apaiser. L'inspectrice Caputi est venue ici ce matin. Elle a passé toute la matinée à réexaminer la scène. Elle m'a promis qu'ils allaient faire tout leur possible pour trouver l'assassin.

Il s'interrompit.

— Elle a également dit qu'elle aurait besoin de vous interroger à nouveau.

Une fois de plus, Olivia se sentit inquiète en constatant quelle direction prenait cette enquête. Que pourrait-elle dire de plus pour se défendre ?

Au moins, elle avait dit la vérité. Elle n'avait rien inventé. C'était peut-être pour cela que l'inspectrice Caputi voulait confirmer sa version, pour s'assurer de sa cohérence. Donc, elle n'aurait qu'à tout répéter et tout irait bien, n'est-ce pas ?

— Vous avez l'air soucieuse, dit Marcello.

Olivia entendit de l'inquiétude dans sa voix et décida qu'il serait mieux de changer de sujet. Elle ne voulait pas que Marcello commence à la soupçonner, lui aussi.

Olivia décida plutôt de demander s'il accepterait de l'aider à se rapprocher de la concrétisation de son rêve.

— Je me demandais si, pendant que je suis sommelière, je pourrais en apprendre plus sur la vinification, poursuivit-elle. J'aimerais vraiment en savoir plus sur ce sujet, pas seulement sur la dégustation. Je parle de la culture des raisins, de la fermentation, de l'encavement et de l'assemblage. Vous voyez, mon rêve, ce serait de fabriquer mon propre vin un jour. Est-ce que vous accepteriez de m'aider ?

Elle le regarda anxieusement.

Suite à un bref moment de réflexion, Marcello lui adressa un hochement de tête résolu.

— La réponse est oui. Nous vous formerons avec plaisir. Nous pouvons créer un programme qui vous présentera tous les aspects de cette activité. Le plus vous en saurez, le plus vous nous serez utile, donc, nous ne cacherons rien, je vous le promets, mis à part les quelques recettes d'assemblage spécifiques qui constituent notre secret commercial. Nous vous communiquerons tout le reste.

Alors, ce fut Olivia qui lui sourit d'un air ravi.

— Je retourne au travail tout de suite, dit-elle.

Elle repartit dans le couloir en toute hâte et remarqua l'expression de soulagement qu'eut Paolo quand elle ouvrit la porte latérale et prit sa place derrière le comptoir.

S'essuyant le front d'un air théâtral, il retourna au restaurant.

*

Alors qu'Olivia avait tout juste eu le temps de se réhabituer à son espace familier, l'inspectrice Caputi entra dans le lieu de dégustation.

Quand Olivia la vit, elle tressaillit, constata que Caputi avait remarqué sa réaction involontaire et eut un mauvais pressentiment.

L'inspectrice de police se rendit au comptoir du lieu de dégustation.

— À quelle heure êtes-vous retournée à l'exploitation viticole, hier ? demanda-t-elle sans la saluer.

Quand Olivia entendit cette question, elle eut l'impression qu'elle avait pris un mauvais départ.

Elle pensait avoir quitté la villa aux environs de seize heures, à une demi-heure près, mais, comme elle s'était remaquillée et avait choisi un meilleur chemisier, elle avait perdu toute notion du temps. Elle avait eu des choses plus importantes en tête, comme s'excuser auprès de

Marcello pour son attitude irréfléchie et habituer la chèvre à sa laisse. Est-ce que l'inspectrice Caputi pensait qu'il était simple de remmener chez elle une petite chèvre aux taches orange et à l'esprit indépendant ? Il était clair qu'elle ne comprenait pas qu'Olivia avait eu de nombreuses responsabilités à assumer.

— À dix-sept heures, dit-elle fermement.

C'était sa réponse définitive. C'était un nombre facile à mémoriser, donc, si l'inspectrice lui reposait la question un jour, elle n'aurait aucun mal à fournir la même réponse.

L'inspectrice Caputi lut son carnet, puis fronça les sourcils. Olivia sentit son ventre se crisper.

— En êtes-vous sûre ?

Olivia la contempla avec inquiétude. Est-ce que quelqu'un d'autre avait dit quelque chose de différent ? Est-ce que cette question en apparence innocente allait lui apporter encore plus d'ennuis ?

— Eh bien, je n'ai pas vérifié l'heure, admit-elle.

Dès qu'elle parla, elle se dit qu'elle aurait dû se taire parce que l'inspectrice fronça encore plus les sourcils qu'avant.

— D'abord, vous avez dit dix-sept heures. C'est une heure exacte. Maintenant, vous dites que vous n'avez pas vérifié ? Quelle est la bonne réponse ?

Sa voix ressemblait à un coup de fouet. Olivia hésita pendant un long moment de panique.

— C'est certainement aux alentours de dix-sept heures, essaya-t-elle de dire en faisant de son mieux pour établir un compromis entre les deux versions qui existaient maintenant.

Alors, sentant qu'il fallait qu'elle se défende, elle ajouta :

— Est-ce que vous avez une idée plus claire sur qui a fait ça ? Je viens d'accepter un nouveau poste de sommelière en chef et, avec un assassin en liberté, je crains de ne pas pouvoir travailler en sécurité.

L'inspectrice serra les lèvres et elle écrivit quelque chose dans son carnet.

— On vous a promue sommelière en chef à la place de la victime ? demanda-t-elle d'un ton suggestif.

Elle sembla être sur le point de dire autre chose mais, à ce moment-là, son talkie-walkie crépita.

L'inspectrice Caputi se détourna, à contrecœur, pensa Olivia, et sortit de l'exploitation viticole à toute vitesse. Olivia contempla d'un air consterné la policière qui s'éloignait, craignant d'avoir sérieusement aggravé son cas alors qu'elle avait seulement voulu éviter d'avoir des ennuis.

*

Dès que l'inspectrice fut partie, deux groupes de clients arrivèrent et Olivia fut contente de pouvoir se concentrer sur son nouveau rôle et d'oublier momentanément son entrevue avec l'inspectrice.

Même si elle était encore secouée par le meurtre et sursautait à chaque bruit fort, les clients venaient pour bénéficier d'une expérience unique. Ils ne savaient pas, ou ne voulaient pas savoir, que Luigi était mort moins de vingt-quatre heures auparavant.

Sauf le troisième client de l'après-midi, un Australien.

— Bonjour et bienvenue à La Leggenda, dit Olivia en souriant.

— Bonjour ! répondit le grand blond, visiblement étonné de la voir. Donc, ils ont embauché un meilleur sommelier ? C'est un plaisir de vous rencontrer, ma belle. Est-ce que quelqu'un a mis Luigi au placard, ou a-t-on fini par le renvoyer parce qu'il avait été impoli avec les clients ?

Olivia le contempla bouche bée, sous le choc et sans savoir quoi dire. L'Australien poursuivit.

— Je viens ici tous les étés et le seul défaut est ce sale grognon. Est-il parti définitivement ? Dites oui, je vous en supplie. Comme ça, ma femme viendra avec moi la prochaine fois.

— Oui. Oui, il est parti. Il ne reviendra pas, confirma Olivia, sentant qu'il fallait qu'elle dise quelque chose mais réticente à lui révéler qu'il s'agissait d'un meurtre.

Dès qu'elle eut versé son premier verre au client australien, Paolo arriva pour lui demander une bouteille de vin.

— Olivia, je suis vraiment content que tu sois de retour. Pendant que j'essayais de te remplacer, je me sentais complètement perdu. Je crois que j'ai dit n'importe quoi. Même les touristes italiens avaient l'air perplexes.

Il serra le bras à Olivia.

— Tu t'es très bien débrouillé, dit Olivia pour le rassurer, mais je suis contente d'être revenue, moi aussi.

— Nous avons une commande spéciale pour l'assemblage de rouges Miracolo de 2012. On me dit qu'il a été incroyablement populaire cette année et qu'il n'en reste qu'une bouteille.

134

— Une seule ?

— Oui.

Olivia eut l'air hésitante et vit que Paolo avait senti son inquiétude.

— Ne t'inquiète pas. C'est pour un bon client et je l'ouvrirai moi-même, car je le connais bien. Ce n'est pas un snob du vin. Il serait heureux même si on lui apportait le Cabernet par erreur, dit Paolo pour la rassurer. Tu veux que je t'aide ?

— Merci, dit Olivia avec reconnaissance.

Elle devina que Paolo avait compris que, si Olivia devait se rendre dans l'espace de stockage toute seule, elle serait terrifiée.

Avec Paolo juste derrière elle, elle entra dans l'énorme pièce plongée dans la pénombre, consciente du fait que c'était maintenant son domaine et qu'il fallait qu'elle sache mieux où se trouvaient les bouteilles.

Les crus les plus anciens étaient stockés tout au fond. Avec l'impression de marcher sur de la colle, elle approcha des étagères en essayant de ne pas regarder de trop près le coin le plus éloigné des lieux, où l'on voyait encore de la poudre pour empreintes digitales bien que tout le vin répandu ait été essuyé.

Qu'était-il arrivé ici, hier ? se demanda à nouveau Olivia. Qui avait suivi le sommelier dans le silence qui régnait entre ces étagères, prêt à mettre en action son plan infâme ? Elle aurait voulu pouvoir reculer le temps jusqu'au moment où Luigi avait été tué puis regarder l'assassin se retourner et révéler son identité.

À cette idée, elle eut des frissons dans le dos.

Ils s'étaient mis à parler très bas, elle et Paolo.

— C'est tout au fond, siffla Olivia. C'est sur cette étagère.

Elle se sentait tendue, comme si l'esprit de Luigi avait rôdé dans la pénombre, prêt à lui bondir dessus avec un rugissement de colère.

— C'est un peu sinistre par ici, n'est-ce pas ? fit remarquer Paolo.

— Quand je viens ici, j'ai toujours peur de renverser une étagère et de détruire des milliers de dollars de vin. De plus, ces derniers temps, c'est encore plus sinistre pour d'autres raisons.

Ils parcoururent l'étagère en lisant les étiquettes des vins.

Un bruit métallique soudain fit sursauter Olivia.

— Argh, cria-t-elle.

— *Scusa, scusa.* C'est le tire-bouchon que j'ai à la ceinture. Il a heurté le rail, expliqua Paolo.

— Pas de problème, dit Olivia.

Un de ses pieds heurta un des supports de l'étagère. Elle trébucha et partit en avant.

— Argh ! cria Paolo, s'écartant d'un bond.

Olivia reprit vite son équilibre, respirant lourdement.

— Ça fait deux fois que je parcours cette rangée, mais je ne vois pas cette bouteille, dit-elle. Est-ce qu'on a compris de travers ? Est-ce que l'étiquette est différente ?

— Non, c'est en partie l'étiquette qui rend ce vin célèbre. Elle a été modifiée un peu, mais sans plus, expliqua Paolo.

— Les bouteilles de 2011 s'arrêtent au côté droit de la deuxième étagère. Ensuite, il y a un espace vide au début de la rangée suivante puis on passe directement à 2013, dit Olivia, perplexe. Est-ce qu'ils ont mal compté ?

Paolo secoua la tête.

— D'habitude, le compte est exact.

Olivia soupira, agacée.

— Elle a peut-être été volée. Ou alors —

Une autre idée lui vint. Elle contempla l'espace vide, positionné stratégiquement sur le côté droit des étagères, près du fond.

Très près de l'endroit où elle n'osait pas regarder.

Elle ne pouvait s'empêcher de se dire que cette bouteille aurait été placée à l'endroit idéal si une personne avait tendu une main en cherchant quelque chose à utiliser comme arme.

Paolo avait dû penser exactement la même chose, car elle le vit écarquiller les yeux.

— Ou alors, elle a été cassée, suggéra Olivia d'une petite voix.

Paolo hocha la tête.

— Je crois que cette bouteille a peut-être été cassée, murmura-t-il.

Ils essayaient tous les deux de ne pas regarder dans le coin où avait eu lieu le drame.

— Je ne suis pas sûre que ton client pourra recevoir sa commande, dit Olivia.

Paolo recula.

— Je vais prendre le cru 2013 à la place. Retire-le de la liste pour moi, je te prie. Je suis sûr que, dans ce cas, il comprendra.

Du comptoir, Olivia entendit un cri de colère.

— Paolo, que faites-vous ? Qu'est-ce qui vous prend si longtemps ?

Repartant au lieu de dégustation en toute hâte, Olivia y vit Gabriella, la directrice du restaurant.

— Je ne veux pas que vous passiez du temps là-bas, dit Gabriella au serveur d'une voix basse parfaitement calculée pour qu'Olivia l'entende. Ça pourrait être dangereux, poursuivit-elle en adressant un coup d'œil haineux à Olivia.

Olivia la contempla d'un air consterné.

— Venez.

Gabriella fit sortir Paolo du lieu de dégustation d'un air protecteur. C'était la première fois qu'Olivia la voyait faire semblant de se soucier du jeune serveur et elle soupçonnait que c'était entièrement intéressé.

Il était clair que Gabriella pensait qu'elle avait commis le meurtre.

— Il y a toujours du danger, dit Olivia à voix basse en repartant vers l'autre bout du comptoir, où son client était prêt pour son vin suivant.

Quand elle l'eut servi et se fut occupé de trois clients de plus l'un juste après l'autre, elle se précipita vers les toilettes pour faire une petite pause.

En chemin, elle passa devant le bureau de Marcello. À l'intérieur, elle entendit un homme dire fort :

— C'est elle ou c'est moi, Marcello !

Olivia se demanda qui était en pleine confrontation avec le propriétaire de l'exploitation viticole et pourquoi. Elle était sûre que Marcello le calmerait avec son style habituel et inimitable. Elle devina que, quand on était à la tête d'une exploitation viticole, il fallait savoir gérer les disputes personnelles entre travailleurs.

Quand elle entra dans les toilettes des femmes, elle y croisa Nadia, qui sortait.

Se souvenant de sa conversation avec Marcello de ce matin, Olivia fut contente d'avoir rencontré Nadia par hasard. Après tout, c'était Nadia était la vigneronne et c'était dans ce domaine qu'elle manquait le plus de connaissances.

— Bonjour, dit Olivia avec un sourire. Je suis contente de te voir, Nadia. Pourrions-nous —

Elle allait demander si elles pourraient trouver une autre date pour effectuer la visite de l'installation de vinification.

Elle ne put pas le faire.

Nadia la contempla d'un air horrifié, puis bondit en arrière comme si Olivia avait été une tarentule qui était apparue dans l'embrasure de la porte.

Olivia vit une peur sincère dans ses grands yeux paniqués.

Lentement, elle recula.

—Je — Je ne vais pas te faire de mal, dit Olivia de façon peu convaincante en se sentant ridicule.

Saisissant l'opportunité qui s'offrait à elle, Nadia passa rapidement par l'embrasure de la porte et disparut en courant.

Olivia la regarda s'éloigner, stupéfaite.

Elle n'allait pas pouvoir se faire former par Nadia, qui semblait avoir trop peur de se retrouver en présence d'Olivia.

Olivia fronça les sourcils en se regardant dans le miroir et comprit qu'elle avait un problème.

Même si Marcello la pensait innocente, beaucoup d'autres étaient convaincus qu'elle était coupable.

Gabriella le pensait.

Nadia le pensait.

Avec un choc, elle comprit que la personne qu'elle avait entendue crier dans le bureau de Marcello le pensait probablement, elle aussi.

Pour continuer à travailler ici et pour acquérir les compétences qui lui faisaient besoin, Olivia allait devoir prouver son innocence. Il n'y avait qu'un moyen d'y arriver. Aussi dangereux que cela puisse être, elle allait devoir découvrir la véritable identité du tueur.

CHAPITRE VINGT-ET-UN

De retour dans le lieu de dégustation, Olivia se rendit compte qu'elle ne savait absolument pas par où commencer son enquête. Elle n'avait aucune formation dans ce style de travail et elle n'était pas sûre d'être douée pour cela.

Elle allait devoir se fier à ses instincts et faire de son mieux pour devenir détective autodidacte.

Quand elle se souvint de tous les efforts qu'il lui avait fallu pour écraser tous ces raisins et nettoyer la cuisine par la suite, Olivia décida qu'enquêter ne pouvait pas être plus difficile que produire du vin.

Elle espéra aussi que ça ne serait pas aussi salissant.

Elle décida qu'elle commencerait par parler à Paolo mais, quand elle se souvint de l'agressivité de Gabriella, elle se dit qu'elle allait devoir communiquer avec lui de façon à ne pas éveiller de soupçons.

Dès qu'elle eut un moment de libre, elle fouilla sous le comptoir et y trouva un stylo et du papier. Elle arracha un morceau de papier à une page et écrivit un message dessus.

— Retrouve-moi sous le grand olivier à dix-sept heures. Il faut qu'on parle discrètement.

Elle plia le message pour en faire un minuscule morceau de papier.

Entrant dans le restaurant, elle approcha discrètement de Paolo. Elle lui prit une main et y plaça le papier avant de se retourner et de s'éloigner.

— Quoi ? demanda-t-il, perplexe. C'est quoi, ça ?

Olivia s'arrêta sur place et se retourna. Elle fronça anxieusement les sourcils quand Paolo déplia le papier.

— Tu veux qu'on se retrouve sous l'olivier à dix-sept heures ? demanda-t-il, perplexe.

— Euh — oui, dit Olivia en commençant à se demander si elle avait eu une bonne idée.

— Pour qu'on puisse parler discrètement ?

Un des autres serveurs se retourna, surpris. Olivia commença à rougir.

— C'est ça.

Elle se résigna à l'idée que son plan n'allait pas se dérouler comme prévu. Elle n'était peut-être pas douée pour être enquêtrice. D'un autre côté, Paolo ne semblait pas non plus comprendre l'esprit du message aussi bien qu'elle l'aurait voulu.

— Tu veux dire aujourd'hui ?

— Oui, aujourd'hui.

— Le gros olivier devant le lieu de dégustation ?

— Oui, celui-là.

— D'accord, Olivia, promit-il. J'y serai.

Olivia vit Gabriella approcher avec un air renfrogné.

— Je ferais mieux d'y aller.

Toute cramoisie, elle repartit précipitamment dans le lieu de dégustation.

Maintenant qu'elle était consciente de la situation, elle commençait à comprendre que beaucoup de gens avaient la même impression. La majorité des membres du personnel de l'entreprise, peut-être influencés par l'attitude de Nadia, lui passaient devant à toute vitesse et détournaient le regard.

Elle remarqua que Marcello avait beaucoup d'entretiens dans son bureau et que, lors de beaucoup d'eux, il y avait des cris, l'employé sortait furieusement du bureau puis évitait de passer par le comptoir de dégustation d'Olivia.

Olivia craignait que sa présence en ces lieux, aussi innocente qu'elle soit, n'ait commencé à nuire à la cohérence de cette entreprise familiale soudée et à créer des conflits entre des groupes de gens qui avaient travaillé en harmonie pendant des années, sinon même des décennies. Même si Luigi avait été bourru et antipathique, il avait quand même été l'un d'eux alors qu'Olivia ne l'était pas.

Cela présentait un problème supplémentaire : en effet, cela réduisait le champ des personnes auxquelles elle allait pouvoir parler. Si les gens craignaient qu'elle ne soit l'assassin, ou s'ils étaient du côté de Luigi, ils ne répondraient pas franchement à ses questions, ou ils n'y répondraient pas du tout.

Mis à part Paolo, qui était de son côté, qui d'autre était encore aimable avec elle ?

Antonio, le frère de Marcello, lui avait souri quand il avait traversé l'exploitation viticole ce matin. Cela devait vouloir dire qu'il était du côté d'Olivia, pas de celui de Luigi.

Olivia décida de l'interroger dès qu'elle en aurait l'occasion.

Son opportunité se présenta juste après le déjeuner, quand Antonio entra dans le lieu de dégustation en poussant un chariot qui portait une pile de boîtes.

— Ah, Olivia, dit-il en la saluant d'un hochement de tête amical, voici un nouveau stock de nos blancs et l'assemblage de rouges Miracolo. Sais-tu où il faut les mettre ?

— Oui, je sais où on les stocke, dit Olivia, contente d'avoir remarqué comment Luigi rangeait les boîtes.

Il fit passer le chariot par l'embrasure de la porte et ils se retrouvèrent seuls dans l'espace de stockage.

— Je suis reconnaissant que tu aies pu devenir sommelière en chef après ce terrible accident, dit Antonio. Ce genre de chose ne s'était jamais produit dans cette exploitation viticole.

— Je vois que ça cause des problèmes, dit prudemment Olivia. Les gens ont peur. Même moi, je me sens mal à l'aise parce que je ne sais pas ce qui s'est passé ou qui l'a fait. Je me suis demandé qui aurait pu avoir un mobile. Est-ce que quelqu'un avait un problème avec Luigi ?

Elle souleva un côté de la boîte et ils la posèrent doucement sur la bonne pile.

— Tout le monde avait un problème avec Luigi, dit Antonio. Il n'était pas une personne aimable. Ses connaissances œnologiques étaient immenses et c'est pour ça qu'on l'avait embauché mais, du point de vue relationnel, j'ai toujours pensé qu'il était … c'est quoi le mot, déjà ? Un handicap pour notre entreprise, voilà le mot. Je sais que Marcello pense la même chose, mais il essayait de rester impartial. Nous en avons discuté en privé à plusieurs occasions.

— Pourquoi ?

— Luigi était impoli. Il n'avait pas de … Comment dit-on en anglais ? Il n'avait pas de percolateur.

— Pas de percolateur ?

Olivia ne comprenait pas pourquoi c'était important. Est-ce qu'Antonio voulait dire que Luigi était impoli parce qu'il ne préparait jamais le café ?

Soudain, elle comprit.

— Ah, tu veux dire pas de filtre. Il disait tout ce qu'il pensait.

— C'est ça, oui. Aucun filtre. Il insultait beaucoup de gens de manière personnelle. Un jour, j'ai trouvé l'assistante vigneronne de Nadia, Claudia, en larmes après que Luigi avait goûté le vin 'Le Estate

Chardonnay', dont elle avait calculé la formule. Il avait apparemment dit que c'était un vin de débutant sans cerveau ni jugement.

— C'est méchant, convint Olivia.

— Le pire, c'est que c'est un bon vin dont tout le monde a chanté les louanges. Luigi le savait et il avait le palais précis. Donc, il avait délibérément menti pour faire souffrir Claudia. Je crois que ce n'était pas la première fois. C'était un tyran. S'il se sentait offensé pour une raison ou pour une autre, il se défoulait sur les autres.

— Avait-il une victime particulière ?

— Mis à part toi ? demanda Antonio en grimaçant. Claudia, sans nul doute. C'était surtout quand Nadia n'était pas dans les parages qu'il rendait cette pauvre fille malheureuse. Oh, il y avait aussi deux ouvriers du vignoble qu'il détestait : Ben, qui dirige la maintenance des équipements, et Danilo, qui s'occupe du transport. Je crois que c'était un problème personnel. Ils sont tous du même petit village. Leurs différends remontent à beaucoup d'années et ils ne sont jamais entièrement résolus.

— Sais-tu s'il y a eu un conflit récent ?

Antonio réfléchit soigneusement.

— Non. Je dirais que, depuis une ou deux semaines, ça allait mieux. Son hostilité semblait avoir diminué. C'était peut-être parce que tu étais sa nouvelle cible. Du moins, j'ai remarqué que Luigi semblait distrait et ne faisait pas d'efforts pour s'en prendre à ses adversaires.

— Je vois.

Olivia fronça les sourcils. Cela lui donnait matière à penser.

Ils enlevèrent la dernière boîte du chariot.

— Merci pour ton aide, dit Antonio. Si tu es à court de vins, quels qu'ils soient, dis-le-moi. Dans cette saison frénétique, ils se boivent très vite.

— Je ferai ça, promit Olivia. Merci.

Elle retourna au lieu de dégustation, perplexe. En théorie, n'importe laquelle de ces personnes aurait pu assassiner Luigi par pure colère. Toutefois, comme le conflit qui opposait Luigi à tous ces gens-là s'était apaisé depuis une ou deux semaines, Olivia ne savait plus que penser.

Olivia soupira. L'enquête ne se déroulait pas avec autant d'aisance qu'elle l'avait espéré. Si l'inspectrice Caputi interrogeait les ouvriers et s'ils lui disaient la même chose, son intelligence la pousserait à soupçonner Olivia plus que jamais.

Si Luigi avait été distrait, cela devait être pour une autre raison.

Le changement de comportement qu'Antonio avait remarqué chez lui était une information importante. Ce serait peut-être la clé de ce mystère, si Olivia arrivait en découvrir la cause.

*

À dix-sept heures exactement, Olivia sortit pour aller retrouver Paolo sous l'olivier. Il avait enlevé la chemise blanche amidonnée qu'il avait portée pour servir au restaurant et mis un tee-shirt avec le logo de l'équipe de football ACF Fiorentina.

— Je vais jouer au football avec mes amis, maintenant, lui dit-il en souriant. Qu'as-tu besoin de savoir ?

— Je veux que tu me parles de Luigi, dit Olivia.

— Tu cherches des raisons pour son meurtre ? demanda Paolo en levant les sourcils. J'espère que tu les trouveras. Tout le monde est curieux et inquiet. Certains ont peur.

— Quelqu'un a dû le haïr assez pour le frapper à la tête avec la bouteille de Miracolo 2012, convint Olivia. Je veux découvrir qui c'est pour que les gens arrêtent de penser que c'est moi.

— Au restaurant, tout le monde ne pense pas que c'est toi, dit Paolo d'un ton apaisant.

Olivia se mordit la lèvre inférieure.

— Je préférerais que personne ne le pense. J'ai besoin de ce travail et c'est difficile de le faire correctement si tout le monde me fuit et si tout le monde va voir Marcello pour lui dire qu'il ne veut plus travailler ici si j'y reste.

Paolo hocha la tête.

— Oui, je comprends que c'est difficile.

— J'ai remarqué que Luigi semblait avoir un problème avec Gabriella, dit Olivia. Y a-t-il une raison ?

Paolo lui fit un petit sourire ironique.

— En fait, oui.

— Alors ? demanda Olivia pour l'encourager en sentant l'espoir renaître.

Paolo baissa la voix et s'approcha d'elle.

— Gabriella est l'ex-petite amie de Marcello.

— Quoi ? demanda Olivia en se penchant plus près et en réfléchissant à cette information.

— Ils sont sortis ensemble un an ou deux. Elle a emménagé chez lui pendant quelque temps. Pourtant, ça n'a pas marché et c'est de sa faute. Le comportement qu'elle a eu à ton égard, c'est sa vraie nature. Toutefois, comme, à ce stade-là, elle était déjà directrice du restaurant, Marcello n'a pas voulu qu'elle perde son travail. De toute façon, quand Marcello a cassé avec Gabriella, elle est sortie brièvement avec Luigi, dit Paolo à voix basse.

— Avec Luigi ? demanda Olivia en levant les sourcils, surprise que ces informations soient aussi croustillantes.

— Je les ai vus s'embrasser ici dans le parking. Ensuite, j'ai commencé à remarquer d'autres choses, d'autres détails. Je crois que Gabriella s'était assurée que Marcello soit au courant. Ça n'a pas duré longtemps et, bien sûr, c'était pour de mauvaises raisons.

— La lutte contre la solitude ?

— Oui, et pour rendre Marcello jaloux.

Olivia eut l'impression que ses sourcils allaient peut-être monter jusqu'à ses cheveux. Cette histoire tout entière dépassait de loin les limites de son imagination.

Elle essaya d'imaginer ce qu'elle ferait si elle sortait avec Marcello et s'il cassait avec elle. Dans son imagination, elle alla jusqu'à sortir avec lui puis se rendit compte qu'elle était à bout de souffle. Ce qui pourrait se passer au-delà de ce stade, elle n'osait pas l'imaginer.

— Pourquoi la liaison avec Luigi a-t-elle pris fin ? demanda-t-elle en se forçant à en revenir aux points les plus importants de la conversation.

— C'est Luigi qui a rompu et il ne l'a pas fait à l'amiable, avoua Paolo à voix basse. Je les ai entendus se disputer. Il s'est moqué d'elle devant trois des serveuses. Il a dit qu'il savait qu'elle avait essayé de se servir de lui et qu'il avait fait la même chose avec elle.

Olivia écarquilla les yeux. Cette expérience avait dû être émotionnellement dévastatrice pour Gabriella. Qu'elle ait utilisé Luigi ou pas, le vieil adage qui disait que la fureur d'une femme méprisée dépassait tout ce que l'enfer avait à offrir était sûrement pertinent ici. Gabriella avait dû être folle de rage.

— À quand remonte tout cela ? demanda Olivia.

— Marcello a cassé avec Gabriella en décembre, dit Paolo. La liaison avec Luigi a commencé en février et s'est terminée au début d'avril.

Olivia fronça les sourcils. Elle aurait préféré des événements plus récents mais, en fait, Gabriella avait peut-être réprimé ses sentiments et sa colère avait pu s'accumuler avec le temps jusqu'à exploser.

De toute façon, Gabriella était maintenant son suspect principal. Olivia avait une expérience personnelle de la cruauté et de la méchanceté dont la directrice du restaurant pouvait faire preuve. Une femme capable de se moquer d'une assistante sommelière innocente en public pouvait frapper quelqu'un à la tête avec une bouteille de vin assez fort pour provoquer la mort. Olivia en était sûre.

Comme Luigi, Gabriella n'avait aucun filtre, ou aucun percolateur, comme Antonio aurait dit. Elle était visiblement lunatique et imprévisible. Elle était exactement la sorte de personne capable de commettre ce type de crime puis de le nier avec colère tout en accusant quelqu'un d'autre. Olivia l'imaginait sans difficulté faire ça.

Elle se sentit excitée que son enquête porte déjà ses fruits. Maintenant, tout ce qu'il lui restait à faire, c'était prouver la culpabilité de la directrice du restaurant.

CHAPITRE VINGT-DEUX

Quand Olivia jeta un coup d'œil dans le restaurant, elle remarqua qu'il n'y avait pas de clients et que Gabriella et quelques autres membres du personnel de soirée se préparaient pour le service suivant.

Avant de rentrer chez elle, Olivia décida d'entrer dans le restaurant et d'y poser quelques questions supplémentaires. Le plus tôt Gabriella pourrait être accusée de ce crime, le mieux ce serait.

Elle prit un bloc-notes sur le comptoir et entra dans le restaurant avec détermination.

Gabriella était à la réception. Elle portait une veste noire et ses cheveux zébrés étaient attachés. Elle était prête pour le service du soir. Elle était en train de consulter les réservations en ligne mais prit quand même le temps de contempler Olivia d'un air renfrogné.

— Que faites-vous ici ? demanda-t-elle.

Dans son nouveau rôle, Olivia savait qu'elle avait tous les droits d'être dans le restaurant. Gabriella essayait seulement de l'intimider. Cela indiquait sans aucun doute qu'elle était coupable et Olivia ressentit un frisson de satisfaction en ayant l'impression qu'elle se rapprochait de son but.

— Je suis venue vérifier le stock. Je fais l'inventaire, dit-elle.

Gabriella ouvrit la bouche comme pour dire qu'elle n'en avait pas le droit, puis elle la referma.

Quand Olivia se rendit à la cave à vins à parois de verre, Gabriella ouvrit la bouche une deuxième fois.

— Je ne veux pas que vous veniez ici sans être accompagnée, dit-elle sèchement. Je n'ai pas confiance en vous. Il y a eu un meurtre, ici.

Saisissant l'occasion, Olivia acquiesça immédiatement.

— Bien sûr. Nous avons tous peur, ces temps-ci. Peut-être pourriez-vous demander qu'une des serveuses entre dans la cave avec moi ?

Gabriella hocha la tête et aboya un ordre à la serveuse la plus proche.

La jeune fille entra à contrecœur dans la cave à vins.

Dès que la porte fut fermée, Olivia lui fit un sourire charmeur.

— Merci d'être entrée ici avec moi. Ça m'aide à me sentir protégée. J'ai très peur, ces temps-ci. Je m'appelle Olivia, au fait.

La fille contempla Olivia avec surprise, comme si elle ne s'était pas attendue à ce qu'elle ait peur. Visiblement, elle croyait elle aussi qu'Olivia était l'assassin.

— Je m'appelle Anna, dit-elle.

Avançant jusqu'au casier à bouteilles de vins le plus lointain, Olivia fit semblant de les compter.

— Vous savez, quand une chose aussi terrible que celle-là se produit, on se souvient exactement de l'endroit où on était au moment fatidique et de ce qu'on faisait quand on a appris la nouvelle. Avez-vous eu cette impression ? demanda Olivia.

— Oui ! dit Anna en hochant la tête avec enthousiasme. C'est tout à fait exact. Je me souviens que, quand j'ai appris la nouvelle, j'étais en train d'essuyer les verres. C'est un travail que je fais la plupart des jours, au début de mon service. Je suis sûre que, à chaque fois que je les essuierai à nouveau, je me souviendrai du moment où Jackie, l'assistante directrice, est entrée à toute vitesse et nous a dit que nous devions fermer le restaurant et rentrer chez nous, qu'il n'y aurait pas de service ce soir parce que quelqu'un était mort.

Olivia nota ce qu'elle avait dit. Jackie était entrée à toute vitesse. Cela n'innocentait pas Gabriella. Olivia ressentit un moment d'excitation. Pourquoi la directrice du restaurant n'avait-elle pas parlé au personnel elle-même ?

— Savez-vous où Gabriella était ? demanda-t-elle d'une voix qu'elle garda aussi neutre que possible.

Anna réfléchit un moment en contemplant le plafond en poutres de bois.

— Elle n'était pas là. Elle était partie pour la journée, à l'heure du déjeuner. C'est pour cette raison que Jackie était en charge de nous.

La déception noua l'estomac à Olivia. Son suspect principal avait un alibi.

— Je vois, dit-elle d'un ton sérieux en griffonnant à nouveau quelque chose sans signification sur son bloc-notes et en examinant la dernière étagère. Donc, elle a été absente tout l'après-midi ?

— Oui. Je n'arrive pas à me souvenir de la raison exacte. Je crois qu'elle devait assister à un lancement de produit.

— Je trouve admirable que vous vous souveniez de tous ces détails, dit tristement Olivia. Bon, je crois que j'en ai fini ici. Merci de m'avoir tenu compagnie, Anna. J'ai eu beaucoup de plaisir à faire votre connaissance.

— Pareillement.

Anna s'arrêta avant d'ouvrir la porte.

— J'avais une autre opinion de vous avant de vous rencontrer, Olivia. Je suis contente que nous ayons eu la possibilité de discuter. Ça m'a fait changer d'avis sur certaines choses.

Olivia ressentit un grand soulagement. Elle avait réussi à convaincre une personne de plus qu'elle n'était pas coupable du crime. Même si son enquête se trouvait temporairement dans une impasse, au moins, elle avait gagné une alliée qui, auparavant, avait été du côté de Luigi.

Quand elle sortit du restaurant, elle se demanda soudain si Gabriella avait pu préméditer son crime. Elle aurait pu se créer un alibi et s'absenter discrètement pour se livrer à ses méfaits.

Le problème, c'était que Gabriella, comme Luigi et quasiment tous les autres travailleurs de l'exploitation viticole, conduisait une Fiat. Olivia se creusa la cervelle mais n'arriva pas à se souvenir du nombre de Fiat qu'il y avait eu dans le parking ce soir-là, ni à qui elles appartenaient.

Pourquoi cette femme ne pouvait-elle pas conduire une Alfa Romeo, une Ferrari ou une Lamborghini ?

Olivia soupira. Elle venait de répondre à sa propre question. Si on était italien et qu'on voulait conduire une marque locale et abordable, on choisissait Fiat, point à la ligne. De toute façon, sa théorie excitante avait fait long feu. Être enquêtrice, c'était plus difficile qu'elle l'avait cru, mais il ne fallait pas se laisser décourager.

Olivia réfléchit plus intensément et se rendit compte qu'il y avait un autre angle qu'elle pourrait explorer ce soir, avant de partir. Elle frissonna à cette idée, parce qu'il comportait un risque mais pourrait porter ses fruits si elle était assez courageuse.

Olivia regarda sa montre et vit qu'il était six heures dix, le début de la soirée. L'exploitation viticole était plus calme que jamais. Tout le personnel de la journée était parti et les clients du soir du restaurant ne commenceraient à arriver que dans une heure. Le lieu de dégustation était entièrement fermé car, après les heures de la journée, les clients accédaient au restaurant par la porte latérale et n'utilisaient pas du tout l'entrée principale.

Sentant qu'elle avait la chair de poule, Olivia déverrouilla l'espace de stockage et y entra sur la pointe des pieds. Alors, elle se dirigea vers le bureau de Luigi, qui était près du fond.

Elle savait qu'elle aurait des ennuis si on la surprenait en train de fouiller dans le bureau de Luigi après les heures de travail, mais le risque en valait la peine parce que, si elle ne pouvait pas prouver son innocence, elle serait forcée de quitter ce travail. Jamais Marcello ne pourrait résister à toutes les plaintes du personnel de l'exploitation viticole.

L'exploitation viticole était une grande famille et les Italiens plaçaient toujours la famille en premier. Olivia était sûre que Marcello finirait par céder. Après tout, en tant que chef de famille, c'était à lui de résoudre les conflits. Olivia n'était qu'une marginale superflue, même si, quand elle avait regardé dans les yeux de Marcello, elle s'était demandée avec une trépidation du cœur si elle pourrait devenir plus que cela un de ces jours.

Quand Olivia pensa à cette possibilité, elle retrouva sa motivation. Sauver sa réputation et son travail était une chose assez importante en soi mais si, un jour, elle pouvait sortir avec Marcello …

Pour aller boire un café ou du vin. Bien sûr, ce serait plus probablement du vin.

Presque indépendamment de sa volonté, le cœur battant la chamade dans sa poitrine, Olivia s'introduisit dans l'espace de stockage en contournant prudemment les étagères. Elle ne pouvait pas se permettre d'en bousculer une maintenant, alors qu'elle n'était pas du tout censée être ici et encore moins se faufiler vers la porte fermée du bureau. Cet endroit avait été le domaine de Luigi, un endroit où elle n'était jamais allée ; si elle avait eu besoin de lui demander quelque chose, elle était restée dans l'embrasure de la porte.

Sentant qu'elle respirait avec difficulté, Olivia poussa la porte du bureau, soulagée qu'elle ne soit pas verrouillée, et alluma la lumière.

Le plafonnier illumina le bureau en bois, le chariot en acier avec deux bouteilles de vin dessus et la chaise recouverte de cuir.

Retenant son souffle, Olivia alla au bureau. Il était bien rangé et elle se souvint que cela avait aussi été le cas du vivant de Luigi. Il n'avait pas beaucoup utilisé ce bureau, car il avait effectué la majorité de son travail dans le lieu de dégustation. Il était peu probable qu'elle trouverait un indice ici.

Pourtant, c'était la seule chance qu'elle avait.

Sur le bureau, il y avait un presse-papiers en métal en forme de feuille de vigne, mais sans papier dessous.

Elle ouvrit le tiroir du haut. Il y avait un carnet, qui contenait quelques notes dans l'écriture ramassée et presque illisible de Luigi. Les notes étaient en italien et elle ne les comprenait pas, mais elles ne semblaient pas être des dates, des heures ou des rendez-vous. En fait, cela semblait être une série de notes personnelles qu'il avait rédigées sur divers vins.

Le deuxième tiroir contenait une boîte de cartes de visite et une pile de fiches de dégustation obsolètes.

C'était tout. Elle avait inspecté tous les tiroirs et elle n'en savait pas plus qu'au moment où elle avait commencé à fouiller les lieux.

Olivia baissa les yeux vers la corbeille. Il n'y avait rien dans le petit panier en osier, mais elle vit un bout de papier par terre à côté. Peut-être Luigi avait-il raté la corbeille quand il l'avait jeté, ou alors, le morceau de papier était tombé du bureau et avait atterri par terre quand quelqu'un avait ouvert la porte.

Elle le ramassa. Il comportait une série de nombres. C'était probablement le code-barres d'un des vins, supposa-t-elle. Elle le mit dans son sac à main parce qu'elle voulait emporter quelque chose avec elle pour ne pas être obligée de repartir les mains vides.

Au moment où elle allait partir, Olivia s'immobilisa.

Elle entendait des bruits de pas à l'extérieur.

Quelqu'un traversait l'espace de stockage et allait dans la direction du bureau de Luigi.

Le cœur d'Olivia se mit à battre la chamade.

C'était la fin. Elle allait être découverte dans ce bureau. Son idée irréfléchie allait se terminer sur un désastre.

CHAPITRE VINGT-TROIS

Sans oser respirer, Olivia tendit un bras vers l'interrupteur. Aussi silencieusement que possible, elle l'éteignit pour que le bureau soit plongé dans l'obscurité et que celui qui arrivait ne voie pas de rai de lumière sous la porte.

Cependant, s'il entrait dans le bureau, Olivia ne pourrait se cacher nulle part.

Elle s'accroupit derrière le bureau. Si quelqu'un jetait un coup d'œil à l'intérieur, il pourrait ne pas l'y voir. Bien sûr, s'il contournait le bureau, il la trouverait dans une position pour le moins embarrassante. Comment ferait-elle pour expliquer pourquoi elle se cachait ?

En pensant à l'embarras dont elle risquait de souffrir, Olivia parvenait à oublier que son sort pourrait être encore pire.

Le pire serait que l'assassin lui-même soit revenu inspecter la scène de crime et effacer toutes les preuves. Le cœur d'Olivia tressaillit. Comment donc avait-elle pu se placer dans une situation aussi dangereuse ?

Avait-elle cru que, si l'assassin la trouvait, il serait content et dirait : 'Oh, merci, Olivia, c'est merveilleux que tu essaies de résoudre cette énigme' ?

Ou alors, si l'assassin se mettait en colère, attraperait-il une autre bouteille de vin ? Comme il l'avait déjà fait, il pourrait recommencer. Il y avait des quantités de bouteilles de Miracolo 2013 sur place.

Olivia voulait prouver son innocence, mais pas en devenant la prochaine victime. Ce serait exagéré.

Les bruits de pas s'arrêtèrent. Alors, lentement, ils s'éloignèrent.

Olivia expira lentement. Elle avait les mains qui tremblaient. Elle se dit qu'elle n'était pas faite pour être enquêtrice. Cette expérience avait été terrifiante. À présent, la meilleure chose qu'elle puisse faire serait de sortir d'ici et de rentrer chez elle, aussi vite et aussi silencieusement que possible.

La chose la plus raisonnable à faire serait de renoncer à cette enquête absurde, mais Olivia ne savait pas si elle était encore prête à l'accepter.

Elle ouvrit discrètement la porte et se glissa dehors en la refermant prudemment derrière elle. Alors, elle revint dans le lieu de dégustation sur la pointe des pieds. Alors qu'elle se dirigeait vers la sortie, quelqu'un l'appela par son nom. Elle sursauta vigoureusement et son cœur se remit à battre la chamade.

— Olivia, attendez.

C'était Marcello.

Quand Marcello marcha vers elle, son cœur continua à battre vite, mais pour une raison différente. Il tenait une bouteille de vin, qu'il avait dû prendre sur une étagère de l'espace de stockage. C'étaient ses pas qu'Olivia avait entendus là-bas et c'était ce qu'il avait fait.

— Est-ce que ça va ? demanda-t-il. La journée a été longue pour vous.

— Je — Je vérifiais que tout soit en ordre pour demain, dit-elle.

En fait, c'était partiellement vrai. C'était bien ce qu'elle avait fait, jusqu'au moment où elle avait fouillé le bureau de Luigi.

— Aimeriez-vous un verre de vin ? demanda Marcello.

Aimerait-elle un verre de vin ? En voilà une question !

— Ce serait un plaisir, dit Olivia.

Marcello sourit. Il avança jusqu'au comptoir, sortit une chaise pour elle et descendit deux verres de l'étagère.

— Aujourd'hui, c'est l'anniversaire du vin Miracolo, dit-il. Chaque année, à la même date, je prends une bouteille dans le lieu de dégustation pour repenser à l'assemblage qui nous a rendus célèbres et pour réfléchir à la chose étrange qu'est la coïncidence. Je me souviens très bien de ce jour et je suis content que vous soyez ici pour l'apprécier avec moi maintenant.

Il remplit deux verres et Olivia fit tinter son verre contre le sien. Le cristal délicat produisit un son discret.

— Parlez-moi de ce jour, s'il vous plaît. Que s'est-il passé ? demanda-t-elle.

Elle voulait entendre parler Marcello et c'était pour elle une occasion de l'écouter dire ce qu'il avait le plus à cœur.

Elle sirota lentement le vin en se délectant de ses saveurs incroyables et en écoutant Marcello.

— J'avais dix-huit ans et j'étudiais dans le bureau quand mon père est entré précipitamment. Il m'a crié de venir tout de suite et, dans ma précipitation et mon inquiétude, j'ai renversé la table en sortant. Je pensais qu'il avait dû y avoir un incendie ou que le plafond du bâtiment de vinification, que j'avais aidé à construire, s'était effondré.

Olivia écoutait attentivement.

— Il m'a dit de goûter le vin et j'ai immédiatement compris que c'était un cru qui pourrait faire décoller notre entreprise. Je n'ai pas le palais de Nadia. C'est elle qui comprend le mieux les saveurs mais, comme j'avais grandi dans une exploitation viticole, j'avais vite appris la différence entre le bon et le mauvais vin.

— J'imagine que vous avez pu chouraver pas mal de bouteilles, fit remarquer Olivia, et Marcello rit.

— Pour un adolescent, la tentation était irrésistible, oui. C'est quand j'en ai amené une à l'école que j'ai commis ma plus grosse erreur. À cause du poids et de la forme de la bouteille, le professeur a vu ce que je cachais dans mon sac dès que je suis entré. Cela a été une expérience humiliante et mes amis n'ont pas cessé de me la rappeler.

Alors, ce fut Olivia qui rit.

— Parlez-moi de vous, Olivia. Aimez-vous l'Italie ? Êtes-vous heureuse là où vous logez ?

L'espace d'un instant, Olivia fut tentée de parler à Marcello de l'incroyable propriété qu'elle avait vue, qui était à vendre et où elle rêvait d'habiter pour toujours.

Elle ne pouvait pas lui dire tout ça, bien sûr. Elle se rendit compte qu'elle ne pouvait même pas y faire allusion. Cela aurait revenu à lui avouer qu'elle rêvait d'une autre vie, d'une vie qu'elle savait qu'elle ne pourrait jamais avoir.

— J'adore l'Italie, dit-elle.

Elle pouvait au moins être honnête sur ce point.

— J'ai l'impression d'y être chez moi. Je voudrais ne jamais partir. Quant à mon travail, il me plaît, même si je suis consciente que les gens n'aiment pas que je travaille ici maintenant.

Comme c'était un problème dont Marcello avait été informé en tout premier lieu, Olivia ne voyait plus aucune raison d'éviter d'en parler.

— Ça passera, dit Marcello pour la rassurer. Nous avons déjà survécu à de nombreux problèmes.

Qu'entendait-il par là ? se demanda Olivia. Les mots qu'il avait choisis semblaient étranges. Est-ce que Marcello prenait ce meurtre un peu trop à la légère ou est-ce qu'il suggérait qu'elle devrait en faire autant, et si oui, pourquoi ?

Il sourit et les soupçons d'Olivia disparurent immédiatement quand elle remarqua que cette expression lui réchauffait le regard et donnait à ses yeux une teinte bleu océan profond. Elle en eut le souffle coupé et faillit laisser tomber son verre de vin.

Elle eut beaucoup de mal à se retenir de fondre sur place quand il se pencha vers elle et prit sa main dans la sienne avant de la serrer gentiment l'espace d'un instant.

Olivia ne put penser qu'à la pression chaude et ferme des doigts de Marcello sur les siens.

Était-ce une marque d'amitié ou est-ce que cela signifiait autre chose ?

Elle sentait que c'était autre chose mais n'osait pas le dire à voix haute. Vu la complexité de la situation actuelle, elle se dit qu'il hésiterait à aller plus loin et qu'elle se devait de l'imiter.

Marcello lui lâcha la main. Il le fit à contrecœur, comme s'il se forçait à se retenir à cause des circonstances actuelles alors qu'il aurait préféré se laisser aller. Ensuite, il vida son verre et elle fit de même.

— Merci de m'avoir tenu compagnie, dit-il.

— J'ai beaucoup apprécié de partager ce vin merveilleux avec vous, dit Olivia.

— Moi aussi. Passez une bonne soirée.

Olivia quitta les lieux comme si elle avait flotté sur un petit nuage. Bien que son enquête n'ait pas beaucoup progressé, elle avait l'impression que sa relation professionnelle avec Marcello évoluait lentement. Elle n'était pas certaine de la direction qu'elle prenait, surtout dans ces circonstances compliquées. Elle finirait peut-être par une bonne amitié mais, s'il avait les mêmes sentiments qu'elle, Olivia se disait que, un jour, cette amitié pourrait devenir autre chose.

*

Alors qu'Olivia était à mi-chemin entre l'exploitation vinicole et la villa, elle entendit un doux bruit de sabots derrière elle. Trottant fidèlement dans le noir, Erba suivait à nouveau Olivia jusqu'à la villa.

— Que vais-je donc faire de toi, ma petite chèvre ? demanda Olivia.

L'animal vagabond semblait avoir adopté Olivia, ou peut-être appréciait-elle juste d'aller coucher à la villa.

Olivia supposa qu'elle allait devoir la remmener tous les matins et s'assurer d'avoir un stock de carottes dans le réfrigérateur, car Erba semblait les apprécier pour le petit-déjeuner.

Quand elle fut à la villa, Erba sauta joyeusement sur le rebord de la fenêtre d'Olivia et commença grignoter une plante grimpante.

À l'intérieur, l'arôme de poulet rôti remplissait la maison. Charlotte était au poêle et elle mélangeait de la crème à la polenta.

Dès qu'elle vit Olivia, elle se détourna anxieusement du poêle.

— Je suis contente que tu sois rentrée, parce que je m'inquiète pour notre vin. Est-ce qu'il est censé faire ça ?

— Faire quoi ?

Olivia jeta un coup d'œil à la cuve à fermentation, qu'elles avaient installée sur le plan de travail de la cuisine.

— Ça a l'air un peu gonflé.

Olivia regarda les raisins de plus près. Charlotte avait raison. Le contenant en plastique semblait bien avoir gonflé.

— As-tu essayé de l'ouvrir ? Il pourrait y avoir une accumulation de gaz à l'intérieur.

— Je l'ai fait, mais le couvercle est bloqué. Je n'arrive pas à le dévisser.

— Oh, zut, alors.

Olivia réfléchit un peu plus, s'efforçant d'oublier son enquête pour se consacrer au sujet tout aussi pressant de leur premier cru fait maison.

— Quand Eduardo reviendra, nous pourrons lui demander de dévisser le couvercle. Entre temps, nous devrions peut-être mettre ça à l'extérieur. Juste au cas où.

Charlotte hocha la tête.

— C'est une bonne idée. Juste au cas où.

Olivia souleva la cuve à fermentation, la porta prudemment à la porte de la cuisine et la posa à l'extérieur.

Alors, pendant que Charlotte leur servait le poulet et la polenta, qui dégageaient un arôme délicieux, Olivia leur versa à chacune un verre du vin de la bouteille qu'elle avait rapportée la veille.

Olivia leva le verre, ravie de pouvoir goûter un vin aussi renommé.

Il avait une odeur étonnante et Olivia repéra un arôme de chocolat noir intense avec un soupçon de grains de poivre. Ce Français avait dû être fou pour ne pas adorer ce vin, pensa Olivia.

Elle le sirota en appréciant son fruité plein et doux. Elle se souvint de ce que Luigi avait dit sur la maturité du vin, sur les changements qu'elle apportait au profil du goût. C'était un vin entièrement mûr et elles le buvaient au moment où il était le meilleur. Quel délice !

Alors, Olivia se força à oublier ce vin exquis. Si elle voulait finir son CDD estival à La Leggenda sans que l'exploitation viticole se retrouve en état de guerre par sa faute, il fallait qu'elle découvre ce qui s'était passé dans ce lieu de stockage et comment Luigi était mort.

Tout en mangeant, Olivia réfléchit intensément. Cette enquête n'était pas facile. Y avait-il une chose qu'elle avait oubliée ou à laquelle elle n'avait pas prêté assez d'attention ? Elle avait l'impression qu'elle était obligée de jongler avec dix assiettes et qu'elle allait les laisser toutes tomber.

À l'extérieur, on entendit une forte explosion.

Effrayée, Olivia laissa tomber sa fourchette et Charlotte hurla. Elle secoua involontairement son verre et du vin éclaboussa la table en bois.

— Qu'est-ce que c'était, bon sang ? demanda Olivia.

Elles se rendirent à la porte sur la pointe des pieds et jetèrent un coup d'œil à l'extérieur.

— Oh, non !

Olivia contempla le désastre avec consternation. Le mélange avait si bien fermenté qu'il avait explosé en expulsant le couvercle de la cuve à fermentation, qui gisait sur le côté à quelques mètres de la porte. Une forte odeur de fruits en cours de putréfaction remplissait l'air. Le tsunami de vin avait inondé toute la cour de la cuisine. Une partie du vin avait éclaboussé la fenêtre de la cuisine. Le reste avait formé une mare sur les dalles ornementales.

Erba jeta un coup d'œil depuis le coin, avança avec curiosité puis commença à laper le vin répandu.

Olivia se mit le visage dans les mains.

— Comment est-ce arrivé ? demanda-t-elle. Qu'avons-nous fait de mal ?

Charlotte secoua la tête, perplexe.

— Je croyais que nous avions suivi correctement toutes les instructions. Aurions-nous mis une mauvaise quantité de levure ?

— Je l'ai estimée par calcul mental, protesta Olivia.

Elle savait que le calcul mental n'était pas son fort et c'était pour cela qu'elle avait calculé la quantité de levure deux fois.

— Comment l'as-tu calculée ?

— J'ai calculé que nous avions juste un peu plus de huit litres de liquide. C'était bien ça, n'est-ce pas ?

Charlotte contempla la mare.

— C'est difficile à dire, maintenant, mais ça me semble être exact.

— Donc, selon la recette, j'ai utilisé deux cent quatre-vingt-trois grammes de levure.

Elles réfléchirent toutes les deux pendant un moment.

— Cela me semble un peu élevé, proposa Charlotte d'un ton apaisant. C'est comme si on avait fabriqué une bombe de cuisine, à mon avis. En fait, c'est ce que ça a été.

Olivia se mit le visage dans les mains.

— C'était censé être en grammes. J'ai dû me tromper avec toutes les mesures métriques et impériales, entre les paquets de levure et la recette. Au lieu de dix grammes, c'est-à-dire à peu près le tiers d'une once, j'ai mis dix onces.

Maintenant, elles savaient d'où était venue cette accumulation de gaz. Olivia laissa échapper un soupir de déception. Si elle ne pouvait même pas fabriquer quelques litres de vin artisanal, quelle chance aurait-elle de créer son propre cru un jour ?

— Ne désespère pas, dit Charlotte en lui serrant les épaules. C'est en faisant des erreurs qu'on apprend, n'est-ce pas ? Quant à Erba, elle semble apprécier ce vin, donc, on n'a pas tout perdu.

Olivia hocha la tête, acquiesçant à contrecœur. Se détournant de la désolation qui avait envahi le jardin, elle rentra dans la maison.

— Il faut que je découvre qui a tué Luigi, dit-elle avec passion. Si je ne peux pas travailler à La Leggenda, je ne pourrai jamais en apprendre assez. Je ferai erreur après erreur. J'ai besoin d'être guidée par un expert. Il faut que je prouve mon innocence.

Avec un soupir, Olivia s'assit et découpa sa deuxième part de poulet. Elle commençait à comprendre pourquoi l'inspectrice Caputi avait si peu d'humour. Quand une enquête traînait, cela retirait toute joie à la vie. Après une journée intensive passée à interroger les gens, sa piste la plus prometteuse avait fait long feu et elle n'avait pas progressé.

— As-tu pensé aux clients ? proposa Charlotte. Et s'il avait insulté un client au point de le pousser au meurtre ?

Olivia décida que Charlotte avait raison.

Elle se souvint de tous ces clients qui avaient attendu que Luigi vienne les aider dans le lieu de dégustation. S'il avait des nerfs d'acier, l'assassin aurait pu être l'un d'eux, ou alors, il aurait pu partir plus tôt. Olivia avait les noms et les coordonnées des clients qui avaient été sur les lieux au moment du meurtre. De plus, il était possible d'avoir des données sur les clients qui étaient arrivés avant, car tous les clients remplissaient un formulaire de dégustation lors de leur arrivée et beaucoup d'entre eux signaient le livre d'or.

Luigi avait peut-être rendu un client furieux au point de le pousser au meurtre et le client aurait pu suivre le sommelier dans l'espace de stockage. Luigi avait peut-être insisté, il était peut-être devenu insultant, et le client avait pu réagir de manière violente.

C'était une idée brillante, mais Olivia devait l'exploiter immédiatement parce qu'une grande proportion des clients étaient des vacanciers susceptibles de partir n'importe quand. Il était peut-être déjà trop tard.

CHAPITRE VINGT-QUATRE

Le lendemain matin, enthousiasmée par son plan d'action, Olivia quitta précipitamment la villa une demi-heure plus tôt que d'habitude.

Charlotte cueillait des tomates mûries sur pied dans le jardin.

— Aimerais-tu faire une partie du trajet avec moi ? demanda Olivia. Hier, je suis tombée sur une ferme magnifique qui est en vente et j'aimerais vraiment te la montrer.

Olivia ressentit un frisson d'enthousiasme quand elle se souvint de cette belle ferme isolée sur les coteaux. Alors même qu'elle savait que cette ferme ne pourrait jamais lui appartenir, elle avait l'impression que la terre l'appelait et qu'elle ne pouvait pas résister.

— J'adorerais voir ça. C'est amusant de jeter un coup d'œil aux propriétés en vente, convint Charlotte en posant son panier au sol.

Quand elles atteignirent l'endroit où se trouvait la pancarte 'À Vendre', elles étaient toutes les deux à bout de souffle. Erba les avait menées à un rythme effréné et la colline était extrêmement pentue. La dernière fois qu'elle l'avait escaladée, Olivia avait tellement pensé à rattraper la chèvre qu'elle n'avait pas remarqué à quel point elle avait eu les jambes raides en atteignant le sommet.

— Voilà, dit-elle le souffle coupé quand elle vit, soulagée, la pancarte devant elle. C'est cette ferme.

Charlotte se pencha contre l'arbre en haletant.

— Elle est d'une belle taille, dit-elle en lisant la pancarte. À quoi ressemble l'intérieur ? Est-il en bon état ou décrépit ?

— Je n'y suis pas entrée la dernière fois, avoua Olivia. J'étais trop occupée à essayer d'attraper Erba.

Elle regarda le portail en fer forgé. Au loin, la petite maison en pierre semblait l'inviter à entrer.

— J'imagine que ça ne serait pas un problème si on allait la visiter, proposa-t-elle. Elle me paraît déserte. Et puis, elle est à vendre.

— Allons-y, décida Charlotte.

Le portail était fermé, mais pas à clé. Quand Charlotte ouvrit le portail, les gonds grincèrent et ils firent de même quand elle referma le portail derrière elles.

Elles montèrent à la ferme dans un silence respectueux et légèrement essoufflé.

Le jardin sauvage débordait de couleurs. Des herbes hautes et des fleurs sauvages se balançaient dans la brise. Olivia vit que les bâtiments étaient en bon état. Ils avaient beau être désertés, ils étaient quand même entretenus. Quand les vitres des fenêtres seraient nettoyées et les plantes grimpantes taillées, la maison serait prête à accueillir sa nouvelle propriétaire.

— Hé, regarde cette vieille grange là-bas. Elle est d'une taille impressionnante, dit Charlotte.

Olivia s'en approcha pour la regarder. Elle était solide et bien bâtie, avec des murs de pierre élevés, et l'ombre du bâtiment était d'une fraîcheur agréable.

— Tu vois, ça pourrait être un bâtiment de fabrication de vin, dit-elle. Il a la bonne taille.

— Certes, mais je ne crois pas que cet endroit puisse être une exploitation viticole, dit Charlotte.

— Pourquoi ?

— D'abord, il te faut bien de la terre pour faire pousser des raisins, n'est-ce pas ? En dehors du jardin, je ne vois pas de terre, seulement de la pierre.

Olivia fronça les sourcils.

— Il y a peut-être de la terre sous les pierres, non ?

— Peut-être, mais une terre très dure, un sol immature.

— Que veux-tu dire par sol immature ?

— Je veux dire du roc, un roc qui donnera du sol par érosion au cours des dix-mille prochaines années.

— Oh, allez ! dit Olivia en riant.

— Écoute, tu es patiente, mais je ne crois pas que tu puisses attendre dix-mille ans ! Oh, salut, le chat.

Olivia regarda dans la direction que montrait Charlotte. Un petit chat noir et blanc traversait nonchalamment le sentier.

Quand il sentit la présence des deux femmes, il s'immobilisa et regarda dans leur direction d'un air méfiant.

— Ici, le chat ! appela Olivia.

Lentement, en agitant les doigts de manière attrayante, Olivia se pencha et avança lentement.

Le chat écarquilla les yeux et se crispa.

Quand Olivia tendit la main, le chat se détourna, s'enfuit et disparut dans les broussailles.

— Je ne crois pas que ce chat soit domestiqué. Il pourrait être sauvage. Il chasse peut-être par ici, dit Charlotte.

Olivia hocha la tête.

— Il avait l'air maigre.

— Je lui apporterai des restes de poulet plus tard, dit Charlotte.

Olivia ne pouvait arrêter d'imaginer cette ferme modeste et envahie par les mauvaises herbes transformée en exploitation viticole fonctionnelle pleine d'une vie et d'une énergie nouvelles. Elle voyait presque les grandes portes en bois qu'il faudrait installer pour remplir le trou du mur de la grange. Rude et rustique, épais et solide, ce bâtiment protégerait de la chaleur et du soleil et l'intérieur serait frais et propre.

À ce tableau idyllique, Olivia ajouta un petit chat noir et blanc qui paressait, heureux, dans un panier posé devant la porte.

Après un moment d'hésitation, elle y ajouta une chèvre à taches orange perchée des quatre pattes sur un des rebords de fenêtre.

Elle savait que son imagination avait déjà dépassé les limites du possible. Se forçant à se concentrer sur sa réalité actuelle et sur l'importance de son enquête, elle repartit vers la route.

*

Le rythme de la marche d'Olivia correspondait à la vitesse de ses pensées et elle arriva à l'exploitation viticole en un temps record, un plan réalisable en tête. C'était un plan logique et sensé qui, selon elle, avait toutes les chances de réussir. Le seul problème était qu'il faudrait que Marcello lui donne son approbation et qu'elle ne savait pas s'il accepterait.

Alors qu'elle descendait la colline pour se rendre au lieu de dégustation, Olivia vit deux ouvriers changer de direction pour l'éviter. Elle sentit monter une poussée d'irritation et fut tentée de leur demander fortement ce qui leur passait par la tête.

Bien sûr, cela ne ferait que les convaincre encore plus qu'elle était une folle qui tuait les gens. Toute perte de sang-froid aurait cet effet. Elle se força à poursuivre calmement son chemin vers le bâtiment, malgré les poings qu'elle serrait le long des flancs.

Dans le lieu de dégustation, Olivia s'arrêta et sentit qu'elle pâlissait sous le choc.

Marcello sortait de l'espace de stockage, accompagné par l'inspectrice Caputi.

Avaient-ils découvert qu'elle avait fouillé les lieux hier soir ? Elle sentit qu'elle se flétrissait sous le regard froidement évaluateur de l'inspectrice.

— Les interrogatoires de ce matin ont été très prometteurs. Je vous tiendrai au courant quand nous aurons collecté toutes les preuves, dit l'inspectrice à Marcello. Il faudra qu'il y ait d'autres interrogatoires, ajouta-t-elle en jetant un regard entendu à Olivia.

Olivia eut l'impression qu'elle était dans un ascenseur qui descendait trop vite. Dans les mots prononcés par l'inspectrice, on entendait clairement sa résolution. Quelles personnes avait-elle interrogées et qu'avaient-elles dit ? Qu'est-ce que cela signifiait pour Olivia ?

Elle savait qu'elle devrait progresser vite parce qu'elle n'avait pas beaucoup de temps. La nasse allait se refermer et, dans un jour ou deux, craignait-elle, elle serait peut-être au chômage ou sous les verrous.

Olivia ne savait pas lequel des deux serait le pire. Sans nul doute, la prison serait plus grave. Cependant, quand elle imaginait Marcello la licencier les yeux pleins de regret et quand elle pensait à tout ce qui aurait pu être, elle avait envie d'éclater en sanglots.

Dès que l'inspectrice fut partie, Olivia alla retrouver Marcello.

— J'ai eu une idée, lui dit-elle. Le soir où Luigi a été tué, j'ai noté le nom et les coordonnées des clients qui attendaient et je leur ai dit que nous allions leur envoyer un cadeau. Pourquoi ne pas les inviter à revenir ici ce soir pour goûter des vins ? On pourrait leur offrir une bouteille. On pourrait même inviter les groupes qui étaient déjà venus ici, au cas où ils n'auraient pas pu finir leur dégustation.

Les traits de Marcello s'adoucirent et elle vit disparaître un peu de sa tension.

— C'est une excellente idée. Je suis d'accord sur le fait que nous devrions le faire maintenant, avant que les vacanciers ne quittent la région. Merci pour la suggestion. Comme j'ai été distrait par beaucoup d'autres choses, vos conseils me sont précieux.

— Je peux organiser tout ça, si vous voulez, dit Olivia.

— Nous pourrons aussi fournir des en-cas, ajouta Marcello. Je vais en parler à Gabriella dès maintenant. Communiquez-moi les numéros de téléphone des clients dès que possible.

— Pouvez-vous vous assurer qu'il y ait des en-cas sans gluten dans le buffet ? demanda Olivia d'un ton anxieux.

Suite aux lancements qu'elle avait organisés à Chicago, elle savait que les gens pouvaient être très difficiles.

Marcello eut l'air étonné.

— Bien sûr, acquiesça-t-il prudemment.

— Et des en-cas végétaliens. Les végétaliens sont très contrariés s'il n'y a rien pour eux. Il faut que nous ayons au moins une option végétarienne et une option végétalienne.

Marcello hocha la tête. Olivia avait l'impression qu'il essayait de se retenir de sourire.

— Y aura-t-il d'autres options pour la nourriture ? demanda-t-il gravement.

— Il faudra indiquer tous les plats qui contiennent des cacahuètes, dit Olivia.

Marcello compta sur ses doigts.

— Sans gluten, végétalien, végétarien et indiquer où il y a des cacahuètes.

— C'est ça ! dit Olivia en souriant. Comme ça, tout le monde devrait être satisfait.

Sentant l'espoir remonter en elle, elle se mit au travail. Il y avait deux sources de données. La première était le livre d'or et la deuxième les formulaires que les clients remplissaient sur le lieu de dégustation. D'habitude, une dégustation complète durait quarante-cinq minutes, donc, pour n'oublier personne, Olivia décida de repartir jusqu'à quinze heures et d'inviter tous ceux qui étaient arrivés à partir de cette heure-là.

Olivia collecta les données en se disant qu'elle aurait dû apporter son ordinateur. Elle se contenta de créer une feuille de calcul à la main en dressant la liste des noms de tous les clients qu'elle put trouver et de toutes les informations disponibles sur eux.

Comme elle travailla frénétiquement, en une heure, elle eut invité les seize groupes de clients qui étaient venus à l'exploitation viticole pendant le créneau spécifié.

Presque immédiatement, les réponses aux invitations commencèrent à affluer. Il semblait que l'offre de vin gratuit associée à une dégustation de la nourriture du célèbre restaurant soit irrésistible. Olivia espéra que l'assassin serait attiré lui aussi.

Seul un groupe déclina l'invitation. Ses membres disaient qu'ils avaient déjà quitté la région.

Encore en mode détective, Olivia vérifia de qui il s'agissait. C'était un groupe de trois retraitées qui venaient d'Angleterre. Elles étaient arrivées au restaurant pour déjeuner et avaient décidé de goûter le vin ensuite.

Olivia ne pensait pas qu'elles soient crédibles comme suspects, mais elle répondit à leur courriel et leur demanda une adresse de livraison et leur choix de vin pour pouvoir leur envoyer un cadeau en remplacement.

En ce qui concernait le reste des clients, Olivia ne pouvait qu'espérer que ses instincts d'inspectrice en herbe lui permettraient de trouver le coupable.

*

La journée avança vite et Olivia passa l'après-midi à préparer fiévreusement l'événement tout en servant les clients. Antonio fit emmener une grande table pour les en-cas et Olivia choisit quelques-uns des crus les plus populaires du domaine pour les disposer sur le comptoir de dégustation.

L'installation avait l'air magnifique.

Les clients devaient arriver à partir de dix-huit heures. À dix-sept heures, quand Olivia ferma le lieu de dégustation et se précipita vers les toilettes pour se refaire les cheveux et le maquillage, elle se rendit compte qu'il y avait un défaut rédhibitoire dans son plan.

Elle contempla son reflet, consternée.

Elle était la seule personne à connaître la véritable raison pour cette réunion. Toutefois, en tant qu'hôtesse, elle allait être occupée tout le temps à servir les gens et elle allait devoir conserver une attitude professionnelle. Jamais elle ne pourrait parler avec les clients de façon personnelle et, comme Marcello serait là lui aussi, elle ne pourrait pas poser les questions indiscrètes qu'elle avait besoin de poser.

Olivia gémit, atterrée. Elle avait organisé le décor parfait ... pour rien.

Son plan soigneusement conçu était en lambeaux.

CHAPITRE VINGT-CINQ

— Réfléchis, siffla Olivia à son reflet. Ne me regarde pas avec ces yeux vides ! Utilise ton cerveau.

Elle se tapota la tête d'un air entendu.

Derrière elle, le claquement de la porte des toilettes et les bruits de pas qui s'éloignaient rapidement lui indiquèrent que quelqu'un était parti en toute hâte en la voyant. Bon, comme elle avait déjà une réputation de tueuse, si on la voyait se parler à elle-même dans un miroir, ça ne pourrait pas aggraver sa situation.

De plus, elle avait un commencement d'idée. Pour cet événement, ce qu'il lui fallait, c'était un complice ou plutôt un enquêteur en second.

Un agent secret. C'était le terme qu'elle avait cherché. Heureusement, Olivia avait le candidat idéal en tête.

Elle retourna au lieu de dégustation où Marcello était en train de superviser la disposition des en-cas.

— Puis-je vous demander une faveur ? dit-elle.

— Bien sûr.

Marcello se tourna vers elle en tenant une assiette de mozzarella et de crostini au pesto avec une étiquette écrite à la main : 'Végétarien, contient peut-être des cacahuètes'.

— Mon amie Charlotte a proposé de venir nous aider ce soir. Elle adore l'exploitation viticole et elle est excellente comme hôtesse. Elle veut savoir si vous le lui permettez.

— Pourquoi demander la permission ? demanda Marcello en levant les sourcils et en plaçant les bruschetta aux anchois et les mini-pizzas aux champignons sur la table. Ce n'est pas nécessaire. En tant qu'employée, vous faites partie de la famille et votre amie aussi. Elle est chaleureusement invitée à se joindre à nous.

— Oh, merci. Je vais l'appeler et le lui dire.

Olivia se dépêcha de sortir en espérant que Charlotte accepterait son plan conçu à la hâte.

— J'ai besoin de ton aide en toute urgence, dit-elle quand Charlotte décrocha.

165

— Bien sûr, dit Charlotte d'un ton étonné. Est-ce que la chèvre a recommencé à faire des siennes ou est-ce autre chose ?

— Recommencé à faire des siennes ? Qu'entends-tu par-là ? Erba se comporte parfaitement bien, comme toujours. Non, c'est autre chose. Ici, ce soir, nous organisons une réception et j'ai besoin que tu joues l'agent secret pour moi.

— Agent secret, moi ? demanda Charlotte avec enthousiasme.

— Tous les clients de l'exploitation viticole qui étaient à La Leggenda aux alentours de l'heure où Luigi a été tué vont arriver dans la prochaine demi-heure. On va leur offrir du vin, des en-cas et un cadeau.

Charlotte comprit immédiatement le plan.

— Ah. Donc, tu veux que je me mêle à eux et que je pose des questions innocentes ?

— Oui, exactement.

— Je peux faire ça. Je les mettrai à l'aise. Je suis très bonne à ce genre de chose.

Charlotte s'interrompit.

— Quel est le code ?

— Euh, dit Olivia.

Elle réfléchit à toute vitesse. Elle n'avait pas imaginé de code ni même pensé qu'il en faudrait un. Bien sûr, maintenant, elle comprenait que ce serait nécessaire.

— Et si on disait 'Rouge' ? Si tu dis 'Rouge' très fort, est-ce que ça ira ?

Il y eut un silence étonné.

— Je suis sûre que oui, dit Charlotte. Toutefois, je parlais du code vestimentaire.

— Oh, désolée. Chic et décontracté, répondit Olivia.

— Parfait. J'arrive dans trente minutes.

*

Les voix et les rires remplissaient le lieu de dégustation et l'arôme savoureux des en-cas chauds se mêlait au parfum du vin.

Suite à l'invitation de seize groupes, presque quarante clients étaient arrivés. Bien qu'ils aient tous été informés des circonstances, l'ambiance était joyeuse.

Olivia était occupée en permanence, comme elle l'avait prévu. Elle devait remplir les verres de vin avec une sélection des rouges et des blancs les plus populaires du domaine et les proposer aux clients. C'était un travail qui prenait du temps parce que, comme Olivia l'avait découvert, tous les gens voulaient qu'on leur dise tout sur les différents vins avant de choisir leur verre.

Marcello circulait avec des plateaux de nourriture en offrant son charme caractéristique avec les en-cas.

— Bienvenue, signoras, dit-il à un groupe de quatre femmes. Merci de nous avoir offert votre compagnie ce soir. Veuillez goûter ceci. Dans ma main droite, nous avons des brochettes à la tomate, à la pastèque et au basilic ; elles sont végétaliennes, sans gluten et sans cacahuètes. Dans ma main gauche, vous voyez les boulettes de viande cuites lentement de notre restaurant ; elles contiennent un peu de gluten.

Olivia était impressionnée par l'innocence avec laquelle Charlotte se mêlait aux clients. Elle pensait que Marcello ne soupçonnait même pas la vraie raison de sa présence.

Elle s'approcha et écouta.

— On dit que le bien peut naître du mal en fin de compte. Qu'en pensez-vous ? demanda Charlotte à un couple allemand en sirotant un verre de l'assemblage de rouges qu'elle avait choisi.

— Que voulez-vous dire ? demanda le mari.

— Eh bien, un événement tragique a eu lieu ici, et pourtant, il nous a permis de nous réunir sous un seul toit, comme un groupe uni de nations passionnées de vin.

Charlotte fit un geste théâtral avec sa main gauche.

— Un terrible incendie ravage une prairie puis, après le désastre, on voit des plantes vertes qui commencent à pousser avec des fleurs au milieu.

La femme leva les sourcils, apparemment impressionnée.

Le mari hocha la tête.

— Intéressant comme comparaison. Nous n'étions pas au courant, car nous sommes partis assez vite après notre arrivée. Nous avons rempli un formulaire de dégustation mais, quand le sommelier est resté introuvable, nous sommes partis à Casa D'Orio. Je ne croyais pas que cette exploitation-ci pourrait être meilleure, mais l'assemblage de rouges que l'on trouve ici est exceptionnel.

— L'assemblage ne ressemble à rien de ce que nous avons goûté à Casa D'Orio, même si leur Cabernet était excellent, convint sa femme.

Charlotte fit un clin d'œil à Olivia, qui raya mentalement le couple allemand de sa liste de suspects. Comme ils n'avaient jamais croisé Luigi, ils étaient certainement innocents.

Olivia retourna au comptoir pour y poser deux verres vides et en remplir de nouveaux. Alors, elle écouta la conversation qui se déroulait derrière elle.

— Je vois que vous buvez mon vin préféré, dit Charlotte au client suivant, un grand homme aux cheveux clairsemés qui était arrivé tout seul.

— Le célèbre assemblage ?

À en juger d'après son accent, l'homme devait venir de Nouvelle-Zélande ou d'Afrique du Sud, mais Olivia ne savait pas duquel de ces deux pays.

— N'est-ce pas succulent ? lui demanda Charlotte en souriant.

— C'est incomparable. Une de mes entreprises d'Afrique du Sud est une boutique de vins en ligne et j'ai passé beaucoup d'heures à déguster des vins internationaux de grande qualité pour les ajouter à nos produits. C'est sans nul doute le meilleur vin de tous.

— Vous avez dû être content de revenir ce soir et d'avoir l'opportunité d'essayer cet assemblage, convint Charlotte.

— Je l'avais déjà essayé pendant la dégustation. J'avais essayé d'en discuter avec le sommelier, mais il avait été extrêmement impoli.

Olivia dressa les oreilles. Tout en versant le Sauvignon Blanc dans les verres, elle écouta attentivement la conversation qui se déroulait derrière elle.

— Ah bon ? demanda Charlotte d'un air choqué. Il l'était vraiment ?

— Oui. J'ai dit que l'équilibre des tanins était bon mais s'améliorerait au cours des cinq prochaines années. Il a commencé à me crier dessus comme si je n'avais aucun droit de donner mon opinion. Il m'a traité d'ignare d'Australien. Il avait l'air offensé. Moi, un Australien ? Incroyable ! Je lui ai dit que si son nez pour le vin était aussi mauvais que son oreille pour les accents, il ne devrait pas faire ce travail.

— Que s'est-il passé ensuite ?

À l'entendre, Charlotte devait donner l'impression de boire chaque mot de son interlocuteur. Olivia l'imaginait en train de le contempler les yeux écarquillés en battant des cils.

— Ensuite, il s'est mis dans une telle colère qu'il a failli s'étouffer. Il m'a dit que j'étais le pire client qu'il ait jamais servi et que je ne méritais aucun des vins présents sur son menu de dégustation. Il m'a suggéré d'aller me noyer dans une cuve de vin Valley Wine.

La main d'Olivia sursauta et un peu de Sauvignon Blanc éclaboussa la table.

L'homme poursuivit. Visiblement, il était en colère.

— De mon point de vue, je ne crois pas qu'il soit acceptable d'insulter une autre exploitation viticole. Ce n'est ni poli ni professionnel et son seul but était de me provoquer. Chaque vin a sa place sur le marché, même les vins abordables. Ceux de Valley Wines étaient faciles à boire et beaucoup de gens les aimaient. Je ne les trouvais pas trop mauvais, sauf depuis hier, où j'ai lu qu'il y avait des rats morts dans les réservoirs de stockage. De toute façon, quand j'ai essayé de lui expliquer mon point de vue, il a enlevé tous les verres du comptoir. Il a dit qu'il refusait de me servir et qu'il fallait que je m'en aille. Il s'est retourné puis il est parti dans la salle du fond. Alors, je —

Olivia écoutait, captivée. Elle ne voulait pas rater un seul mot. Elle avait l'impression d'être sur le point de faire une découverte majeure. C'était ce moment qui allait faire évoluer l'enquête, elle en était sûre.

Cependant, pourquoi s'était-il arrêté de parler ? S'était-il rendu compte trop tard qu'il en avait trop dit ? Ou alors, chuchotait-il maintenant sa confession ?

À ce moment-là, elle entendit la sonnerie distinctive du téléphone portable de Charlotte.

Posant rapidement les verres sur le plateau, elle se retourna et observa ce qui se passait.

La déception l'écrasa comme une tonne de plomb.

Le Sud-Africain se tenait tout seul et contemplait son verre vide en fronçant les sourcils.

Charlotte avait disparu.

CHAPITRE VINGT-SIX

Qu'était-il arrivé ? se demanda Olivia. Leur plan avait parfaitement bien fonctionné, puis Charlotte avait disparu. Où était-elle partie aussi brusquement ? Elle n'avait pas utilisé de mot de code ou essayé d'alerter Olivia de quelque façon que ce soit. Est-ce que l'appel téléphonique avait interrompu ses questions ?

En toute hâte, Olivia alla rejoindre le suspect sud-africain. Peut-être continuerait-il la conversation avec elle.

— Puis-je vous offrir un autre verre ? demanda-t-elle avec un sourire.

Il secoua sèchement la tête, comme si elle était une parfaite inconnue qui n'avait pas écouté sa conversation au point de s'y intéresser de très près.

Il était normal qu'il pense ça, se rappela Olivia. C'était à elle de s'attirer sa sympathie pour qu'il s'ouvre à elle, tout comme il l'avait fait avec Charlotte.

— Il faudrait que je rentre à la maison, maintenant, dit-il.

Olivia commença à paniquer. Son suspect principal allait s'en aller.

— Et votre bouteille de vin gratuite ? L'avez-vous choisie ?

Il hésita et elle l'emmena au comptoir.

— Pendant que je passais, j'ai cru entendre dire que le sommelier avait été impoli avec vous, dit-elle pendant qu'il réfléchissait à sa sélection. Est-ce que vous êtes parti immédiatement après ?

Ou avait-il été assez en colère pour rester, attendre un moment où personne ne regardait puis se glisser par la porte latérale et suivre Luigi ?

Il réfléchit à sa question et Olivia retint impatiemment son souffle. On aurait dit que son intervention avait fonctionné et qu'il allait poursuivre son histoire. Alors, il soupira comme pour se débarrasser d'une pensée désagréable.

— À quoi ressemble celui-là ? demanda-t-il en soulevant l'assemblage de blancs.

Tentant courageusement de dissimuler sa déception, Olivia lui adressa un sourire professionnel.

— Il est hautement recommandé. Ceux qui s'y connaissent particulièrement en vin blanc aiment son équilibre, qui fournit une complexité fascinante de saveurs avec un caractère sous-jacent parfumé et fruité.

Il hocha la tête.

— Dans ce cas, je le prends. Il m'a l'air bon.

Olivia enveloppa la bouteille dans du papier de soie en espérant qu'elle pourrait reprendre la conversation avec lui ce faisant mais, à sa grande consternation, le téléphone de l'homme sonna et il parla affaires sans s'arrêter.

Ensuite, il sortit à grands pas.

— Argh, gémit Olivia.

Son meilleur suspect, ou plutôt son seul suspect, venait de partir sans révéler ce qui s'était passé après la crise de colère de Luigi.

Où Charlotte était-elle partie ?

Elle avait peut-être reçu un appel de son travail et elle était peut-être sortie pour le prendre. Si tel était le cas, elle ne tarderait pas à revenir. Olivia continua à servir les clients et à emballer les bouteilles pour ceux qui étaient prêts à partir. Elle jetait constamment des coups d'œil à la porte d'entrée en espérant voir revenir Charlotte.

Une demi-heure plus tard, quand les derniers clients eurent choisi leur vin, il n'y avait toujours aucune trace de Charlotte. Quand Olivia verrouilla les lieux et sortit, elle vit que sa voiture n'était plus là.

Charlotte avait dû rentrer à la villa. Elle travaillait à distance, donc, elle avait peut-être dû envoyer quelque chose au bureau de toute urgence.

C'était une belle soirée, parfaite pour marcher, et elle savait que, quand elle atteindrait le sommet de la colline, elle aurait une vue magnifique sur le soleil couchant.

— Viens, Erba, appela-t-elle.

Olivia ressentit un frisson de satisfaction quand Erba apparut, semblant sortir de nulle part, et trotta fidèlement derrière elle, la suivant hors de l'exploitation viticole. Olivia était douée pour dresser les chèvres. Si seulement il y avait une plus grande demande pour les chèvres dressées.

— Erba, nous pourrions fonder une école, dit-elle à la chèvre, qui leva les yeux vers elle d'un air confiant avant de faire un détour vers le trottoir pour manger un petit géranium.

171

— Nous pourrions donner des cours de groupe et individuels, dit-elle en développant son plan et en suivant la route jusqu'au sommet de la colline, itinéraire qui était devenu son préféré pour rentrer à la villa. Tu pourrais peut-être même devenir une chèvre thérapeutique. Je crois que tu ferais une excellente chèvre thérapeutique. Tu me fais toujours rire et j'accepte mieux le quotidien quand tu es là.

La route préférée d'Erba emmena Olivia en haut de la colline et devant la ferme à vendre. Se souvenant que la formation était un processus d'échange et qu'une chèvre heureuse était une chèvre obéissante, Olivia lui permit de faire ce détour.

Passant devant la belle propriété, Olivia ne put s'empêcher de s'arrêter pour l'admirer à nouveau.

Jamais elle ne gagnerait assez pour s'acheter cette ferme. C'était un rêve irréalisable et Olivia se dit non sans tristesse que, un jour, quelqu'un comprendrait que cette terre était un joyau et l'achèterait. Elle ne pouvait pas supporter d'imaginer le jour où la pancarte serait retirée de l'arbre et où elle verrait le portail repeint de frais et peut-être même le nouveau propriétaire y entrer et en sortir en voiture, s'occuper du jardin, s'asseoir sur le balcon et contempler la vue infinie.

— Erba, tu me tourmentes, reprocha-t-elle à la chèvre.

Olivia se souvint que Charlotte avait dit qu'elle amènerait de la nourriture pour le chat. Elle ne put résister à son désir d'ouvrir le portail grinçant et d'aller jusqu'au porche pour voir si la nourriture avait été mangée.

Charlotte avait placé deux bols dans le coin ombragé du porche. L'un d'eux était à moitié rempli d'eau et l'autre avait été soigneusement vidé de tout son contenu. Olivia repéra une empreinte de patte facilement visible à côté, dans la poussière.

Alors, elle entendit un miaulement venir de la pénombre, à l'autre bout du porche.

— Le chat !

Encouragée, Olivia se mit à quatre pattes et écarta les doigts en les agitant de façon à attirer le chat.

— Ici, le chat. As-tu aimé la nourriture ?

Le chat avait encore l'air méfiant, mais moins craintif que la première fois qu'elle l'avait vu. Il la regarda un moment puis se mit à se lécher une patte.

— Eh bien, déjà, tu as l'air plus calme, dit Olivia à l'animal, qui lui jeta un coup d'œil. Je t'apporterai à manger demain. Tu seras très vite apprivoisé. Beau chat.

Quand elle se redressa, Olivia ressentit un moment de regret parce que, à la fin de l'été, elle et Charlotte repartiraient à la maison alors que le chat resterait ici et qu'il n'y aurait personne pour le nourrir ou s'occuper de lui pendant tout l'hiver.

— Nous pourrons t'apprivoiser avant cette date, j'en suis sûre, promit Olivia au chat. J'essaierai de te trouver une maison avant que je parte, c'est promis.

Alors, le téléphone d'Olivia sonna.

Effrayé par le bruit, le chat s'enfuit et disparut.

— Merde, dit Olivia en fouillant dans son sac à main.

Elle lut le numéro de l'appelant et faillit laisser tomber son téléphone.

— Quoi ? dit-elle tout fort, d'une voix aiguë et stridente.

C'était Matt qui appelait.

Que se passait-il donc ?

Olivia contempla le numéro de l'appelant, stupéfaite. Fallait-il même qu'elle réponde ? C'était peut-être un faux numéro, il avait voulu téléphoner à quelqu'un d'autre et, quand elle répondrait, il lui crierait dessus pour avoir pris l'appel puis raccrocherait.

S'il l'appelait, c'était peut-être aussi parce qu'il avait trouvé un autre de ses effets personnels dans une de ses serviettes et avait imaginé quelques insultes de plus pour son ex.

Olivia allait laisser sonner mais, soudain, presque machinalement, elle appuya sur le bouton vert.

— Allô ? dit-elle avec prudence.

— Olivia ! Je suis vraiment content que tu aies répondu.

De toute évidence, il avait voulu lui téléphoner et, ce qui était encore plus étrange, c'était qu'il avait l'air content de lui parler.

Regardant le paysage de collines et les derniers feux du soleil couchant, Olivia eut l'impression que rien de tout cela n'était réel. Elle était à l'autre bout du monde et elle parlait à une personne à laquelle elle avait cru qu'elle ne reparlerait plus jamais.

— Comment vas-tu ? demanda-t-elle.

Elle comprenait que ces mots avaient l'air idiots après tout ce qui s'était passé entre eux, mais elle n'avait rien trouvé d'autre à dire.

Coupant court à toute autre civilité, Matt alla droit au but.

— Ta mère m'a dit que tu étais partie en Italie pour l'été.

Olivia plissa les yeux. Qu'est-ce que sa mère avait manigancé ?

— Est-ce qu'elle t'a appelé ? demanda Olivia en essayant de mieux comprendre ce qui s'était passé.

— Elle m'a envoyé un SMS et je l'ai appelée.

— Ah, dit Olivia.

— J'allais t'appeler, de toute façon.

Olivia fronça les sourcils. Que se passait-il ? Le ton de Matt faisait penser à un homme humble qui cherchait à s'excuser et ses mots donnaient la même impression.

Bon, Olivia se tenait sous un olivier, donc, s'il lui tendait un rameau d'olivier, ça tombait bien. Peut-être ne voulait-il pas que leur dispute reste non résolue. Elle se devait de reconnaître que c'était mûr et raisonnable de sa part.

Les mots que Matt prononça juste après la firent presque tomber par terre.

— J'ai commis une erreur affreuse. Je me suis comporté de manière inconsidérée et irréfléchie. Liv, je n'aurais jamais dû casser avec toi. C'était idiot de ma part. Tu m'as manqué depuis.

Olivia ouvrit et referma la bouche, se sentant comme un poisson hors de l'eau. Erba lui jeta un coup d'œil qui exprimait un intérêt modéré.

— Tu es en vacances aux Bermudes avec ta nouvelle petite amie, laissa-t-elle finalement échapper. C'est pour parler de ça que tu m'appelles ?

— La conférence a duré trois jours. Après, je ne suis pas resté. Je suis rentré à la maison.

Il se racla la gorge d'un air embarrassé.

— Euh, Leigh ne travaille plus dans mon entreprise. Elle a accepté un poste d'assistante personnelle à Londres et elle y emménage actuellement.

Donc, il y avait eu un problème entre lui et sa nouvelle petite amie ? Olivia se demanda ce qui s'était passé.

— J'ai été un véritable idiot, Liv. Je n'arrive pas à croire que j'ai détruit tout ce que j'avais avec toi. Je veux te demander si tu accepterais qu'on recommence à zéro. Rentre à la maison, je t'en supplie. Tu me manques. Je veux partir en vacances avec toi. J'aimerais que nous repensions à notre vie de couple. Il faut que nous avancions d'une nouvelle façon, mais ensemble.

Pendant qu'il parlait, Olivia sentit tous les souvenirs lui revenir brusquement en tête.

Les repas en restaurant chic qu'ils avaient partagés, les roses rouges qu'il lui achetait à chaque Saint-Valentin et les roses blanches qu'il lui achetait à chaque anniversaire. Elle avait été très fière quand elle était allée en excursion ou à un rendez-vous avec lui. Il avait contribué très généreusement aux frais de l'appartement et à leurs dépenses générales.

Matt n'avait pas été un petit ami idéal, loin de là, mais il avait été bon avec elle.

Alors, Olivia se souvint des paroles de sa mère et se mit à y réfléchir sérieusement. Matt était riche et il lui fournirait une sécurité dont elle avait bien besoin, surtout maintenant qu'elle allait avoir du mal à se trouver un autre travail.

Olivia fit les cent pas sur l'allée sablonneuse, se détourna du portail et monta sur la colline. Elle se fraya un chemin entre les arbustes et les touffes d'herbe, pensant aux conséquences qu'auraient ses mots et aussi aux choix erronés qu'elle avait effectués dans sa vie.

Leur vie de couple. C'était ce que Matt avait dit.

— Tu as raison, Matt, s'entendit-elle dire doucement. Tu m'as manqué, à moi aussi.

Tout ce qu'elle avait fait en Italie, c'était s'attirer des ennuis. Son séjour avait été un interlude fou dans sa vie, une aventure sauvage, mais ce ne serait jamais sa réalité. Comment cela pourrait-il l'être ? Comment avait-elle pu s'imaginer que ce pays était celui où elle trouverait sa place ? C'était un pays étranger avec des coutumes différentes et dont elle ne comprenait même pas vraiment la langue.

Les paroles de Matt lui rappelaient qu'elle vivait dans un monde imaginaire qui avait peu de chances de devenir réel un jour.

— Je sais que tu es probablement en colère contre moi, mais nous pouvons en discuter en face à face, ajouta Matt. Comme nous avons commis des erreurs tous les deux, nous devons chercher une manière de progresser qui fonctionne pour nous deux.

— Attends une minute.

Olivia réfléchit en cueillant une fleur parfumée aux couleurs vives sur un buisson.

Venait-il de dire qu'ils avaient 'commis des erreurs tous les deux' ?

Elle avait trouvé que tout allait bien entre eux, vraiment très bien, jusqu'au moment il avait cassé avec elle et admis qu'il la trompait.

Comment pouvaient-ils avoir 'commis des erreurs tous les deux' s'il ne lui avait jamais rien reproché avant leur rupture ?

Le bon sens refit surface en elle. Bien sûr, c'était ce dont ils allaient devoir discuter. Elle était probablement beaucoup trop sensible et, en soi, c'était un problème. Résoudre leur conflit de façon adulte signifiait parler de ces problèmes pour les résoudre.

— Qu'y a-t-il ? demanda Matt d'un air anxieux.

— Rien, dit Olivia. Rien. Continue, s'il te plaît.

— Comme je te l'ai dit, il faudra absolument que nous passions des vacances ensemble. J'ai beaucoup de travail pendant le mois d'août et notre équipe doit partir en croisière d'entreprise pendant une semaine, mais je me suis dit que nous pourrions passer un long week-end ensemble fin juillet, toi et moi.

Donc, les vacances ensemble n'étaient déjà plus qu'un mini-congé rapide ?

Olivia allait protester pour dire qu'ils avaient besoin d'au moins une semaine et qu'elle n'était pas prête à faire de compromis sur ce point quand, soudain, elle vit quelque chose.

Juste devant elle, enracinée dans le sol pierreux, grande et forte, la chose avait une tige épaisse et des feuilles belles, larges et vertes.

Stupéfaite, Olivia contempla les grappes de raisins blancs. Cette vigne sauvage en était ornée et elle en avait une très grande quantité.

Des raisins blancs rares poussaient naturellement dans ce sol pierreux. Cette propriété pouvait devenir un vignoble, elle le pouvait et elle le lui montrait dès maintenant, en ce moment.

Allait-elle se dévaloriser, rentrer aux États-Unis et se remettre avec un homme qui l'avait trompée une fois et le referait inévitablement un jour ?

Ou allait-elle poursuivre ses rêves, aussi fous et inaccessibles soient-ils, parce que cela faisait partie de l'aventure de la vie ?

À ce moment-là, en regardant fixement la vigne sauvage, Olivia prit sa décision.

— Je suis désolé, Matt, dit-elle. Merci d'avoir appelé, mais c'est non. J'ai décidé de rester en Italie. Au revoir.

Elle entendit qu'il commençait à parler, à bafouiller à toute vitesse, stupéfait, mais elle ne l'écouta pas.

Elle raccrocha et, pour être tranquille, elle éteignit son téléphone pour ne pas être tentée de répondre s'il rappelait, même si elle ne pensait pas qu'il rappellerait maintenant. Elle avait énoncé son point de vue avec clarté. Elle avait dépassé le point de non-retour.

— Je l'ai fait, dit-elle tout haut, d'une voix aiguë, sous le choc. Je l'ai vraiment fait, maintenant. J'ai pris ma décision. J'ai dit non à Matt et oui à l'Italie. Je crois que je viens d'accepter une demande en mariage de la Toscane. Je suis mariée à la terre, maintenant, tout comme Marcello.

Elle laissa échapper un éclat de rire, incrédule.

— Ma vie est ici. Il faut que je fasse le nécessaire maintenant. D'une façon ou d'une autre, je le dois.

Sans avoir la moindre idée de la manière dont elle allait y arriver, Olivia descendit la colline.

Elle se sentait triomphante, comme si elle avait vaincu un démon dont elle n'avait même pas connu l'existence, un démon inattendu qui avait failli prendre sa vie en otage et la forcer à reprendre un mode de vie qu'elle aurait regretté.

Elle était impatiente d'informer Charlotte de sa décision.

*

Un quart d'heure plus tard, Olivia arriva à la villa et remonta avec enthousiasme l'allée pavée suivie par Erba.

Elle ouvrit rapidement la porte d'entrée.

— Quand je vais te dire ce qui s'est passé, tu ne vas pas me croire, Charlotte, cria-t-elle, entrant et fermant la porte derrière elle pour qu'Erba ne puisse pas la suivre dans le salon. Je viens de recevoir un appel de Matt, mon ex, et je lui ai dit —

Quand elle se retourna, elle s'interrompit et cligna des yeux, ébahie.

Assis sur le sofa à côté de Charlotte, un verre de vin devant lui, il y avait un homme dont Olivia reconnut les beaux traits parce qu'elle les avait vus sur au moins cent photos publiées sur Instagram. C'était Patrick, l'ex de Charlotte, l'homme qu'elle avait été sur le point d'épouser avant de changer d'avis et de partir en Italie pour se remettre de ses émotions.

Maintenant, il était là et il contemplait Olivia d'un air alarmé comme si son arrivée l'inquiétait fortement.

CHAPITRE VINGT-SEPT

— Bonjour. Vous devez être Patrick, dit Olivia, rompant le silence tendu.

Patrick sourit, bien que sans conviction. Il se leva et tendit une main.

— Bonjour. Et vous ?

— C'est Olivia, dit précipitamment Charlotte.

Elle se tourna vers lui.

— Je n'ai pas encore eu l'occasion de te parler d'elle. Elle loge dans l'autre chambre.

Alors, elle se tourna vers Olivia.

— Patrick est arrivé ce soir. Il m'a appelée quand l'avion a atterri et je suis allée le chercher à l'aéroport. Nous venons de rentrer.

Olivia contempla Charlotte avec stupéfaction. Si Charlotte avait su qu'il venait en Italie, elle l'aurait dit à Olivia. Donc, cela avait été une surprise complète. Maintenant, Olivia comprenait pourquoi Charlotte avait quitté La Leggenda aussi précipitamment et arrêté d'interroger le suspect principal d'Olivia.

Comment Charlotte avait-elle accueilli la surprise de son arrivée ?

Olivia regarda son amie de près.

Charlotte avait l'air heureuse, comme si elle était contente que Patrick soit ici. Elle souriait, comme si elle était soulagée que tout soit redevenu normal et comme si sa rupture des fiançailles et son départ en Italie n'avait été qu'un simple contretemps.

Patrick plaça une main protectrice sur le genou de Charlotte.

— Enchantée, dit Olivia.

Elle se méfiait de cet homme depuis que Charlotte lui avait dit qu'il était un pique-assiette. Oui, il était grand et beau, mais que ferait Charlotte si c'étaient là ses seules qualités ?

— Patrick est venu en Italie pour me faire une surprise, dit Charlotte. Son père a acheté le billet d'avion hier.

— Tu n'es pas la seule à être surprise, dit Olivia.

Suite à cette étrange coïncidence, elle était encore sous le choc. Leurs ex avaient tous deux repris contact avec elles le même jour !

— Avez-vous déjà dîné, les filles ? demanda Patrick. Je n'ai pas mangé dans l'avion, ou j'aurais été malade.

— Tu n'as pas mangé de tout le vol ? demanda Charlotte d'un air inquiet. Et si on allait au restaurant d'à côté ? Ça te dirait, une pizza ?

— Tout à fait, les filles.

Les sourcils froncés par la stupéfaction, Olivia les suivit sur la route.

Elle avait du mal à comprendre pourquoi Charlotte avait accepté le retour de Patrick avec autant d'empressement. Elle avait eu des raisons valables pour annuler le mariage. Elle les avait toutes dites à Olivia. La raison principale, c'était que Charlotte avait la sensation d'être utilisée, que Patrick comptait sur elle pour payer les factures et que leur relation était inégalitaire.

Olivia décida qu'elle utiliserait ses compétences d'enquêtrice nouvellement acquises pour déterminer si la situation avait changé.

Elle avait déjà entendu le premier signal d'alarme, qui semblait avoir complètement échappé à Charlotte. Patrick n'avait même pas payé son propre billet d'avion. C'était son père qui l'avait fait. Donc, visiblement, Patrick n'avait pas de travail et il comptait encore sur les autres pour l'entretenir.

Cependant, si Charlotte était heureuse, était-ce grave ?

La question était de savoir si elle était vraiment heureuse. Si elle avait été tellement heureuse de voir revenir Patrick, pourquoi avait-elle annulé le mariage ?

Olivia écouta leur conversation.

— Comment se déroule ta recherche d'emploi ? lui demanda Charlotte.

— Oh, j'ai trouvé un travail, j'ai trouvé un travail, les filles, expliqua Patrick avec désinvolture.

— Vraiment ?

Olivia entendit énormément d'admiration et de soulagement dans la voix de Charlotte.

— Oui. Ces deux semaines ont été intéressantes. Ensuite, je suis venu ici.

— Ils t'ont autorisé à prendre des congés ? Ou travailles-tu à distance ?

Maintenant, Olivia entendait une pointe de doute.

— Le travail a pris fin. J'aidais mon cousin à concevoir l'espace de travail de sa nouvelle entreprise. Nous avons échangé des idées d'organisation des locaux par courriel. C'était vraiment cool.

Signal d'alarme, décida Olivia. C'était inacceptable. La nouvelle avait semblé prometteuse jusqu'au moment où il avait précisé les détails et où Olivia avait compris que c'était du vent. Cela ne semblait pas être un vrai travail. Son cousin lui avait juste fait une faveur.

Contrariée, elle se demanda comment Charlotte pouvait accepter ça. Ne commençait-elle pas à s'inquiéter un peu elle-même ?

— Et maintenant ? Que fais-tu maintenant, mon beau ? demanda Charlotte.

— Oh, c'est la pizzeria ? Pittoresque.

Patrick avait habilement changé de sujet.

Ils s'assirent dans la cour et parcoururent le menu tout simple. Olivia regarda machinalement derrière elle pour s'assurer qu'Erba ne les avait pas suivis, mais il n'y avait aucun signe de la chèvre. Elle avait dû décider de se coucher tôt à la villa.

— D'habitude, on prend la pizza margherita et un verre de vin, dit Charlotte.

— Bonne idée mais, comme je suis ici, nous devrions nous offrir une bouteille de vin pétillant, sinon deux. Pourquoi pas le Franciacorta, pour célébrer l'événement ?

— Bien sûr ! dit Charlotte en souriant et en oubliant visiblement ses doutes d'il y a quelques minutes. Quelle occasion idéale ! J'adore le vin pétillant.

— Alors, combien de temps on reste ici, les filles ? demanda Patrick. Vous avez réservé cette villa pour l'été, n'est-ce pas ?

— Oui, c'est ça.

Patrick serra la main à Charlotte.

— Je suis vraiment content. J'ai toujours voulu venir en Italie et, juste au moment où j'avais besoin d'un logement, tu as réservé cette villa. Tu es étonnante, Charlotte.

Ça, c'est un signal d'alarme énorme, décida Olivia. Il était si gros que, en fait, il aurait dû être visible par le village tout entier.

Cet homme ne s'intéressait pas du tout à Charlotte, seulement à ses propres besoins. En le jugeant, Olivia n'était pas injuste, elle était honnête.

Comment allait-elle donner son opinion à Charlotte et l'aider à ne pas commettre la même erreur une deuxième fois ? Fascinée par la prétendue affection de Patrick, est-ce que Charlotte allait même écouter son amie ou est-ce que cela briserait leur amitié ?

Les pizzas arrivèrent, mettant fin à ses pensées.

Olivia mangea vite. Elle voulait manger puis partir juste après parce qu'elle ne pourrait pas supporter cette situation beaucoup plus longtemps et ne savait pas comment avertir son amie de se méfier de ce parasite.

Patrick et Charlotte semblaient avoir faim eux aussi, car ils mangèrent leurs pizzas aussi vite qu'Olivia. Alors qu'elle était encore assise à table, Patrick demanda l'addition.

Au moins, il paie, pensa Olivia, contrariée mais quand même soulagée de voir que, finalement, il faisait quelque chose de bien.

Cependant, quand l'addition arriva, Patrick se leva.

— Je vais juste aux toilettes, les filles, dit-il. Vous vous occupez de ça, d'accord ? Est-ce qu'on rentre en taxi ou à pied ?

Il embrassa les cheveux à Charlotte.

— À toi de décider.

Alors, il se faufila entre les tables et partit vers les toilettes.

Olivia termina son verre de vin pétillant. Ils avaient fini par commander deux bouteilles de ce vin cher et Charlotte calculait le pourboire d'un air inquiet.

— On partage, dit fermement Olivia en sortant son portefeuille et en tendant du liquide à Charlotte.

— Oh, Olivia, tu es sûre ? demanda Charlotte en levant les yeux d'un air anxieux.

— Et toi, est-ce que tu es sûre ? dit Olivia.

Charlotte cligna rapidement des yeux.

— Que veux-tu dire ? demanda-t-elle.

Olivia n'avait que deux minutes pour dire ce qu'elle pensait. Elle allait devoir être concise et le risque d'obtenir un mauvais résultat, c'est-à-dire de détruire leur amitié, était réel. Pourtant, Olivia ne pouvait pas rester muette. Pour le bien de Charlotte, elle se devait d'être honnête.

Elle rassembla ses pensées. Elle savait que c'était maintenant ou jamais.

— Ce que je veux dire, c'est qu'il t'utilise. Si tu avais annulé le mariage, ce n'est pas pour rien, et là, il recommence. Il vit à tes crochets. Il commande un vin cher et il considère que quelqu'un d'autre va le payer. C'est inacceptable. Quant à son travail, il n'avait pas l'air d'être un vrai travail.

Elle inspira une nouvelle fois et passa à la deuxième phase de son discours précipité.

— Ce que je supporte le moins, c'est l'arrogance avec laquelle il s'imagine que tu vas lui refaire une place dans ta vie, alors qu'il ne t'a appelé que quand il a eu besoin que tu viennes le chercher à l'aéroport. Maintenant, tu vas dépenser tout ton argent pendant le reste de l'été pour satisfaire tous ses désirs. Je ne crois pas que tu devrais l'autoriser à faire ça. Je crois que —

Le discours d'Olivia fut interrompu par le retour de Patrick.

Il serra les épaules à Charlotte.

— On est prêtes, les filles ? On prend un taxi ou on marche ?

Olivia retint son souffle. C'était le moment décisif, celui où Charlotte allait montrer si les paroles de son amie avaient fait mouche ou l'avaient seulement vexée.

Elle se demanda frénétiquement s'il y avait des chambres à louer dans les environs.

Alors, Charlotte parla. Elle sourit à Patrick sans regarder Olivia le moins du monde.

— Prenons un taxi, mon beau, dit-elle, et Olivia sentit la déception l'envahir.

Elle avait échoué. Tout ce qu'elle avait fait, c'était détruire sa plus vieille amitié. Elle ne pouvait plus revenir sur ce qu'elle avait dit, car il était trop tard, mais elle regrettait amèrement d'avoir dit ce qu'elle pensait.

*

Assise à l'avant du taxi parce que Charlotte et Patrick occupaient le siège arrière, Olivia se reprochait amèrement d'avoir prodigué ses conseils avec une telle imprudence. Ce n'était pas parce qu'elle était une dresseuse de chèvres hors pair qu'elle était une bonne conseillère matrimoniale. Elle avait dit ce qu'il ne fallait pas et son comportement avait directement poussé Charlotte dans les bras de Patrick.

Alors qu'Olivia avait tout juste eu le temps de se reprocher ses décisions, le taxi s'arrêta devant la porte d'entrée de la villa.

— Avez-vous du liquide sur vous, les filles, ou est-ce que le chauffeur va accepter votre carte de crédit ? demanda Patrick.

Charlotte se tourna vers le conducteur.

— Pourriez-vous attendre une minute ? demanda-t-elle.

— *Si*, répondit-il en hochant la tête.

Charlotte sortit du taxi et se dépêcha d'entrer dans la villa.

Olivia avait l'estomac retourné. Elle avait détruit sa plus vieille amitié et elle devait partir. Le moins qu'elle puisse faire, c'était payer elle-même le conducteur. Elle pourrait peut-être lui demander de revenir dans une heure, quand elle aurait fait ses bagages et trouvé où aller.

Olivia fouilla dans son sac pour voir si elle avait assez de liquide sur elle.

Visiblement, Patrick n'avait pas l'intention de contribuer. Sifflant une chanson, il défit sa ceinture de sécurité et ouvrit sa portière.

Alors, Olivia l'entendit pousser un cri de surprise.

— Hé !

Charlotte était de retour et elle traînait la valise de Patrick derrière elle.

— Tu fais quoi, là ? cria Patrick d'une voix aiguë.

— Pourriez-vous emmener le signore à l'aéroport ? dit Charlotte au conducteur.

Elle lui tendit sa carte de crédit.

— Je paie les deux courses.

Alors, elle ouvrit le coffre et y mit la valise de Patrick.

— Attends ! Il se passe quoi, ici ? Vous faites quoi, les filles ? C'est une blague ?

Patrick avait l'air terriblement angoissé.

— Ce n'est pas une blague, dit Charlotte. Je ne veux pas de toi ici. Tu es venu sans me demander si je le voulais. Tu as supposé que j'accepterais de t'avoir ici, mais je refuse. Tu n'as même pas payé le vin coûteux que tu as commandé.

— Hé, les filles ! J'ai oublié de le faire ! J'ai été distrait par votre compagnie adorable. Bien sûr, que je peux payer, protesta Patrick, mais Charlotte secoua la tête.

— Ce n'est pas le problème. Le problème, c'est que tu profitais de moi. Tu espérais que je te loge gratuitement tout l'été et que je paye toutes les factures. Je suis désolée, Patrick. Être mignon et charmant, ça ne suffit plus. Ça ne marche plus. Ce que je peux te conseiller de mieux, c'est de trouver quelqu'un de plus conciliant aux États-Unis. Je suis sûre que tu trouveras sans problème. Je suis ici avec mon amie, qui

183

me soutient, m'est fidèle et qui, soit dit en passant, a signalé que tu te comportais comme un manipulateur, pas un petit ami. Elle a raison. Rentre ta jambe, maintenant.

Charlotte avança et saisit la portière du taxi.

Patrick ne résista pas. Il avait l'air abasourdi, comme s'il n'arrivait pas à croire à ce qui se passait.

— Bon vol de retour, dit Charlotte en claquant la portière.

Olivia descendit en toute hâte de la voiture. Elle était restée figée sur son siège pendant que ce drame se déroulait.

— Oui, bon vol, Patrick. Amuse-toi bien ! dit-elle d'un ton faussement joyeux.

Elles regardèrent le taxi tourner et ses feux arrière disparaître au loin.

CHAPITRE VINGT-HUIT

Quand Olivia arriva à La Leggenda le lendemain matin, elle passa d'abord au bâtiment de vinification.

— Reste ici ! dit-elle à Erba quand elle atteignit les portes hautes et imposantes du bâtiment.

Erba sauta docilement dans un pot de lavande et en arracha un des pieds par les racines.

Toute fière, Olivia caressa affectueusement le front de la chèvre. C'était une chèvre à l'intelligence exceptionnelle et, en plus, elle était jolie. Bien sûr, si Erba était obéissante, une partie du mérite devait sûrement revenir à Olivia, qui l'avait dressée.

Olivia entra. Elle prit le temps d'inhaler le parfum de la lente fermentation du vin associé à celui du bois bien séché des énormes tonneaux. Si elle arrivait à travailler ici, elle pourrait passer plus de temps dans cet endroit et apprendre les secrets de la vinification.

— J'y arriverai, se promit-elle.

Aujourd'hui, son but était simple. Quoi qu'il en coûte, elle allait résoudre le mystère du meurtre de Luigi et prouver son innocence.

Elle traversa le lieu de dégustation à la recherche de Nadia, remarquant au passage que l'un des assistants la contemplait d'un air horrifié et se cachait derrière un tonneau. Olivia n'en avait que faire. Elle avait son plan en tête et n'allait pas y renoncer parce qu'un ouvrier d'une exploitation viticole l'évitait publiquement.

Elle trouva la vigneronne dans le bureau du fond, occupée sur son ordinateur. Les cheveux foncés de Nadia étaient attachés en arrière et elle tapait sur les touches d'un air attentif.

Quand elle leva les yeux, Olivia resta à la porte, hésitante.

— Bonjour, dit-elle. Je suis désolée de t'interrompre. Puis-je te poser une question, je te prie ?

Elle s'attendait à ce que Nadia réagisse avec la même peur qu'avant mais, à sa grande surprise, la vigneronne hocha la tête à contrecœur.

— Je suppose que oui, dit-elle.

— Est-ce que je te dérange ? Je peux revenir plus tard, dit Olivia.

— Je m'occupe de l'administration quotidienne. Je peux faire une petite pause. Assieds-toi, dit Nadia en désignant impatiemment une chaise.

— Je craignais que tu ne me soupçonnes, avoua Olivia en s'asseyant. Ici, tous les autres semblent le faire.

Nadia haussa les épaules.

— J'attendrai que la police finisse son enquête. C'est à elle de décider qui est coupable, dit-elle sèchement.

— Je veux te poser une question sur le soir où Luigi est mort, dit Olivia en espérant que cela n'allait pas mettre Nadia en colère.

— Laquelle ? demanda-t-elle d'un air soupçonneux.

— Tu as dit que Marcello était en train de sortir, mais il est arrivé au lieu de dégustation juste après nous. Je me demandais si tu savais où il était allé, dit Olivia.

Elle retint son souffle en voyant Nadia froncer les sourcils.

— Il avait un rendez-vous. Il ne m'en a parlé que dans l'après-midi. Je ne sais pas où il devait avoir lieu ou avec qui. Lui as-tu posé la question ? Pourquoi viens-tu me le demander, à moi ?

— Je le lui demanderai. Je voulais te poser la question en premier.

Olivia avait espéré obtenir cette information sans être obligée de la demander directement à Marcello, mais elle comprenait maintenant que ce ne serait pas possible.

— D'habitude, je lui demande où il va ou il me le dit, ajouta Nadia d'un air pensif, mais il y avait tant à faire ce jour-là que ça n'est pas arrivé cette fois.

Cela ne fit que renforcer les soupçons d'Olivia.

— Y a-t-il autre chose que tu veux demander ? J'ai beaucoup à faire ce matin, dit la vigneronne d'un ton qui indiqua à Olivia qu'elle devait partir.

— Rien, merci, dit-elle humblement.

Elle quitta le bâtiment de vinification en se demandant comment formuler les questions qu'elle allait devoir poser à Marcello.

Il était beau et charmant, mais Olivia se rappela que Patrick, à qui elle espérait que Charlotte avait définitivement renoncé, l'était lui aussi et que cela n'avait pas rendu son comportement plus acceptable.

La veille, elle avait vu que les hommes charmants savaient manipuler les autres pour obtenir plus d'avantages et, même si le propriétaire de l'exploitation viticole, Marcello, aurait pu être au-dessus de tout soupçon, Olivia avait remarqué qu'il n'aimait pas Luigi et elle savait qu'ils ne s'étaient pas appréciés l'un l'autre. De plus, malgré les connaissances approfondies du sommelier, Marcello s'était sûrement rendu compte que son arrogance et son attitude agressive provoquaient des problèmes avec les clients.

Est-ce que Marcello avait commis un meurtre impuni ?

C'était une idée terrible, surtout quand elle se souvint qu'il lui avait serré la main très intimement quand ils avaient partagé un verre de l'assemblage Miracolo. Enfin, quand il l'avait regardée dans les yeux, elle avait eu la sensation de se noyer dans son regard.

Olivia se dit qu'il fallait qu'elle se calme. Penser comme ça ne l'aiderait pas à avancer. La situation était grave. Marcello était soupçonné de meurtre et il essayait peut-être de cacher ses méfaits. Olivia résolut de garder la tête froide et de l'interroger elle-même dès que possible.

*

À l'heure du déjeuner, Olivia vit Marcello sortir du restaurant et elle se précipita vers lui.

— Olivia ! Je vois que vous vous êtes bien débrouillée, aujourd'hui. Les ventes le montrent.

Son sourire était aussi chaleureux qu'à l'accoutumée mais, cette fois-ci, Olivia ressentit un frisson de peur. Qu'y avait-il derrière ce sourire ? Est-ce qu'elle le connaissait si bien que ça et est-ce qu'il l'avait dupée ?

— La journée a été longue.

Elle inspira profondément.

— Marcello, je me demandais quelque chose.

— Que vous demandiez-vous ?

Il la contempla de ses yeux étincelants et Olivia oublia sa résolution l'espace d'un instant.

Elle se força à repenser à son objectif. Les enquêtrices dignes de ce nom n'acceptaient pas qu'on détourne leur attention en les charmant avec des beaux traits ou avec des yeux bleu foncé incroyablement séduisants.

— Le soir où Luigi a été tué, vous êtes allé à une réunion. Je me souviens que Nadia l'a mentionné. Pourtant, quand son corps a été découvert, vous étiez à l'exploitation viticole. Quand j'y pense, je ne peux m'empêcher de me sentir perplexe. Je suppose qu'il faut que je comprenne clairement la chronologie des événements au cas où la police m'interrogerait dessus, dit Olivia trop vite, consciente du fait qu'elle rougissait fortement et que, malgré son prétexte, Marcello devait comprendre clairement ce qu'elle demandait et pourquoi.

— Vous avez raison. On m'a appelé l'après-midi et on m'a invité à me rendre à un rendez-vous à Casa D'Orio, la grande exploitation viticole située de l'autre côté de la vallée. Le propriétaire, Enzo D'Orio, voulait proposer de produire un vin en collaboration mais, quand je suis arrivé, je ne l'ai pas trouvé sur place, donc, je suis revenu immédiatement. Quand je suis entré, j'ai entendu Nadia crier.

— Oh, dit Olivia.

Cet alibi lui paraissait très peu convaincant.

Marcello était extrêmement sympathique, un vrai gentleman, mais Olivia se rappela qu'il était aussi un Italien au sang chaud et que des émotions puissantes auraient pu bouillonner sous son apparence empathique.

Peut-être avaient-elles débordé au mauvais moment. Il avait pu se laisser aller à la fureur de l'instant.

Elle lui rendit son sourire.

— Vous êtes allé rencontrer la concurrence ? Cela ne revient-il pas à coucher avec l'ennemi ?

Quand Olivia prononça les derniers mots, elle crut voir les pupilles de Marcello se dilater et força ses jambes à ne pas se dérober machinalement.

— Vous avez raison. Ça peut sembler inhabituel. Toutefois, il nous arrive de collaborer avec plusieurs autres exploitations vinicoles et j'ai évoqué cette possibilité avec Enzo quelques années auparavant.

Olivia se rendit compte qu'il serait facile de confirmer le rendez-vous en lui-même. Un vigneron concurrent ne mentirait pas pour protéger un rival. De plus, les historiques de communication téléphonique prouveraient l'honnêteté de Marcello, ou sa culpabilité.

Olivia ne pouvait pas continuer à l'interroger sur ce point, mais il fallait qu'elle décide de ce qu'elle allait faire ensuite.

Marcello semblait être sur le point de dire autre chose mais, à ce moment-là, Nadia entra précipitamment.

— L'inspectrice Caputi arrive. Elle nous a demandé de nous mettre à sa disposition. Elle a peut-être fait une découverte importante.

Elle jeta un coup d'œil à Olivia.

— Ils ont peut-être assez de preuves pour arrêter quelqu'un.

Olivia se figea.

Ses tentatives maladroites et dilettantes d'enquêter pour prouver son innocence comptaient pour rien, maintenant. C'était l'inspectrice qui détenait le pouvoir et qui avait le dernier mot. Comment Olivia avait-elle pu l'ignorer ? L'inspectrice Caputi avait bien évidemment travaillé sans relâche pour dresser une chronologie des faits et récolter des preuves circonstancielles qui prouvaient que c'était Olivia la coupable. C'était la seule solution simple et irréprochable que l'on pouvait apporter à ce problème complexe.

Nadia avait l'air triomphante. À voir son expression, Olivia comprenait qu'elle se disait qu'elle avait eu raison dès le début.

Faisant un geste qu'elle voulait décontracté, Olivia ne réussit qu'à laisser tomber son sac à main, qui atterrit par terre avec un bruit sourd en laissant échapper son contenu.

— Désolée, dit Olivia en s'agenouillant pour ramasser les objets.

Elle sentait qu'elle rougissait. On voyait quelques objets personnels embarrassants dans le désordre et elle savait que Marcello regardait.

Nadia regardait, elle aussi, mais pas les possessions que Olivia rassemblait précipitamment.

— Ce papier, c'est quoi ?

Olivia leva les yeux en plaçant les mains par-dessus ses objets rassemblés pour les protéger.

— Pardon ? dit-elle.

— Ça, c'est quoi ?

Nadia se pencha et ramassa un morceau de papier qui se trouvait à côté.

L'espace d'un instant, Olivia fut perplexe. Qu'est-ce que c'était ? Avait-elle noté une chose avant de l'égarer dans son sac à main ? Elle ne rangeait pas assez souvent son sac. Cela avait peut-être un rapport avec son billet d'avion, ou alors, c'était peut-être une chose qu'elle avait notée à Chicago.

Ou alors, c'était peut-être un client qui avait laissé tomber ce morceau de papier et il ne lui appartenait pas du tout.

— Je ne sais pas — commença-t-elle, mais Nadia eut le souffle coupé.

— Appelez l'inspectrice, vite ! Qu'elle vienne vite !

— Pourquoi ? demanda Olivia.

Elle sentit ses mains devenir moites. Que s'était-il passé ?

— C'est le code du coffre-fort.

Elle jeta un regard noir à Olivia.

— Le coffre-fort de mon bureau, où tu m'as retrouvée ce matin. Le coffre-fort secret, où nous stockons notre recette de vin la plus importante, la formule du Miracolo. C'est toi qui as tué Luigi ! Tu voulais voler la formule. Luigi a dû découvrir tes plans, donc, tu l'as tué !

Nadia jeta un regard noir et accusateur à Olivia. Marcello la contempla d'un air horrifié.

— Police ! cria Nadia à un assistant qui passait. Appelez la police ! Maintenant !

CHAPITRE VINGT-NEUF

— Attends ! murmura Olivia.

Elle essayait de calmer la panique qu'elle sentait monter en elle. Elle savait qu'il fallait qu'elle réfléchisse calmement pour prouver son innocence. Était-ce un coup monté ? Est-ce que Nadia avait glissé le code dans son sac ? Comment Olivia allait-elle faire pour expliquer qu'elle n'avait aucune idée de sa provenance ou de sa nature ?

Alors, Olivia se souvint et son cœur tressaillit.

C'était le morceau de papier qu'elle avait ramassé dans le bureau de Luigi pendant son enquête hier. Elle l'avait gardé juste au cas où.

Olivia avait été déçue par sa recherche et avait pensé n'avoir trouvé aucune preuve tangible. Eh bien, elle s'était trompée. Elle avait trouvé la preuve cruciale mais, maintenant, c'était contre elle qu'on l'utilisait.

— Je suis innocente, insista-t-elle.

Nadia plaça les mains sur les hanches et la crucifia du regard.

— Oh, non. Tu ne t'en tireras pas en mentant.

— J'ai trouvé ce papier dans le bureau de Luigi.

— Tu inventes tout ça.

Olivia jeta un coup d'œil à Marcello, suppliante. Il semblait n'y avoir aucun moyen de prouver son innocence pour l'instant. Allait-il intervenir ?

À son grand désarroi, elle vit une tristesse résignée dans ses yeux.

— Je crois que vous devez aller dans mon bureau et y attendre la police, lui dit-il doucement. Nous allons devoir accepter qu'elle gère la situation pour l'instant.

Olivia déglutit avec difficulté. En ce moment critique, Marcello restait neutre. Elle comprit qu'il n'avait pas le choix à cause des preuves irréfutables de sa culpabilité.

Elle partit dans le couloir qui menait à son bureau en traînant les pas. C'était là où elle devrait attendre qu'on décide de son sort. Elle n'avait rien fait. Tout cela était injuste, mais il ne semblait pas possible d'y échapper. Qui croirait qu'elle avait dit la vérité ?

Olivia comprit soudain qu'il y avait une autre solution,

Au bout du couloir, il y avait une porte de sortie qui menait dans la cour de derrière.

Elle pourrait sortir par cette porte et s'échapper. La cour donnait sur un jardin et, au-delà, il y avait une piste qui menait à l'allée de service. Elle pourrait prendre ce chemin et revenir à la villa avant que la police n'arrive. Si elle appelait un taxi pour se rendre à l'aéroport, elle pourrait être dans un avion avant qu'ils ne se rendent compte de ce qu'elle avait fait.

Elle pourrait prendre le premier avion disponible. La destination lui importerait peu. Elle irait n'importe où.

Enhardie par sa décision, Olivia accéléra le pas. Elle passa rapidement devant le bureau de Marcello et ouvrit la porte du fond. Les gonds grincèrent. Elle sursauta et regarda derrière elle pour s'assurer que Marcello n'avait rien entendu. Il était encore dans le lieu de dégustation. Peut-être un client était-il arrivé. Ce serait un coup de chance pour elle et il était temps qu'elle en ait un peu.

Olivia se glissa par la porte et la referma derrière elle.

L'air frais de l'extérieur avait l'odeur de la liberté.

Au-delà du coin, elle entendit le faible bourdonnement des voix et le cliquetis des couverts du restaurant. Olivia se tourna dans l'autre sens et passa sous le porche voûté pour entrer dans le jardin.

Au-delà, il y avait le sentier qui l'emmènerait au portail d'entrée.

Olivia avança résolument dans l'allée de service. Elle espéra qu'Erba ne remarquerait pas son départ parce que, si elle suivait Olivia, elle attirerait l'attention sur elle.

Comme Olivia partait à une heure inhabituelle, elle espéra qu'Erba serait occupée ailleurs.

La brise chaude lui tira les cheveux et les souffla sur son visage quand elle se retourna pour regarder derrière elle. Il n'y avait personne. Jusqu'à présent, sa fuite se déroulait sans accroc, mais elle avait les mains moites et le cœur qui battait la chamade. Elle savait qu'elle ne pourrait se détendre que lorsqu'elle serait installée dans un avion en partance pour une destination lointaine, ou plutôt quand l'avion aurait décollé.

Alors, Olivia inspira brusquement quand elle vit approcher une voiture au toit illuminé par le soleil.

Il fallait qu'elle se cache. La cachette la plus proche était un groupe d'arbustes à sa droite.

Valait-il mieux qu'elle attende dans les buissons pendant que la voiture passait ou qu'elle continue à marcher avec assurance comme si elle avait parfaitement le droit de quitter le vignoble à cette heure-là ?

Il ne serait peut-être pas nécessaire qu'elle se cache. Le temps pressait et le conducteur était probablement un livreur.

Quand la voiture se rapprocha, Olivia commença à changer d'avis.

Cette voiture lui paraissait familière. C'était une Fiat grise. Le soir du meurtre de Luigi, les policiers étaient arrivés dans des Fiat grises.

— Aïe, murmura Olivia.

Il semblait que l'inspectrice Caputi ait décidé d'utiliser l'allée de service.

— Eh bien, ça n'a pas du tout l'air suspect, marmonna Olivia en se préparant à foncer vers les arbustes.

Alors, elle virevolta quand, de derrière elle, elle entendit un bêlement ravi. Erba l'avait vue et elle trottinait vers elle sur l'allée.

À présent, Olivia ne pouvait plus s'échapper. Elle était complètement coincée.

Quand la voiture arriva au niveau d'Olivia, elle ralentit et l'inspectrice fit descendre la vitre. Elle avait une expression aussi sinistre que l'agent de police en uniforme assis sur le piège passager. Il était clair qu'on les avait informés de la situation.

— Vous allez vous promener ? demanda l'inspectrice Caputi avec un sarcasme manifeste.

— Je — essaya de dire Olivia en souriant faiblement.

L'agent de police se pencha et la porte de derrière s'ouvrit.

— Montez, dit sèchement Caputi.

*

Olivia était perchée sur une chaise dans le bureau de Marcello, assise entre l'inspectrice Caputi et l'agent de police en uniforme. Elle les observait l'un puis l'autre, consternée, et comprenait qu'elle ne pourrait plus essayer de s'échapper. Ils se saisiraient d'elle avant même qu'elle ait pu se lever.

Olivia se rendit soudain compte que la vie essayait de lui enseigner une chose qu'elle refusait obstinément d'apprendre.

Qu'avait-elle fait sous la pression ?

Elle avait essayé de s'enfuir.

Dans le cadre de l'enquête de police, c'était l'équivalent de quitter son travail sans préavis. Olivia se sentit agacée quand elle comprit tout le mal qu'elle avait à se débarrasser de ce trait de caractère pénible.

C'était la troisième fois !

Certes, le meilleur moment pour réfléchir profondément sur soi-même n'était probablement pas celui où l'on était entouré par des agents de police et sur le point d'être arrêté mais, malgré cela, Olivia décida que, cette fois-ci, elle ne fuirait pas les vérités désagréables.

Il fallait qu'elle change ! La vie lui montrait clairement et de façon percutante que la fuite ne lui apporterait rien de bon.

Dans ce cas, au lieu de paniquer, il fallait qu'elle reste calme et agile dans sa tête. Il fallait qu'elle utilise sa raison pour se tirer de ce mauvais pas, comme une adulte, au lieu d'essayer de fuir.

Il devait exister un moyen de convaincre cette inspectrice austère de son innocence. Est-ce que toutes ses compétences d'enquêtrice nouvellement acquises ne lui serviraient à rien ? Ou alors, allait-elle d'une façon ou d'une autre trouver un moyen de prouver qu'elle avait raison et qu'ils avaient tort ?

— Je sortais pour réinterroger quelques membres du personnel de l'exploitation viticole, qui semblaient tous penser que la même personne était coupable du meurtre, dit Caputi à Marcello et à Nadia qui, assis en face, l'écoutaient solennellement.

Elle jeta un regard en coin à Olivia, qui eut l'impression de se ratatiner sur place.

— Toutefois, il semblerait que nous ayons fait une découverte capitale.

Olivia lui jeta nerveusement un coup d'œil. Elle ne savait toujours pas comment elle allait prouver son innocence. Alors, l'inspectrice installa son magnétophone.

— J'aimerais que vous me fournissiez un compte-rendu exact de ce qui s'est passé avant, dit-elle à Nadia et à Marcello. Veuillez fournir autant de détails que possible, car nous les ajouterons aux preuves si sa culpabilité est avérée.

Olivia commença à faire de l'hyperventilation. Elle ne voulait pas aller en prison et Charlotte et Erba se sentiraient seules sans elle. Elle devina que la caution serait fixée très haut, trop haut pour qu'elle puisse la payer à ce stade ; de plus, elle ne pourrait demander à personne d'autre de le faire.

Il fallait qu'elle trouve une argumentation incontestable à toute vitesse pour éviter d'être arrêtée, même temporairement.

Quand elle inspira pour reprendre son souffle, elle perçut l'odeur du pain fraîchement cuit qui venait du restaurant. Elle était choquée par l'idée que, si elle était arrêtée, elle ne pourrait plus profiter de ce luxe, ni même apprécier la liberté ordinaire de se rendre dans une boulangerie pour y acheter une miche chaude et croustillante.

Ce fut peut-être l'oxygène supplémentaire qu'elle inhala en respirant rapidement ou l'arôme du pain qui lui rappelèrent la promenade en voiture qu'elle avait faite avec Charlotte lors de son premier jour en Italie. D'une façon ou d'une autre, les pièces du puzzle se mirent soudain en place dans l'esprit d'Olivia. Elle avait une idée.

En fait, quand ses pensées s'agrégèrent, elle se rendit compte que c'était plus qu'une idée. C'était une certitude.

Sa théorie couvrait tout ce qui s'était passé depuis qu'elle travaillait à l'exploitation viticole et elle était parfaitement logique. Elle avait résolu le mystère.

Le seul problème, c'était qu'elle y était peut-être parvenue trop tard.

— Attendez ! cria-t-elle quand l'inspectrice Caputi fut sur le point d'appuyer sur le bouton d'enregistrement.

Nadia sursauta de manière visible, clairement à bout de nerfs. Marcello leva le regard vers Olivia et cette dernière vit de l'espoir dans ses yeux.

L'inspectrice se tourna vers elle en fronçant les sourcils.

— Quoi ? dit-elle sèchement.

Olivia rassembla ses pensées. Elle allait devoir les convaincre à une vitesse tout simplement vertigineuse. Elle devina qu'elle avait environ cinq secondes avant que l'inspectrice ne perde patience et ne continue sans tenir compte d'elle.

— J'ai besoin que vous vérifiiez quelque chose avant qu'on continue. Je vous en supplie, c'est crucial.

— Tu fais perdre du temps à la police, siffla Nadia.

L'inspectrice Caputi serra les lèvres et crucifia Olivia du regard.

— Que voulez-vous que nous vérifiions ? demanda-t-elle.

Olivia inspira profondément.

— Je veux que vous regardiez à l'intérieur du coffre qui se trouve dans le bureau de Nadia.

— Vraiment ? demanda la vigneronne d'un ton moqueur. Tu aimerais voir ce qu'il y a d'autre pour le voler plus tard ?

Elle se tourna vers l'inspectrice.

— C'est ridicule. Vous avez raison et cette femme fait perdre du temps à la police. De plus, son comportement me stresse. Elle essaie d'avoir une autre chance de s'enfuir. J'ai encore un vin à assembler aujourd'hui et il faut que je sois calme pour ça. Pouvez-vous l'arrêter maintenant, je vous prie ?

L'inspectrice Caputi hocha la tête.

— Je suis d'accord. Cette question est futile. Vous entravez l'exercice de la justice et vous cherchez une autre occasion de vous enfuir.

Elle se pencha vers le magnétophone et Olivia baissa les yeux, désespérée. Elle eut l'impression que son monde s'écroulait autour d'elle.

Ils n'avaient pas écouté. Ils ne feraient pas ce qu'elle demandait. Sa théorie ne verrait jamais la lumière de jour et elle non plus, si cette inspectrice effrayante réussissait à rassembler assez de preuves.

Alors, Marcello dit :

— Attendez !

Olivia releva brusquement la tête.

Il ne la regardait pas. En fait, il contemplait l'inspectrice de police avec l'expression qu'elle l'avait déjà vu utiliser quelques fois. Avec le regard doux, la tête penchée qui faisait tomber ses cheveux foncés sur son front et son sourire discret, c'était Marcello tous charmes dehors.

Peut-être avait-il fini par décider qu'il était du côté d'Olivia.

— Je crois que, avant de dire oui ou non, vous devriez demander à Olivia pourquoi elle veut que vous fassiez cela. Cela ne vous semble-t-il pas raisonnable ?

Son regard croisa celui d'Olivia et, un bref instant, Olivia y vit une chaleur inattendue. Mieux encore, elle y vit qu'il croyait en elle.

— Pourquoi ? demanda l'inspectrice en se tournant vers Olivia.

Il n'y avait aucune pitié dans son regard. Son expression indiquait à Olivia qu'elle avait intérêt à dire quelque chose d'intéressant.

— Pour voir si la recette y est encore, dit Olivia.

— Bien sûr qu'elle y est, s'écria Nadia, agacée. Tu t'es promenée avec le code du coffre-fort dans ton sac à main en attendant une occasion de la voler.

— Exactement, dit Olivia. J'étais par ici. Je faisais mon travail. Je dirigeais le lieu de dégustation. Donc, si la recette est encore là-bas, alors, oui, vous pouvez dire que je suis coupable du meurtre et que j'attendais d'avoir l'occasion d'accéder au coffre-fort. Cependant, si la recette n'y est pas, c'est que je l'ai déjà volée et, dans ce cas, pourquoi serais-je encore en train de travailler ici ? Je serais partie immédiatement.

Un silence pensif s'installa dans la pièce et elle vit Marcello hocher la tête d'un air approbateur.

— D'accord, dit l'inspectrice Caputi. Allons inspecter le contenu du coffre-fort.

Ils se levèrent. Olivia remarqua que les deux agents de police l'encadraient de très près. Jamais elle ne pourrait s'enfuir.

L'anxiété la rongeait. Elle était sûre que sa théorie était bonne, mais que ferait-elle si elle ne l'était pas ?

— Sortez tous, cria Nadia quand elle entra dans la salle de vinification en premier, suivie par Marcello. Veuillez quitter le bâtiment. La police a du travail à y faire.

Obéissant à son geste théâtral du bras, les ouvriers se dépêchèrent de sortir.

Dans le petit bureau de Nadia, il y avait tout juste assez de place pour eux tous. Olivia fut poussée de l'autre côté du bureau, avec le policier en uniforme entre elle et la porte.

L'anxiété lui coupait le souffle. Elle savait qu'elle avait raison (c'était la seule solution) mais que se passerait-il si elle avait tort ? Elle aurait aggravé son cas avec cette tentative désespérée de prouver son innocence.

Nadia se dirigea tout droit vers le coffre-fort. Marcello se plaça juste derrière elle pour bloquer la vue des autres pendant qu'elle tournait le bouton avec soin.

Olivia entendit la porte s'ouvrir en faisant racler ses lourds gonds en métal.

Alors, la voix de Nadia, forte et triomphante, annonça la pire nouvelle qui soit, l'issue qu'Olivia avait crue impossible.

— La recette est encore là ! Elle a menti !

CHAPITRE TRENTE

Olivia laissa échapper un cri aigu, horrifiée. Elle avait été certaine que sa théorie serait inattaquable. Elle avait raisonné de façon logique et c'était la seule explication cohérente. Ce qui venait de se passer était impossible, un désastre. Comment la recette pouvait-elle encore être dans le coffre-fort ?

Elle vit que la patience de l'inspectrice Caputi, qui n'était jamais abondante, s'était entièrement évaporée.

— Repartons continuer l'interrogatoire, dit-elle sèchement.

Jetant un regard noir à Olivia, elle dit :

— Cela sera utilisé contre vous.

Les larmes d'Olivia lui piquaient les yeux. C'était injuste, humiliant et complètement impossible.

En trébuchant, elle se tourna pour repartir et l'agent de police la saisit par le bras, pas pour l'aider à ne pas tomber, elle en était sûre, mais pour l'empêcher d'essayer de s'enfuir une dernière fois par pur désespoir.

Alors, derrière elle, Marcello parla. Il avait l'air perplexe.

— Ce n'est pas la recette, Nadia.

Il y eut un silence bref et intense. Olivia se retourna avec étonnement. Elle sentait son cœur battre la chamade.

— Si, insista la vigneronne. Il n'y a qu'un seul document dans ce coffre-fort et c'est celui-là.

— Non, ce n'est pas la recette. Regardez.

Visiblement alarmé, Marcello sortit un mince dossier en plastique du coffre-fort.

— C'est bien là où on la gardait, mais quelqu'un a remplacé les pages. Au lieu de la formule imprimée du vin, ce que je vois maintenant, c'est une recette pour les pâtes à la carbonara.

— Quoi ? Tu n'es pas sérieux, dit Nadia d'une voix aiguë.

— 'Première étape : Mettez à bouillir une grande casserole d'eau', lut Marcello. 'Deuxième étape : Hachez finement 100 grammes de pancetta après en avoir retiré le gras. Troisième étape : Battez trois grands œufs dans un bol de taille moyenne et assaisonnez-les avec —'

— D'accord, d'accord, dit Nadia en lui prenant le dossier. On n'a pas besoin de lire toute la recette. Nous savons tous préparer des pâtes à la carbonara. Ce que je veux savoir, c'est pourquoi cette recette est ici et où ma formule de vin est passée.

D'un air paniqué, elle inspecta le contenu du dossier. Ce fut vite fait parce qu'il n'y avait que deux pages.

— 'Douzième étape : Servez immédiatement. Saupoudrez avec le fromage qui reste et ajoutez du poivre noir pour donner du goût', lut Marcello par-dessus l'épaule de Nadia pendant qu'elle contemplait la deuxième page avec incrédulité, bouche bée.

— Tu as raison, dit Nadia à Olivia en la regardant d'un air de défi. La formule du vin a disparu. Si tu es intelligente au point de savoir qu'elle n'était plus ici, peux-tu nous dire où elle est partie ? L'as-tu cachée quelque part ?

— Je peux vous soumettre ma théorie, dit Olivia, contente d'entendre que sa voix avait l'air calme alors qu'elle était toute tremblante. Marcello, il va falloir que vous passiez un appel téléphonique de toute urgence. Nous devrions retourner dans votre bureau, maintenant. Pendant que nous attendrons, je vous expliquerai ce qui a dû se passer selon moi et où l'on peut probablement retrouver la recette.

*

Une demi-heure plus tard, Olivia était assise dans le bureau de Marcello. Il était assis à côté d'elle, si près que leurs épaules se frôlaient. Nadia était perchée sur une chaise de son autre côté et elle croisait anxieusement les doigts.

Il régnait dans le bureau une atmosphère d'attente pesante. Ils attendaient que le suspect arrive et que l'affaire puisse se conclure.

— Y a-t-il un secret pour les pâtes à la carbonara ? Avez-vous des trucs de spécialiste ? J'adorerais essayer un jour, dit Olivia.

Elle avait la bouche sèche, mais le silence devenait inconfortable. Elle avait besoin de détendre l'atmosphère.

— Quand on ajoute la mixture d'œufs, il est essentiel de remuer avec soin, lui dit Marcello.

Sa voix tendue indiquait qu'il était nerveux, lui aussi.

— Autrement, exposés à la chaleur, les œufs pourraient se brouiller et ça gâcherait la consistance.

— On dirait que vous l'avez fait souvent, dit Olivia.

Marcello hocha la tête.

— Je suis célibataire et, comme je travaille beaucoup, il faut que je mange bien. Or, j'adore ce plat. Toutefois, dans l'idéal, il vaut mieux le partager.

Olivia lui jeta un coup d'œil.

Était-il en train de flirter avec elle ? La pièce lui sembla soudain plus chaude.

Comment fallait-il qu'elle réponde ? Si elle flirtait avec lui, pourrait-on l'accuser d'aller trop loin ?

Alors, on entendit de lourds bruits de pas de l'autre côté de la porte et elle sentit Marcello se crisper.

Ils n'avaient plus le temps de flirter ou de parler de cuisine parce que celui qu'ils attendaient était arrivé.

Un homme barbu et trapu entra. Il portait une serviette mince à la main et une veste noire élégante était suspendue à ses épaules.

— Enzo.

Marcello se leva.

— Merci d'être venu. Je suis content que nous ayons pu déplacer notre rendez-vous suite à la mort tragique de Luigi. Je te présente Olivia, notre nouvelle sommelière.

— Je vous présente mes condoléances, Marcello et Nadia, dit Enzo.

Il adressa un hochement de tête à Olivia pendant que Marcello ouvrait une bouteille de vin rouge.

— C'est notre Cabernet Sauvignon de l'année dernière. Il est encore jeune, mais nous apprécions de le voir mûrir avec une telle vivacité, dit Marcello en remplissant quatre verres. Olivia allait me raconter une histoire intéressante. Je suis sûr que tu apprécieras qu'elle te la raconte, à toi aussi, pendant que nous buvons notre vin, n'est-ce pas ?

Enzo fronça encore plus les sourcils mais dit :

— Allez-y.

D'une voix qui, malgré tous ses efforts, resta aiguë et haut perchée, Olivia commença.

— Il y a quelques minutes, j'étais assise dans ce bureau et la fenêtre était ouverte. Je sentais le pain qui cuisait dans le restaurant.

Nadia hocha la tête.

— Moi aussi, j'ai senti cette odeur, dit-elle.

— Cela m'a rappelé mon premier jour en Italie quand, mon amie et moi, nous avons traversé Collina en voiture. Nous y avons vu deux boulangeries face à face et nous avons ri en voyant le propriétaire de la première traverser la route après l'heure de la fermeture pour photographier les promotions de l'autre boulangerie. Ça m'a fait penser à la rivalité et ça m'a rappelé que certaines personnes pouvaient aller très loin pour prendre l'avantage sur leurs concurrents.

— Poursuivez, dit Marcello pour l'encourager.

Olivia remarqua que le froncement de sourcils d'Enzo s'était transformé en regard mauvais. Elle ne savait pas si c'était à cause de ce qu'elle disait ou parce que le Cabernet Sauvignon de La Leggenda avait meilleur goût qu'il l'avait espéré.

Les mains moites, elle continua son histoire.

— Comme je travaillais au contact de Luigi, j'ai été choquée par sa mort et je me suis demandée qui avait pu le tuer et pourquoi. Quand j'ai repensé aux boulangers, ça m'a fourni un indice.

— Que s'est-il passé, à votre avis ? lui demanda Marcello.

Il y eut un silence tendu dans la pièce.

— Je sais que seule la famille Vescovi a le code du coffre-fort, dit Olivia. Il y a une semaine ou deux de cela, Luigi a dû regarder l'un de vous ouvrir le coffre-fort. Il a dû être au bureau au bon moment et regarder ce qui passait.

Nadia se racla la gorge.

— Il y a deux semaines, le jeudi, j'ai ouvert le coffre-fort et, quand je me suis retournée, je me suis rendu compte que Luigi se tenait juste derrière moi. Il a immédiatement commencé à me crier dessus, à accuser mon assistante vigneronne d'avoir livré le mauvais cru au lieu de dégustation. Cela a provoqué une énorme dispute et, quand elle s'est terminée, j'avais oublié qu'il avait peut-être vu le code, dit-elle.

— C'était une manœuvre de diversion délibérée, convint Marcello d'un air pensif.

Olivia hocha la tête.

— Quoi qu'il en soit, Luigi a appris ainsi le code du coffre-fort. Comme il était sommelier en chef, personne ne remettait son autorité en question et il avait accès au bâtiment de vinification. L'après-midi d'avant le meurtre, vous deux, Marcello et Nadia, vous avez quitté l'exploitation viticole pour offrir à des invités une visite guidée du vignoble. Sachant qu'il n'y aurait personne dans le bâtiment de vinification, Luigi y est entré, a volé la recette du Miracolo et a mis d'autres pages dans le dossier pour que le vol soit moins visible.

Enzo commença à postillonner et rougit fortement.

Olivia ne savait pas si c'était par colère ou s'il s'était étranglé sur une gorgée de Cabernet Sauvignon. D'une façon ou d'une autre, quand elle poursuivit, elle fut contente d'avoir le bureau en chêne massif entre eux et Marcello juste à côté d'elle.

— Le Miracolo est le vin que tous les autres vignerons voudraient tant pouvoir produire. Luigi a souvent dit, aussi bien à moi qu'aux clients, que ce vin était très recherché. Je sais que la famille Vescovi a rejeté plusieurs propositions d'achat de la formule. Luigi a décidé de trahir l'exploitation viticole en vendant la formule. Cependant, il y a eu un problème quand l'acheteur est arrivé.

Il régnait dans la pièce un tel silence qu'Olivia entendit le cliquetis lointain des couverts dans le restaurant. C'était étrange de se dire que, dans l'exploitation viticole, l'activité continuait comme d'habitude sans que les visiteurs et les touristes aient la moindre idée de la scène tendue qui avait lieu dans ce petit bureau.

— Selon vous, que s'est-il passé ? demanda Marcello.

— Luigi a peut-être changé d'avis ou demandé plus d'argent. De toute façon, l'accord a été compromis. Donc, l'acheteur a saisi l'arme la plus proche. Ironiquement, c'était la dernière bouteille de Miracolo 2012. Il a frappé Luigi à la tête, volé la recette puis s'est enfui.

— Qui était l'acheteur ? demanda Marcello.

— C'était la personne qui avait organisé un rendez-vous avec vous pour s'assurer que vous ayez quitté l'exploitation pendant la transaction. L'acheteur de la recette, qui est aussi l'assassin de Luigi, est Enzo D'Orio.

Olivia leva la tête et regarda directement Enzo dans les yeux. Il était furieux.

CHAPITRE TRENTE-ET-UN

Le rugissement de rage d'Enzo remplit la pièce. Le verre de vin se brisa par terre et sa chaise heurta le sol quand il se releva d'un bond.

— Qui est cette folle d'Américaine et pourquoi l'écoutez-vous ? C'est complètement absurde ! C'est une ruse de La Leggenda pour ternir ma réputation. Je refuse d'écouter ces idioties sans fondement. Je vais plutôt appeler mon avocat. Vous irez au tribunal pour ça, Marcello.

Il pointa un doigt boudiné sur Olivia.

— Et vous, je vous traînerai en justice à titre personnel pour ces calomnies.

Il se rua vers la porte mais, quand il l'ouvrit, il s'arrêta immédiatement.

L'inspectrice Caputi se tenait dans le couloir, avec le policier en uniforme derrière elle.

— Pas si vite, dit-elle tranquillement mais avec une menace sous-jacente.

Enzo la regarda fixement puis se retourna vers Marcello. Alors, Olivia vit pour la première fois de la peur dans ses yeux.

— Pourquoi ? demanda Enzo à l'inspectrice.

Olivia entendit l'instabilité de sa voix. Il était secoué, maintenant, et il craignait le pire.

— Pendant que vous étiez assis ici, deux de mes agents ont effectué une descente dans votre exploitation viticole et fouillé votre bureau. Comme il y avait un motif valable, nous n'avions pas besoin de mandat et nous avons pu agir très vite. Je viens de recevoir la confirmation qu'ils ont trouvé la recette du Miracolo dans le tiroir d'en haut de votre bureau.

— Quoi ? s'écria Enzo d'une voix rendue aiguë par la tension. Impossible !

— Apparemment, elle a une grosse tache de vin rouge mais, autrement, elle est en bon état. Donc, Signore Enzo D'Orio, vous êtes en état d'arrestation. Tout ce que vous direz pourra être utilisé contre vous dans un tribunal. Maintenant, vous allez m'accompagner au poste de police.

Grognant de rage, Enzo fut menotté en un moment et quitta les lieux escorté par les deux agents de police. Quand il atteignit la porte, il se retourna vers Olivia et lui grogna une menace.

— Vous le regretterez, je vous le promets.

Nadia se leva d'un bond.

— Non, elle ne regrettera rien. Elle nous a sauvés ! Elle fait partie de notre famille, maintenant. C'est vous qui regretterez vos menaces sans fondement. Sortez d'ici, gros porc ! Je ne vous ai jamais aimés, ni vous ni vos vins. Le Cabernet est dégoûtant et votre Merlot a un goût aigre. Vous utilisez des raisins immatures au lieu d'attendre assez longtemps. Vous devriez aller nager dans une cuve de Valley Wine avec tous les rats ; c'est là votre place. Ça vole des recettes et ça se prétend vigneron !

Nadia continua à crier jusqu'à ce qu'Enzo soit beaucoup trop loin pour l'entendre.

Olivia laissa échapper un soupir profond. Elle était tellement soulagée qu'elle en avait la tête qui tournait.

Elle avait résolu l'affaire et découvert qui était l'assassin. Mieux encore, elle avait été acceptée par les Vescovi et accueillie dans la communauté très unie de La Leggenda.

*

Une heure plus tard, Olivia était assise à une table du lieu de dégustation. Marcello était d'un côté d'elle. Antonio, qui portait encore sa veste poussiéreuse, s'était arrêté de s'occuper des vignes et était assis en face.

— Devrions-nous le faire ? demanda Marcello à Nadia.

Nadia réfléchit quelque temps puis hocha la tête.

— Je crois que oui. C'est le bon moment.

Marcello se leva et prit quatre flûtes à champagne au fond du placard à verres.

— Nous voulions ajouter un vin pétillant à notre catalogue, lui dit Marcello. Cela fait déjà deux ans que Nadia travaille sur ce projet et nous pensons qu'il est temps de goûter le prototype. Nous attendions d'avoir une occasion à fêter.

Nadia quitta précipitamment les lieux. Une minute plus tard, elle revint en portant une bouteille en verre foncé dont le goulot était emballé dans du papier aluminium doré.

— C'est l'occasion idéale. Que se serait-il passé si la formule de notre précieux assemblage avait été volée ? Ça aurait pu arriver si facilement ! Olivia, tu nous as sauvés. Je suis désolée d'avoir été aussi garce avec toi. Je suis garce avec tout le monde. Je me dispute même avec mes frères la plupart du temps. C'est pour ça que je travaille dans le bâtiment de vinification et que j'en sors rarement.

Marcello rit.

— Continue, dit-il à sa sœur pour l'encourager. Ouvre la bouteille. Voyons ce que tu as créé en restant à l'intérieur pour contenir ton tempérament fougueux.

Nadia passa la bouteille à Antonio.

— Tu as fait pousser les raisins. À toi de l'ouvrir.

Antonio retira soigneusement le papier aluminium et dénoua le fil. Le bouchon jaillit de la bouteille, suivi par un nuage de mousse.

Antonio se dépêcha de remplir les verres.

— À Olivia, dit-il.

— À Olivia, répétèrent les autres en trinquant.

Toute rouge, embarrassée par tous ces compliments, Olivia leva son verre. Le vin pétillant avait un somptueux arôme de vin vieilli en fûts de chêne et les bulles lui chatouillaient le nez. Enchantée, elle le sirota.

— Il est merveilleux, dit-elle le souffle coupé. C'est un chef-d'œuvre. Je n'arrive pas à croire que ce soit ton prototype. Il devrait être servi dans le lieu de dégustation demain.

Alors, ce fut au tour de Nadia de rougir et elle rit.

— Il a encore besoin que je travaille dessus, mais j'en suis contente. Les raisins étaient parfaits. Je n'ai eu qu'à appliquer les bonnes techniques pour effectuer la double fermentation qui a produit les bulles.

— Olivia, suite au départ de la police, nous avons parlé ensemble, dit Marcello d'un air sérieux. Nous aimerions vous offrir le poste de sommelière en chef en CDI à La Leggenda. Personne ne saurait mieux s'occuper de nos clients et de notre lieu de dégustation que vous.

Olivia le regarda fixement, sous le choc. Un poste en CDI ? C'était le tremplin qu'il lui fallait pour entrer dans l'industrie de la vinification.

Instinctivement, elle voulait accepter tout de suite, mais la situation était plus compliquée que ça. C'était une proposition qui pouvait changer sa vie et cela signifiait que, si elle l'acceptait, elle devrait changer de vie. Était-elle prête à abandonner tout ce qu'elle avait à Chicago, notamment le filet de sécurité que représentait le monde des agences de publicité ? Était-elle prête à prendre un tel risque et à tout recommencer ici ?

— Ça a l'air très tentant, commença-t-elle, mais Marcello leva une main.

— Réfléchissez-y prudemment, je vous prie. C'est un engagement et nous voulions que vous vous engagiez après y avoir réfléchi comme il faut. Nous vous préparerons une rémunération et une proposition d'embauche en bonne et due forme et nous vous l'enverrons par courriel cet après-midi. Vous pourrez me donner votre réponse quand vous le voudrez, dès que vous aurez pris votre décision.

— Je le ferai, dit Olivia avec reconnaissance.

*

De retour à la villa, elle ouvrit son ordinateur portable en attendant le bip qui signalerait l'arrivée du courriel. Entre temps, elle chercha des logements dans les environs et consulta le prix des voitures à vendre. Elle nota des nombres et les ajouta. Pourrait-elle économiser assez d'argent pour se louer un appartement fin septembre ? Cela dépendrait beaucoup de ce que La Leggenda lui proposerait mais, même si le salaire était très généreux, Olivia était tellement fauchée qu'elle prévoyait que ça allait être difficile.

Son logiciel de courriel produisit un bip et Olivia saisit son ordinateur. Enfin. Que disait le message ?

À sa grande déception, elle vit que le courriel qui arrivait ne venait pas de La Leggenda. Il portait un nom qui lui semblait vaguement familier, mais elle ne se souvenait pas de qui c'était.

L'expéditeur était Des Whiteley et le courriel avait pour titre 'Décision Requise'.

Olivia pensa que c'était ironique. Elle n'avait qu'une seule décision à prendre maintenant et ce courriel n'avait aucun rapport avec elle. Cependant, le nom de l'expéditeur lui paraissait familier et, au bout d'un moment, elle se rappela de qui c'était.

Des Whiteley était le PDG de Kansas Foods, la société de portefeuille de Valley Wines.

Pourquoi lui envoyait-il un courriel ? Peut-être voulait-il lui demander si elle pensait qu'il devrait relancer son vin répugnant sous un nouveau nom. Si telle était sa question, elle allait lui dire ses quatre vérités.

Se préparant mentalement à une réponse agressive, Olivia ouvrit le courriel.

Elle lut le premier paragraphe puis cria :

— Quoi ?

Clignant des yeux, incrédule, elle lut tout le courriel de Des Whiteley puis le relut pour vérifier qu'elle n'avait pas eu d'hallucination.

Chère Olivia,

J'ai entendu dire que vous n'étiez plus employée par James Clark. Nous recherchons votre avis, car nous n'avons pas été satisfaits des performances de JCreative depuis votre départ. D'après mon opinion personnelle, vous étiez la seule chargée de clientèle compétente de cette entreprise qui nous ait fourni les résultats que nous cherchions.

Pouvez-vous me dire si vous pensez honnêtement que nous devrions garder notre compte chez JCreative ou tester la concurrence ? Si nous devons nous adresser à un concurrent, pouvez-vous nous recommander d'autres agences susceptibles d'effectuer un meilleur travail ? En effet, il s'agit d'un gros engagement pour nous et nous basons toutes nos décisions sur les résultats.

Finalement, est-ce que vous travaillez encore dans cette industrie ? Pourriez-vous vous occuper de notre compte, même en indépendante ? Vous seriez sans nul doute notre premier choix.

J'apprécierais que vous nous fournissiez honnêtement votre opinion sur les choix qui s'ouvrent à nous et je vous prie de me dire si vous êtes disponible.

Olivia se mit le visage dans les mains, surtout pour se refermer la bouche, car cette dernière ne cessait de s'ouvrir sous l'effet de la stupéfaction.

— Eh bien ! dit-elle. Ils sont sérieux, là ?

Elle lut le message une troisième fois. Alors, elle commença à sourire. Elle savait ce qu'elle allait faire, maintenant.

Olivia appuya sur 'Transférer' pour envoyer le courriel à James. Elle ne pensait pas qu'il soit nécessaire de lui en dire plus. Alors, elle sortit dans le jardin et monta sur la colline pour aller voir les vignes sauvages.

Quand elle revint dix minutes plus tard, il y avait dix appels manqués sur son téléphone et il sonnait à nouveau.

CHAPITRE TRENTE-DEUX

Olivia décida que James avait souffert assez longtemps. Il était temps de le soulager en répondant à son onzième appel téléphonique.

— Olivia ? Olivia !

James avait l'air plus stressé que jamais. Toutefois, en même temps, sa voix tremblait sous l'effet d'une cordialité de circonstance.

— C'est un vrai plaisir de vous parler.

— Je ne sais pas si vous avez eu le temps de lire le courriel que je vous ai transféré, dit-elle en réprimant un sourire.

Elle constata avec satisfaction que sa voix semblait normale. Elle ne jouait plus le rôle de la professionnelle alerte pour James. Elle était une nouvelle personne, maintenant. Elle était forte et n'avait plus ce besoin anxieux de prouver ce qu'elle valait.

— Oui, oui. Ce courriel. Oui, en effet, je l'ai lu et c'est pour cela que je vous appelle de toute urgence.

Maintenant, c'était James qui avait l'air anxieux.

— Olivia, j'aimerais vous demander, pas seulement en tant que collègue respectée et admirée mais en tant qu'amie personnelle … En effet, après plus de dix ans de travail en commun, nous sommes devenus amis, n'est-ce pas ?

Olivia écouta son silence plein d'espoir et, quand elle ne dit rien, James poursuivit d'une voix plus aiguë d'une octave.

— En tant que collègue fort estimée, je voudrais vous demander de soutenir l'agence qui vous a si bien accompagnée. Kansas Foods est de loin notre client le plus important. Je ne vais pas vous mentir. Les temps ont été durs depuis la descente de l'agence des produits alimentaires et médicamenteux sur Valley Wines. Plusieurs clients nous ont quittés. Nous avons dû nous regrouper pour nous consolider et trouver des moyens de fournir à nos clients existants des services dix fois meilleurs.

Olivia ne savait que trop bien ce que cela signifiait. Des horaires de travail rallongés, des réunions trop tôt le matin, des courriels auxquels il faut répondre tard le soir, des briefings de dernière minute avec des cibles créatives impossibles à obtenir. Elle se sentit désolée pour Bianca.

— Je vois, dit-elle.

— Est-ce que vous allez le faire ? Est-ce que vous allez leur répondre de façon positive ?

Olivia inspira profondément.

— Je ne vois aucune raison de parler négativement de vous et de votre entreprise, James, dit-elle.

Alors, elle ajouta :

— D'autant plus que je sais qu'il y a un malentendu temporaire sur le paiement de mon salaire et que vous allez le rectifier immédiatement.

— Absolument, répondit James avec enthousiasme. Vous me l'ôtez de la bouche. Vous me l'ôtez de la bouche ! J'allais dire que votre rappel de salaire et votre bonus allaient vous être transférés immédiatement. Ils seront visibles sur votre compte avant la fin de la journée.

— Le timing est idéal. Je compte justement répondre à Des Whiteley à la fin de la journée, dit Olivia. Je suis sûre que mon évaluation sera favorable. Passez une bonne journée, James.

Elle raccrocha et rit joyeusement.

Quel magnifique coup de théâtre ! Maintenant, elle avait assez d'argent pour s'installer en Italie. Elle allait pouvoir acheter une voiture et se permettre de meubler un joli appartement ou une petite maison près de La Leggenda. Tout se mettait admirablement en place.

Au fait —

Olivia se redressa brusquement.

La propriété, cette belle propriété, oubliée dans son écrin de verdure.

Pouvait-elle se la permettre, maintenant ?

— Charlotte, viens avec moi ! Vite !

Saisissant son sac à main, Olivia sortit de la maison en courant.

*

Quelques minutes plus tard, à bout de souffle, Olivia avança jusqu'au portail en fer forgé en trébuchant, avec Erba qui gambadait devant elle et Charlotte qui montait la colline derrière elle en haletant.

— La marche d'endurance, dit son amie, le souffle coupé. Depuis mon arrivée ici, ça me manquait … pas du tout !

— Ce prix, c'est combien en dollars ? Calcule, s'il te plaît. C'est toi la matheuse. Je craindrais trop de me tromper.

Olivia se connecta à son compte en banque. L'argent de James était déjà là.

Charlotte lui fournit le montant et elle le compara au total qu'elle avait sur son compte.

Elle laissa échapper un soupir frustré. La première fois, elle avait mal compté. Elle avait très mal estimé la somme, de loin. Elle avait mal calculé le taux de change. Olivia commençait à comprendre que la conversion des quantités n'était pas son fort. Elle se trompait à chaque fois.

— Est-ce dans tes moyens ? demanda Charlotte avec impatience.

Olivia secoua la tête.

— Non. Je n'ai pas assez. Il me manque beaucoup.

— Merde, dit Charlotte avec compassion. Y a-t-il une autre possibilité ? Réfléchis. Je vais nourrir le chat à nouveau. Je le vois qui attend sur le porche.

— Erba, nous n'abandonnons pas encore. Il faut qu'on réfléchisse, dit Olivia à la chèvre en chatouillant la tache orange qu'elle avait sur le dos. Tu m'écoutes, hein ? Si je suis capable d'échapper à une accusation de meurtre, je devrais pouvoir trouver un moyen d'acheter cette propriété.

Elle suivit Charlotte par le portail grinçant et suivit le sentier de jardin envahi par la végétation.

Le chat était assis sur le rebord du porche. Il avait l'air d'avoir faim mais, quand Charlotte approcha, il eut peur et s'enfuit.

Nourriture pour chats. Chats.

Soudain, Olivia repensa à Chicago.

Elle était partie dans une telle précipitation qu'elle avait quasiment oublié sa conversation hâtive avec Len le Bavard.

Il avait voulu lui acheter son appartement pour pouvoir avoir plus d'espace pour ses chats. Comment avait-elle pu oublier ça ? Cette proposition avait été formulée avec sincérité par un homme qui avait les moyens de payer mais, saisie par la panique, Olivia l'avait complètement oubliée.

Croisant mentalement les doigts, Olivia l'appela.

Le téléphone sonna deux fois, trois fois. Il s'occupait peut-être de ses trains.

Alors, il répondit.

— Salut, Len. C'est Olivia. Je t'appelle d'Italie. Je me demandais quelque chose. Tu avais dit que tu voulais m'acheter mon appartement. Est-ce que tu es encore intéressé ?

*

Une demi-heure plus tard, Olivia, Charlotte et Erba se tenaient alignées sur le porche et regardaient une minuscule Fiat argentée remonter la route sinueuse et entrer dans la propriété.

Olivia serra fermement les mains en espérant que cet entretien allait bien se passer. Ça allait passer ou casser et elle avait très peu de marge de manœuvre.

La voiture s'arrêta et une vieille dame en descendit.

Elle avait les cheveux blancs comme la neige et elle portait une veste violet vif et un chapeau vert citron.

Olivia soupira quand elle remarqua les bottes argentées de la femme. Elle aurait pu figurer en couverture de l'édition senior de *Vogue*. C'était encore le sens italien du style.

Olivia savait qu'elle ne pourrait jamais obtenir une telle élégance. C'était héréditaire, décida-t-elle. Entièrement héréditaire.

— *Buon giorno, signorina*, dit la femme quand Olivia se dépêcha de la rejoindre en tendant une main. Je m'appelle Gina.

— Olivia Glass, répondit-elle le souffle coupé.

— Vous êtes américaine ? demanda la femme d'un air étonné. Et vous voulez acheter cette vieille ferme ?

— Oui ! s'exclama Olivia. Je suis venue ici en vacances et je suis tombée amoureuse de cette ferme dès que je l'ai vue.

— Vous êtes toute seule, ici ?

Olivia hocha la tête en essayant de ne plus penser aux yeux bleu profond de Marcello.

— Cette ferme est dans la famille depuis de nombreuses années, expliqua Gina. Parfois, j'ai l'impression qu'elle est à vendre depuis encore plus longtemps. Pourquoi voulez-vous l'acheter ?

Son regard était vif et curieux.

— Je rêve de lancer ma propre petite exploitation viticole. J'ai déjà un travail à La Leggenda pour acquérir les savoirs nécessaires, bredouilla Olivia.

— Vous aimez le vin ? demanda Gina d'un air étonné.

— Oui, avoua Olivia.

— Pouvez-vous payer le prix demandé ?

Voilà. C'était le moment de vérité. Olivia avait les mains qui tremblaient et la bouche sèche.

— Je me demandais si je pouvais faire une proposition plus basse, dit-elle doucement.

— Pour combien en moins ?

La voix de la femme âgée avait l'air cassante.

Le stress donnait le vertige à Olivia. Comment allait-elle pouvoir s'y prendre ?

Elle avait besoin d'une réduction de cinq pour cent. Même avec l'argent qu'elle recevrait pour son appartement, elle aurait encore besoin d'une somme conséquente pour rénover cet endroit et s'y installer. Elle ne pouvait pas se permettre de payer le prix demandé. Charlotte l'avait affirmé catégoriquement.

Maintenant qu'il fallait qu'elle parle, Olivia n'arrivait pas à prononcer les mots.

Elle fit un sourire tremblant à Gina en essayant de rassembler son courage pour prononcer le mot crucial, 'cinq', mais la femme âgée parla en premier.

— Je ne peux pas réduire le prix de plus de vingt pour cent, dit-elle fermement.

Olivia faillit en tomber à la renverse.

— Quoi ? couina-t-elle, incapable de croire ce qu'elle entendait.

Vingt pour cent ?

Elle pouvait se permettre d'acheter la propriété, maintenant, et il lui resterait plus que le minimum dont elle avait besoin.

— Vingt pour cent de réduction. C'est à prendre ou à laisser. C'est ma dernière offre, dit Gina avec fermeté.

— C'est une offre très généreuse et j'aimerais l'accepter, dit Olivia d'une voix tremblante. Merci beaucoup.

Elle avait la tête qui tournait et elle avait besoin de s'asseoir, de préférence avec un grand verre de vin. Elle n'arrivait pas à croire à ce qui venait de se passer.

C'était à elle, maintenant. La ferme était à elle.

— Dans ce cas, c'est décidé, dit la femme. Je vous enverrai les informations de paiement plus tard cet après-midi. Bonne chance avec la vinification, signorina. Quand votre premier cru sera prêt, j'en achèterai une bouteille.

Elle repartit vers la voiture.

Lentement, le Fiat s'éloigna.

— Je n'arrive pas à y croire, murmura Olivia.

Charlotte envoya un coup de poing dans l'air, ravie, et Erba partit gambader dans le jardin en ruant joyeusement.

Olivia s'assit sur le bord du porche. Elle plaça les mains sur la pierre chaude et contempla la vue. Sa vue.

Sa vie avait changé à une vitesse ahurissante. Elle avait craint de se retrouver à la case départ mais, soudain, par un spectaculaire coup de théâtre, son monde s'était remis dans le bon sens.

Maintenant, elle était au début d'une toute nouvelle aventure. Même si elle ne savait pas où elle allait la mener, même si elle ne savait pas si son rêve de création de son propre vignoble se concrétiserait un jour, Olivia était heureuse d'avoir finalement ignoré ce que lui conseillait sa tête et d'avoir suivi son cœur.

MÛR POUR LA MORT
(Roman à Suspense en Vignoble Toscan, tome 2)

« Très distrayant. Je recommande vivement l'achat de ce livre à tous les lecteurs qui aiment les romans à suspense très bien écrits avec des coups de théâtre et une intrigue intelligente. Vous ne serez pas déçus. C'est un excellent moyen de passer un week-end pluvieux ! »
--Books and Movie Reviews, Roberto Mattos (concernant *Meurtre au Manoir*)

MÛR POUR LA MORT (ROMAN À SUSPENSE EN VIGNOBLE TOSCAN) est le tome 2 d'une nouvelle série à suspense charmante écrite par l'auteure à succès n°1 Fiona Grace, qui a écrit *Meurtre au Manoir* (Tome 1), roman à succès n°1 qui, en plus d'avoir plus de 100 évaluations à cinq étoiles, est disponible en téléchargement gratuit !

Olivia Glass, 34 ans, met fin à sa vie de cadre supérieure à Chicago et s'installe en Toscane, résolue à commencer une nouvelle vie plus simple et à créer son propre vignoble.

Olivia tombe amoureuse de la vie toscane et de ses paysages magnifiques, surtout quand elle part visiter Pise. Pourtant, quand l'exploitation viticole pour laquelle elle travaille vend aux enchères une bouteille de vin rare et chère, quelqu'un est assassiné et Olivia doit puiser dans ses forces en tant que sommelière pour élucider ce meurtre.

Entre temps, ses tentatives personnelles de création d'un vignoble se déroulent aussi mal que sa vie amoureuse.

Olivia arrivera-t-elle à agir sur les événements pour créer la vie dont elle a toujours rêvé ? Ou alors, était-ce juste un fantasme auquel elle devrait renoncer ?

Désopilant, riche en exotisme, nourriture, vin, coups de théâtre et amour, sans oublier la nouvelle amie d'Olivia, la chèvre Erba, et centré sur un meurtre déroutant commis dans une petite ville et qu'Olivia doit résoudre, MÛR POUR LA MORT est un roman à suspense captivant que vous lirez jusque tard dans la nuit en riant.

Le tome 3 de la série, MÛR POUR LA PAGAILLE, est maintenant disponible lui aussi !

MÛR POUR LA MORT
(Roman à Suspense en Vignoble Toscan, tome 2)

Fiona Grace

L'auteure débutante Fiona Grace écrit la série LES HISTOIRES À SUSPENSE DE LACEY DOYLE, qui comporte MEURTRE AU MANOIR (Tome 1), LA MORT ET UN CHIEN (Tome 2), CRIME AU CAFÉ (Tome 3), UNE VISITE VEXANTE (Tome 4) et LE BAISER MEURTRIER (Tome 5). Fiona est aussi l'auteure de la série des ROMANS À SUSPENSE EN VIGNOBLE TOSCAN.

Comme Fiona aimerait communiquer avec vous, allez sur www.fionagraceauthor.com et vous aurez droit à des livres électroniques gratuits, vous apprendrez les dernières nouvelles et vous resterez en contact avec elle.

DU MÊME AUTEUR

LES ROMANS POLICIERS DE LACEY DOYLE
MEURTRE AU MANOIR (Tome 1)
LA MORT ET LE CHIEN (Tome 2)
CRIME AU CAFÉ (Tome 3)

ROMAN À SUSPENSE EN VIGNOBLE TOSCAN
MÛR POUR LE MEURTRE (Tome 1)
MÛR POUR LA MORT (Tome 2)
MÛR POUR LA PAGAILLE (Tome 3)